쉽고 뜻깊은
불교
이야기

쉽고 뜻깊은

불교
읽기

金達鎮 全集
8

문학동네

제1부 기본 교리에 대한 이야기

제2부 부처님의 행적과 깨우침

기본 고리에 대한 이야기

1

사체四諦와 팔정도八正道

진리를 깨치신 부처님이
사람들에게 세상의 헛된 괴로움에서 벗어나
깨달음을 얻으라고 가르쳐주신 불법의 요체들.

'사캬무니'는 지금의 중인도에 있었던 '카필라' 국의 왕자로 태어났습니다. 그는 어릴 때부터 매우 슬기롭고 또 생각이 많은 성격으로 학문과 무예가 뛰어났습니다. 그래서 그의 부왕인 '숫도다나' 왕을 비롯해 온 나라 사람들은 앞으로 훌륭한 국왕이 되리라고 이 '싯달타' 태자에게 큰 희망을 걸고 있었습니다.

그는 차츰 성장하면서 인생의 덧없음(無常)을 느끼게 되었습니다. '이 세상에는 생로병사(生老病死)의 고통에서 벗어날 수 있는 진리가 틀림없이 있을 것이다. 그 진실한 법을 깨치면, 나 자신을 위해서나 세상 사람을 위해서나 큰 행복이 될 것이다.' 이렇게 매일 사색하고 있었습니다. 그래서 열아홉 살 때 집을 떠나 산중에 들어가, 선인(仙人: 당시 인도에서 수도하던 사람을 말함)을 따라 고행생활을 계속했습니다.

그러나 고행이 무의미하다는 것을 깨친 그는 혼자 '부타가야'의 '보

제1부 기본 교리에 대한 이야기 11

리' 나무 밑에 앉아, 드디어 크게 깨쳐 '붓다(깨달은 사람 : 부처)'가 되었습니다.

부처가 된 태자는, 맨 먼저 '베나레스' 교외에 있는 '미가다야(사슴동산)'에서 다섯 명의 비구에게 설법하셨습니다. 이것을 가리켜 '처음으로 법의 수레바퀴를 굴렸다'고 하는 것입니다.

이 사슴동산은 베나레스의 교외에 있는 '사루나트'에 있는 곳으로서, 옛날에는 여기에 사슴이 많이 살고 있었기 때문에 사슴동산이라고 불렸던 것입니다.

부처님은 최초의 다섯 제자, 즉 '쿄진뇨' '아시바지트' '밧다이' '마하나마' '바사바' 등 이들 비구와 함께 숲속에서 살고 있었습니다. 다갈색 법의를 입고 하루에 두 끼를 먹으면서 아침에는 강이나 못에서 목욕하고, 그 다음에는 참선으로 심신을 고르고, 그러고는 행걸수행(行乞修行)에 나섰습니다. 교화할 만한 사람이나 도(道)를 구하는 사람에게는 설법하시고, 또 몸소 지도하셨습니다. 그리고 비구들에게는 법(法)의 묘한 진리를 말씀하시고, 밤에는 오른쪽으로 누워 두 발을 포개고 편안히 쉬셨습니다.

이렇게 목욕, 참선, 행걸, 지도, 설법의 다섯 가지 규칙을 따라 예의 바르게 생활하셨습니다.

어느 날 부처님께서, '마가다' 국의 거리에서 행걸하고 계셨을 때 어떤 왕이 그 뒷모습을 바라보고 있었습니다. 그는 '빔비사라' 왕으로서, 육 년 전 부처님이 집을 떠나 수행한다는 소문을 듣고, 몸소 그 수행장소에까지 찾아갔던 분입니다.

그때 부처님께서는,

"도를 깨치기 전에는 죽어도 물러나지 않을 것이다"

12

라고 말씀하셨습니다. 이 굳은 신념을 안 왕은 매우 기뻐하며,

"만일 도를 깨치시거든 제일 먼저 저를 제도해주십시오"

하고 서로 헤어진 지 육 년, 그동안 왕은 쓸쓸한 마음으로 오늘의 이날이 오기를 기다리고 있었던 것입니다.

부처님은 드디어 지금까지 아무도 얻지 못한 큰 진리를 깨치신 것입니다. 중생을 제도하기 위해 거리에 나서신 거룩한 모습을 우러러본 왕은

"그대, '고타마'여!"

하고 불렀습니다. 이때 부처님은 조용히 돌아보시고 미소를 띠시면서 인사를 나누었습니다.

같은 나이여서 마치 어릴 때 친구를 만난 것 같았습니다. 그때 왕은

"그대 고타마여! 부디 우리 왕궁으로 오실 수 없겠습니까?"

하고 청했습니다. 부처님은 쾌히 승낙하시고, 곧 왕궁인 '라자그리하' 성으로 가셨습니다.

미리 준비된 자리에 부처님이 앉으시자, 왕은 몸소 음식을 내와 부처님께 공양하였습니다. 왕은 부처님의 승낙을 얻어 설법을 듣게 하기 위해, 성안 사람을 큰 광장에 모았습니다.

먼저 빔비사라 왕이 일어나, "이제 고타마 붓다는 우리를 위해 설법해주실 것입니다. 고타마는 정각(正覺)을 이루고 해탈(解脫)을 얻어 부처님이 되셨습니다. 지금으로부터 모든 중생의 부모와 스승이 되시어 우리들을 지도해주실 것입니다"라고 말하자, 부처님은 조용히 설법을 시작하셨습니다.

"여러분! 지금 세상을 보매, 모두가 덧없는 것입니다. 그리고 생로병사의 '사고(四苦)' '팔고(八苦)'에 가득 차 있습니다. 모든 중생에게는 이 고통이 따라다니고 있습니다.

여러분, 무릇 세상의 많은 사람들은 고통으로 말미암아 마음을 괴롭히고, 즐거움으로 말미암아 마음과 몸을 타락시키고 있습니다. 고통과 향락, 이것은 모두가 미혹으로서, 어느 것이나 다 인격 완성의 길이 아닌 것입니다.

나는 이미 고행이 무의미하다는 것을 알았으며, 고행으로써 해탈을 구하는 것은 잘못이라고 생각합니다.

이제 고통과 향락의 어느 것도 진리를 깨치는 길이 아니라고 말한 것처럼, 우리는 그 두 가지를 떠나 중도(中道)를 행하지 않으면 안 될 것입니다. 그 중도란, 다음의 여덟 가지를 말하는 것입니다.

1. 정견(正見) 사물을 바르게 본다.
2. 정사(正思) 바르게 생각한다.
3. 정어(正語) 바르게 말한다.
4. 정업(正業) 바르게 행동한다.
5. 정명(正命) 바른 생활을 한다.
6. 정근(正勤) 바른 노력을 한다.
7. 정념(正念) 바른 일을 억념(憶念)한다.
8. 정정(正定) 바른 명상을 한다.

이것을 팔정도(八正道)라고 합니다. 이것을 잘 행하여 닦으면, 마음은 맑아 고요하고 생로병사의 고통에서 벗어날 수 있을 것입니다. 나는 이미 이 중도를 행하여 위없는 '보리'를 이루었습니다……"

빔비사라 왕은 매우 기뻐했고, 대중들은 그 거룩한 말씀에 매우 감격하여 정성껏 예배하고 다음 설법을 기다리고 있었습니다. 그때 부처님은 다음과 같이 말씀하셨습니다.

"여러분, 앞에서 세상은 사고·팔고에 가득 차 있다고 했습니다. 그러면 그 사고·팔고란 무엇일까요? 우선 사고란,

    1. 삶의 고통
    2. 늙음의 고통
    3. 병의 고통
    4. 죽음의 고통

네 가지를 가리키고, 여기에

    5. 사랑하는 사람과 헤어지는 고통
    6. 미운 사람과 함께 사는 고통
    7. 가지고 싶은 것을 얻지 못하는 고통
    8. 몸과 마음이 왕성할 때 그것에 따르는 욕망을 억제하는 고통

네 가지를 합해서 팔고라고 합니다.

이러한 고통의 근본 원인은 모두 '나'의 마음에서 일어나는 것입니다. 이것을 삼독(三毒)이라 하는데, 그것은 다음의 세 가지를 가리킵니다.

    1. 탐하는 마음은 아귀의 길
    2. 성내는 마음은 지옥의 길
    3. 어리석어 불평하는 마음은 축생의 길

이것들은 모두 '나'를 근본으로 하기 때문에, 이 삼독이 모든 고통의 원인이 되는 것입니다.

그래서 사람들은 이 욕계(欲界)와 색계(色界 : 욕계의 음욕과 탐욕은 떠났지만 아직 완전히 물질을 떠나 정신적이 되지 못한 중간의 물적物的 세계)와 무색계(無色界 : 색계의 위에 있는, 물질을 떠난 순 정신적인 존재 세계)의 삼계를 수레바퀴처럼 돌고 있는 것입니다.

여러분, 여러분은 이 고통의 근본을 끊지 않으면 안 됩니다. 그래서 이 삼독을 없앨 수 있으면, 모든 고통은 없어지는 것입니다. 이것을 '멸(滅)'이라고 하며 이 멸을 얻기 위해서는 위에서 말한 팔정도를 행하지 않으면 안 됩니다."

부처님은 다시 설법을 계속하셨습니다.

"여러분, 나는 이미 '고(苦)'를 알고, 그 고통의 원인인 '집(集)'을 끊고, '도(道 : 八正道)'를 닦아 그 고통의 원인을 '멸(滅)'하고, 드디어 위없는 '각(覺)'을 얻었습니다. 이 과정을 고집멸도의 '사체(四諦)'라고 합니다.

이 사체는 미(迷)의 과(果)와 인(因), 오(悟)의 과와 인의 넷으로서, 고는 미의 과요, 집은 미의 인이며, 멸은 깨달음의 과요, 도는 깨달음의 인이니, 곧 번뇌(迷)를 끊어 없애 '니르바나(悟)'로 가는 참된 길을 사체라고 합니다.

여러분! 우리는 왜 생로병사의 고통을 받지 않으면 안 되는 것입니까? 이것을 해결하는 길이 고체(苦諦)와 집체(集諦)의 두 가지 체입니다.

또 어떻게 하면 미에서 벗어나 깨달음을 얻을 수 있을까? 이것을 해결하는 것이 멸체와 도체의 두 가지 체입니다.

그런데 이 제일의 '고체' 란 미의 결과로서, 앞에서 말한 팔고가 그것

16

입니다. 이 '사바' 세계는 고통에서 시작하여 고통으로 끝나니, 즉 생로병사와 우·비·고·뇌(憂·悲·苦·惱)로 가득한 세계로서, 우리는 거기에 사로잡히지 않고 모든 집착을 떠나, 수양하는 것이 이 제일의 고체관인 것입니다.

다음에 '집체' 란 미의 원인으로서, 집이란 그 '모임' 인 것이니, 즉 우리가 가지고 있는 번뇌와 업(業)에 의한 행위입니다. 이 번뇌와 업이 모여 생사의 고통의 결과를 불러온다고 관찰하는 것이 제이의 집체관입니다.

제삼의 '멸체' 란 깨달음의 과보이니, 멸이란 고통을 없앤다는 것으로서, 그것은 이 '나' 를 없애는 데서 오는 것이며, '나' 를 없애면 모든 고통이 곧 없어져, 진실한 세계가 나타난다고 밝게 관찰하는 것이 제삼의 멸체관입니다.

마지막 제사의 '도체' 란 깨달음의 원인이니, 도란 인도한다는 뜻으로서, 즉 니르바나에 이르는 길입니다. 그래서 앞에서 말한 팔정도를 몸소 실행하지 않고는 깨달음을 얻을 수 없다는 것이며, 이것이 제사의 도체관인 것입니다.

여러분, 되풀이해 말하지만 만일 사람이 이 사체의 진리를 밝게 알아 그것을 수행한다면 반드시 해탈을 얻을 수 있을 것입니다."

이렇게 설법을 마친 부처님은 선정(禪定)에 드셨습니다. 대중들은 기뻐하여 합장하고 예배했습니다. 빔비사라 왕도 기쁨을 못 이겨,

"그대, 고타마 붓다여, 나는 지금까지 바른 법을 듣고 깨달기를 원하고 있었는데, 이제 그 소원이 성취되었습니다. 우리들은 지금부터 부처님께 귀의합니다. 대중들과 함께 귀의합니다. 지금부터 목숨이 마칠 때

까지 '우파사카(바른 신자)'로서 귀의합니다. 부디 우리들을 지도해주십시오"

하고 간청하고, 대중들도 또한 굳은 결심을 보였습니다. 왕은 다시 대중들과 함께 부처님 발에 예배하고 합장했습니다.

"그대, 고타마 붓다여, 나는 오늘부터 부처님을 비롯하여 모든 비구들에게, 우선 의식이나마 모자라지 않게 공양해 바치겠습니다. 그리고 나의 '대숲동산'에 절을 지어 부처님을 모시겠습니다. 부디 그곳에 계시면서, 이 마가다 국의 긴 밤의 꿈을 깨워주시면, 그 이상의 행복이 없겠나이다."

그러자 부처님은 묵묵히 그것을 승낙하셨습니다.

2

보시 布施

사위성의 어떤 장자가 부처님 일행에게 생활필수품을 모두 보시하자,
공양을 마친 부처님께서 옛 현인들이 자기 집에 온 거지에게
제 살을 바쳐 극진하게 대접한 일을 말씀해주신 이야기.

이 전생 이야기는 부처님이 기원정사에 계실 때, 생활필수품을 전부
보시한 일에 대해 말씀하신 것입니다.

사위성(舍衛城)의 어떤 장자는 부처님을 비롯해 비구 일동에게 생활
에 필요한 물품을 모두 보시할 준비를 갖추고는 그 집 어귀에 가옥(假
屋)을 짓고 부처님과 비구들을 초대하여 훌륭한 자리에 앉힌 뒤에 갖가
지 맛난 음식을 공양하고, 이렇게 이레 동안 계속하였습니다. 그리고
이레째 되는 날에는 부처님을 비롯하여 오백 비구들에게 생활에 필요
한 도구를 모두 보시하였습니다.

공양을 마치시고 부처님은,

"신사(信士)여, 그대는 기뻐하라. 그것은 이 보시란 옛날 현인의 자
랑거리였기 때문이다. 옛날 현인들은 자기 집에 온 거지에게 제 생명을
버려 그 살을 보시하였던 것이다"

하고, 그 장자의 청을 따라 그 과거의 일을 말씀하셨습니다.

옛날 부라후마다타 왕이 바라나시에서 나라를 다스리고 있을 때, 보살은 토끼로 태어나 어떤 숲속에 살고 있었습니다. 그 숲의 한쪽은 산기슭이요, 또 한쪽은 강이며 또 한쪽은 벽촌이었습니다.

이 토끼 외에도 그 숲에는 원숭이와 승냥이와 수달 등이 있어 그 네 마리가 벗이 되어 있었습니다. 이 네 마리는 모두 현명한 것들로 제각기 다른 장소로 가서 제 먹이를 찾아 먹고 저녁이면 돌아와 한곳에 모였습니다. 현자 토끼는,

"보시하시오. 계율을 지키고 자기 잘못을 고백하시오"
하면서 그 세 마리를 훈계하는 마음으로 설법하였습니다. 세 마리는 그 훈계를 듣고 각기 제집이 있는 숲속으로 들어가 살고 있었습니다.

어느 날 보살(토끼)은 하늘을 바라보고 내일은 포살회(布薩會 : 비구들이 각자의 죄과를 서로 고백하는 모임)가 있을 것임을 알고는 그 세 마리에게 말하였습니다.

"내일은 포살회가 있습니다. 여러분도 계율을 받들어 지키고 포살을 행하십시오. 계율을 굳게 지키고 보시를 행하면 거기에는 큰 과보가 있습니다. 그러므로 거지들이라도 오거든 여러분이 먹을 것을 나누어주시오."

그들은 모두 응낙하고 제집으로 돌아갔습니다.

그 이튿날 수달은 먹이를 찾아 아침 일찍이 항하(恒河) 가로 나갔습니다. 그때 어떤 어부는 고기 일곱 마리를 잡아 그것을 꿰어 강가 모래밭에 묻어두고 다시 고기를 잡으러 강으로 내려갔습니다. 수달은 생선 냄새를 맡고 모래를 뒤져 고기를 보고는,

"이 생선 주인은 없습니까?"

라고 세 번 불러보았으나 주인이 나타나지 않으므로 그 생선 꿰미를 물고 집에 돌아와, 때가 되면 먹으리라 생각하고 받은 계율을 돌아보면서 잠에 들었습니다.

승냥이도 나와 먹이를 찾다가 어떤 농부의 오막살이에서 두 꼬치의 고기와 큰 도마뱀과 타락(우유) 한 병을 발견하고,

"이 물건의 주인은 없습니까?"

라고 세 번 불렀으나 주인이 나타나지 않으므로, 노끈으로 타락병을 매어 목에 걸고 고기 꼬치와 도마뱀을 입에 물고 집에 돌아와, 때가 되면 먹으리라 생각하고 받은 계율을 돌아보면서 잠에 들었습니다.

원숭이는 숲속에 들어가 암라(망고)열매를 따가지고 돌아와, 때가 되면 먹으리라 생각하고 계율을 돌아보면서 잠에 들었습니다.

보살도 때가 되어 밖으로 나가 답바풀을 물고 돌아와 그것을 먹으리라 생각하면서 누웠습니다. 그리고 다시 생각하였습니다.

'만일 내게 거지가 오면 풀을 줄 수는 없다. 그러나 내게는 쌀이나 깨가 없다. 나는 그에게 내 살을 보시하리라.'

그 계율의 위력에 의해 제석천의 검누른 담요빛 돌자리가 따뜻해졌습니다. 그는 생각하다가 그 이유를 깨닫고 그 토끼를 시험해보려 하였습니다. 그리하여 먼저 바라문으로 변장하고 수달의 집 앞에 섰습니다.

"바라문님, 무엇 하러 거기 서 계십니까?"

"현자여, 나는 무엇이나 먹을 것을 얻으면 오늘 포살회를 따라 출가하려 합니다."

수달은 "알았다" 하고 그에게 보시하려고 다음 게송을 읊었습니다.

"일곱 마리 붉은 고기를
나는 모래밭에서 얻었네.
바라문이여, 내게 그것 있나니
그것을 먹고 숲속에 살아라."

바라문은,
"그것을 내일 아침까지 그대로 두시오. 다시 생각해보겠습니다"
하고 승냥이 집으로 갔습니다.
"바라문님, 무슨 일로 거기 서 계십니까?"
바라문은 위에서와 같이 대답하였습니다. 승냥이는,
"알았습니다. 보시하지요"
하고 다음 게송을 읊었습니다.

"나는 저 농부 집에서
밤참거리를 가져왔나니
두 꼬치의 고기와 큰 도마뱀과
또 한 병의 타락이 그것이네.
바라문이여, 내게 그것 있나니
그것을 먹고 숲속에 살아라."

바라문은,
"내일 아침까지 그대로 두시오. 다시 생각해보겠습니다"
하고 원숭이에게로 갔습니다. 원숭이도,
"바라문님, 무슨 일로 거기 서 계십니까?"

라고 물었습니다. 앞에서와 같이 대답하자 원숭이는,

"알았습니다. 보시하지요"

하고 다음 게송을 읊었습니다.

"잘 익은 암라열매와 시원한 물과

시원하여 기분 좋은 그늘이 있네.

바라문이여, 내게 이것 있나니

이것을 먹고 숲속에 살아라."

바라문은,

"내일 아침까지 그대로 두시오. 다시 생각해보겠습니다"

하고 현자 토끼에게로 갔습니다. 토끼는,

"바라문님, 무슨 일로 거기 서 계십니까?"

라고 물었습니다. 바라문이 앞에서와 같이 대답하자, 보살은 이 말을 듣고 기뻐하면서,

"바라문님, 당신이 음식을 얻기 위해 내게 온 것은 잘한 일입니다. 오늘 나는 지금까지 보시한 일이 없는 보시를 행하겠습니다. 그러나 당신은 계율을 잘 지키기 때문에 생물을 죽이지 않으시겠지요. 당신은 가서 섶을 주워 불을 피우고 내게 알려주시오. 나는 내 몸으로 그 불 속에 뛰어들겠습니다. 구워진 내 살을 먹고 당신은 출가의 도를 수행하시오"

하고 다음 게송을 읊었습니다.

"토끼는 깨를 가지지 않았네.

콩이나 쌀도 가지지 않았네.

거기 그 불에 잘 구워진

내 살을 먹고 숲속에 살아라."

제석천은 이 말을 듣고 그 위력으로 숯불을 피워놓고 보살에게 알렸습니다. 보살은 답바풀 침대에서 일어나 거기로 가서, 그 털 사이에 생물이 있으면 그것을 죽여서는 안 된다 생각하고, 세 번 몸을 털고는 떼지어 핀 연꽃 속에 흰 새가 내려앉는 것처럼 기쁜 마음으로 몸을 날려 큰 숯불 속에 떨어졌습니다. 그러나 그 불은 보살의 몸털 하나도 태우지 못하고 보살은 마치 눈덩이 속에 들어간 것 같았습니다.

그래서 보살은 제석천을 부르며 말하였습니다.

"바라문님, 당신이 일으킨 불은 매우 찹니다. 내 몸의 털 하나도 태우지 못하는데 이것은 대체 어떻게 된 일입니까?"

"현자여, 나는 바라문이 아닙니다. 나는 제석천으로서 당신을 시험하러 온 것입니다."

"제석천님, 당신은 우선 기다려주시오. 세계의 사람들이 다 와서 나를 시험하더라도 보시하고 싶지 않다는 마음을 내게서 발견할 수는 없을 것입니다."

그리고 보살은 사자처럼 크게 외쳤습니다. 제석천은 그를 향해,

"현자 토끼님, 부디 당신의 그 큰 덕이 온 세계에 두루 퍼지기를 바랍니다"

하고 산을 쥐어짜 즙을 내어 그것으로 달 속에 토끼 모습을 그리고, 보살을 청해 숲속의 부드러운 답바풀 위에 눕혀두고는 천상으로 올라갔습니다.

그리고 그 네 마리의 현자들은 서로 사이좋게 즐겁게 계율을 지키며

살다가 죽은 뒤에는 제각기 그 업보를 따라 날 곳에 났습니다.

부처님은 이 설법을 마치고 다시 전생과 금생을 결부시켜 말씀하셨습니다.

"그때의 그 수달은 지금의 저 아난다요, 승냥이는 목건련이며, 원숭이는 사리불이요, 그 현자 토끼는 바로 나였다."

3

지계持戒

부처님께서 포살일의 행에 대해 말씀하시면서,
옛날 현자들이 용왕이라는 영화까지 버리면서 계율을 지키고
선업을 행한 바를 들려주셨다는 이야기.

이 전생 이야기는 부처님이 기원정사에 계실 때, 포살일의 행에 대해 말씀하신 것입니다. 그때 부처님은 계율을 지키는 어떤 우바새를 법열(法悅)에 잠기게 하고는,

"옛날의 현자들은 용왕이라는 큰 영화까지 버리면서 계율을 지켰다"

라고 말씀하시고 여럿의 청을 따라 그 과거의 일에 대해 설법하셨습니다.

옛날 마가다 왕이 왕사성(라자그리하)에서 나라를 다스리고 있을 때, 보살은 그 첫째 왕비의 왕자로 태어나 이름을 두요다나라 하였습니다. 그는 성장하여 득차시라에서 학예를 배우고 집에 돌아와 그 부왕을 뵈었습니다. 그 아버지는 관정식(灌頂式)을 행하여 그를 왕위에 앉히고, 자신은 출가하여 선인의 도를 닦으면서 왕의 동산에 살고 있었습니다.

보살은 날마다 세 번씩 동산에 나가 그 아버지에게 문안하고 봉사하

였습니다. 그러나 아버지는 그것이 방해가 되어 변처관법(遍處觀法)의 예비행조차도 행할 수 없었습니다. 그리하여 혼자 생각하였습니다.

'나는 큰 존경과 봉사를 받지만, 그것 때문에 여기 있어서는 이 얽매임을 끊을 수 없다. 아들에게는 알리지 말고 가만히 다른 곳으로 가자.'

그는 아무도 몰래 그 동산을 나와 마가다 국을 지나, 마사새 국의 상카파라라는 호수에서 흘러나오는 칸나펜나 강의 굽이진 곳에 있는 찬다카 산 기슭에 초막을 짓고, 거기서 살면서 변처관법의 예비행을 행하여 선정을 닦고 지혜를 얻었습니다. 그리고 떨어진 나무열매를 주워 먹으면서 살아가고 있었습니다.

상카파라라는 용왕이 많은 무리를 데리고 칸나펜나 강에서 나와 때때로 그를 찾아왔습니다. 그때는 그가 용왕에게 법을 설명해 들려주었습니다.

보살은 아버지가 보고 싶었으나 행방을 몰랐다가, 사방으로 알아본 끝에 거기 있음을 알고는 많은 신하들을 데리고 가서, 한쪽에 야영을 치고 몇 사람의 대신만을 데리고 그 초막을 찾아갔습니다. 마침 그때 상카파라 용왕이 무리를 데리고 앉아 설법을 듣고 있다가, 왕이 오는 것을 보자 그 선인에게 경례하고 자리에서 일어나 돌아갔습니다.

왕은 아버지께 예배하고 자리에 앉자 곧 물었습니다.

"존사님, 아까 존사님 앞에 앉아 있던 사람은 무엇이라는 왕입니까?"

"아들아, 그는 상카파라라는 용왕이다."

왕은 그 용왕의 뛰어난 풍채에 감동되어 용의 세계에 나고 싶다는 욕심이 일어났습니다.

그는 거기서 며칠을 지낸 뒤에, 그 아버지에게 끊임없이 음식을 공급하기로 생각하고 궁성으로 돌아왔습니다. 그리하여 사방의 성문 밖에

시물소(施物所)를 마련하고 온 세상을 진동시킬 만큼 큰 보시를 행하면서 계율을 지니고 포살일을 지키며 용의 세계를 동경하면서 살다가, 목숨을 마치고는 용의 세계에 태어나 상카파라라는 용왕이 되었습니다.

그러나 날이 감에 따라 그는 그 영화에 싫증을 내어, 그 뒤에는 사람의 세계에 태어나기를 발원하고 그것을 위해 포살일을 지키기로 하였습니다. 그러나 용의 세계에 살면서는 포살일을 지킬 수가 없어 계율을 깨뜨렸습니다. 그래서 그는 용의 세계에서 나와 칸나펜나 강 가까이 큰 길과 한 사람이 겨우 다닐 만한 오솔길 사이에 있는 개미집을 둘러싸고 계율을 지키기로 맹세하되,

"내 살이나 그 밖에 무엇이라도 먹기를 원하는 이는 가져가시오"
하고 개미집 위에 누웠습니다. 그리고 사문의 법을 행하면서 거기서 14일과 15일을 지내고 16일에는 용의 세계로 돌아왔습니다.

이렇게 그가 계율을 굳게 지키며 누워 있던 어느 날 촌에 사는 열여섯 명의 사냥꾼이 사냥을 나와 숲속을 헤맸으나 아무것도 잡지 못하고 돌아오다가, 개미집 위에 누워 있는 용왕을 보고, 그날은 도마뱀 새끼 한 마리도 잡지 못했으므로 이 용왕을 잡아먹으려고 생각하였습니다.

'그런데 이놈은 너무 크다. 잡으려 하면 달아날 것이다. 누워 있는 동안 꼬챙이로 비늘 속을 찔러 힘을 못 쓰게 한 뒤에 잡자.'

이렇게 생각한 그들은 꼬챙이를 들고 가까이 왔습니다. 보살의 몸은 커서, 통나무배만큼 큰 것을 둘러감아 만든 수마나꽃의 화환과 같았고, 진쥬카열매 같은 눈과 자수마나꽃 같은 머리를 가지고 있어, 그것은 매우 아름다웠습니다. 그는 그들의 발소리를 듣고 머리를 들어 붉은 눈으로, 그들이 모두 꼬챙이를 들고 오는 것을 보고 생각하였습니다.

'오늘 내 소원은 성취될 것이다. 나는 내 몸을 보시하기로 결심하고

지금 여기 누워 있다. 저들이 와서 칼로 내 몸을 썰더라도 원망하는 눈으로 바라보지 않으리라.'

그는 이렇게 파계하는 것을 두려워하여 다시 굳게 결심하고는, 그 머리를 서린 몸 속에 넣고 누워 있었습니다. 그들은 거기로 다가와 먼저 꼬리를 붙잡고 당겨 땅바닥에 눕히고, 날카로운 꼬챙이로 여덟 군데를 찌르고, 다시 검은 덩굴나무 막대기를 가시 달린 그대로 그 상처에 찔러 꿰어메고 걸어갔습니다.

보살은 꼬챙이에 여덟 군데를 찔리면서도 한 번도 원망하는 눈으로 그들을 바라보지 않았고, 여덟 개의 막대기에 꿰여 가는 동안 그 머리가 늘어져 땅바닥에 미끄러떨어졌습니다. 그들은 그를 큰길에 눕히고 새 꼬챙이로 콧구멍을 뚫고 노끈을 넣어 머리를 들어올려 꼬리를 늘어뜨리고 다시 메고 걸어갔습니다.

마침 그때 비제하 국의 미치라 성에 사는 아라라라는 큰 부호가 오백 대의 수레를 몰고 그곳을 지나가다가, 촌사람들이 그 모양으로 보살을 메고 가는 것을 보고는, 그들에게 열여섯 대의 우차와 함께 각각 한 움큼씩의 금을 주고, 또 그들에게 아래위의 옷과 그들의 처자에게까지 옷과 영락을 주고, 그 대신 보살을 놓아보내게 하였습니다.

용왕은 집에 돌아와 많은 무리를 데리고 다시 나가 아라라를 맞이하여, 용의 세계로 데리고 돌아와 삼백의 용녀를 시켜 그를 모시게 하여 크게 감사의 뜻을 표하고 갖가지 즐거움으로 만족하게 하였습니다.

아라라는 거기서 일 년 동안 큰 즐거움을 누린 뒤에 용왕에게 출가할 뜻을 말하고, 곧 출가의 도구를 가지고 거기서 떠나 설산 지방에서 오랫동안 살았습니다. 그 뒤에 다시 거기서 떠나 바라나시로 내려와, 왕의 동산에서 하룻밤을 묵고, 이튿날 행걸하기 위해 성안으로 들어와 왕궁의 문 앞에 서 있었습니다.

바라나시왕은 그를 보고 그 네 가지 위의에 신심을 일으켜, 그를 불러들여 준비된 자리에 앉힌 뒤에 갖가지 맛난 음식을 대접하고, 자신은 낮은 자리에 앉아 먼저 다음 게송으로 물었습니다.

　　　"거룩한 풍채에 맑은 눈동자
　　　아마 당신은 양가(良家)의 출신이지.
　　　어떻게 그 재물과 처자 버리고
　　　그 집을 떠났는가? 지혜로운 사람이여."

(행자行者 아라라와 왕의 문답은 다음에 계속된다)

아　　사람의 주인이여, 나는 스스로
　　　큰 위신력(威神力) 있는 큰 용왕 궁전과
　　　그 선한 업의 큰 과보 보고
　　　왕이여, 나는 신심으로 출가했네.

왕　　출가한 사람은 탐욕 버리고
　　　공포나 분노로 거짓말 않네.
　　　내 이제 묻노니 그 사정 말하라.
　　　그 말 듣고 내게도 신심이 일어나리.

아　　나는 장사 일로 여행하다가
　　　길에서 사람들이 기뻐하면서

그 거대한 몸을 두루 꿈틀거리는
큰 용을 메고 가는 것을 보았네.

나는 그들에게 가까이 다가가
두려움에 떨면서 이렇게 말했네.
"무서운 이것 메고 어디 가는가?
사람들아, 이것으로 무엇 하려나."

"이 용을 먹기 위해 메고 가노라.
몸이 큰 용은 그 살이 맛나고
그 살은 두껍고 부드럽나니
당신은 그 맛을 모를 것이네.
우리는 지금부터 집에 돌아가
칼로 이것을 끊고 또 베어
즐거이 그 살을 먹으려 하네.
이 용들 우리의 적이기 때문이네."

"만일 몸이 거대한 이 큰 용의
그 살을 먹기 위해 메고 간다면
너희에게 열여섯 마리 소를 주리니
이 용을 결박에서 놓아주어라."

"우리는 이것을 즐겁게 먹으리라.
우리는 과거에도 많은 용을 먹었네.

그러나 아라라여, 당신 청을 들으리.
아라라여, 우리들의 좋은 벗 되라."

그들은 큰 용의 콧구멍 꿰어
옆구리까지 묶은 새끼 풀었네.
거기서 풀려난 큰 용왕은
잠깐 동안 동쪽으로 기어갔었네.

잠깐 동안 동쪽으로 기어가다가
눈물 어린 눈으로 나를 돌아보았네.
나는 열 손가락 손바닥 모으고
그 뒤에 붙어서서 따라갔었네.

"너는 그저 갈 곳을 빨리 달려라.
다시는 적들에게 붙들리지 말라.
사냥꾼을 만남은 괴로움이네.
그들에게 보이지 않는 곳으로 가라."

그는 짙푸른 물 맑은 호수로 갔네.
거기에는 목욕하는 언덕 있어 즐겁고
염부나무 베타사 나무 우거진 호수
그 속으로 그는 기뻐하며 들어갔네.

그는 거기 들어간 지 오래지 않아

그 무리들 데리고 내 앞에 나와
나를 아버지처럼 받들어 섬기었네
가슴에 사무치는 노래 부르면서.

"아라라님, 당신은 내 부모이네.
육친이요 살려준 좋은 벗이네.
나는 내 신통을 다시 회복하였네.
아라라님, 내가 사는 이 집 보시오.
여기는 제석천의 저 궁전처럼
음료와 식물(食物)이 풍부히 있네."

대왕님, 그 용왕은 이렇게 말하고 다시 다음 게송으로 그 용의
세계를 찬미하였습니다.

"이 땅은 그 지형 좋을 뿐 아니라
자갈 없고 부드럽고 아름다우며
풀은 짧고 티끌 적고 화려하나니
여기에는 아무런 걱정이 없네.
한적하고 짙푸른 유리처럼 빛나며
둘러선 암라숲은 즐길 만하나니
익은 열매, 반 익은 열매와 꽃이 핀 것과
일 년 내내 열매를 맺는 것 있네."

인간의 주인이여, 그 숲속에는

은기둥 있는 눈부신 황금으로 된
넓고도 또 큰 궁전이 있어
마치 번갯불처럼 공중에서 빛났었네.

진주와 황금과 여러 가지 빛깔로
광대한 그 궁전은 언제나 새로웠고
그 안에는 화장하고 황금팔찌 긴
소녀들이 언제나 가득했었네.

기상이 늠름한 상카파라 용왕은
천 개 기둥으로 찬란히 빛나는
견줄 데 없는 그 궁전에 올라갔나니
거기에는 첫째 왕비 살고 있었네.

유리로 만들어 값지고 빛나며
그 바탕이 뛰어난 마니구슬 지니고
그 행동 우아한 어떤 여인은
우리가 앉을 자리 운반해왔네.

그러자 용왕은 내 손을 잡고
첫째 자리에 앉히면서 말하였네.
"당신은 저기 저 자리에 앉으시오.
당신은 내 스승 중에 제일이시네."

또 정숙한 다른 여인들
그들은 맑고 깨끗한 물로
내 발을 씻기었네. 인간의 주인이여,
사랑하는 남편 발을 씻어주는 아내처럼.

또 정숙한 그 여인들은
황금으로 만든 바리를 가져왔나니
거기는 갖가지 국, 갖가지 반찬,
보기에도 맛난 밥이 담겨 있었네.

대왕님, 그리고 공양 마치자
왕의 뜻을 잘 아는 그 여인들
음악으로 나를 즐겁게 하고
천상의 향락으로 나를 모셨네.

그리고 그 용왕은 내게 다가와 다음 게송을 읊었습니다.

"아라라님, 내 아내 그 수 삼백인데
모두 허리 가늘고 연꽃처럼 빛나네.
그들은 당신이 하라는 대로 하리니
나는 당신 비녀(婢女)로 그들 바치리."

그래서 저는 용왕이 베풀어준 천상의 맛을 일 년 동안 즐기다가 마지막에 그 용왕에게 이렇게 물었습니다.

"용은 어떻게 용으로 태어나되
천궁(天宮)의 최상인 이 자리 얻었는가?

구하지 않았는데 얻어졌는가?
운수에 의하여 생긴 것인가?
그것이 스스로 찾아왔는가?
혹은 천인(天人)들이 베푼 것인가?
용왕이여 나는 그대에게 묻노니
그대는 어떻게 이 자리 얻었는가?"

(지금부터는 아라라와 용왕 두 사람의 문답의 게송이다)

용　구하지 않고 얻어진 것 아니요,
　　운수에 의해 생긴 것도 아니네.
　　그것이 스스로 온 것 아니요,
　　또 천인들이 준 것도 아니네.
　　나 스스로 지은 선업에 의해
　　나는 이 천궁을 얻은 것이네.

아　그 선업 무엇인가? 그 범행(梵行) 무엇인가?
　　무엇을 쌓았기에 이런 과보 있는가?
　　용왕이여, 그것을 내게 말하라.
　　어떻게 그대는 이 천궁 얻었는가?

용　나는 마가다 국의 왕이었었네.
　　두요다나라 불리며 큰 위력 있었네.
　　이 생명이란 변화하는 법으로서
　　항상 머무르지 않는 것임을 알았네.

　　그리하여 깨끗한 마음으로
　　음식의 큰 보시를 정성껏 행하였네.
　　그때의 내 집은 보시의 샘물로서
　　사문·바라문들 그것 한껏 받았네.

　　나는 이런 선업과 이런 범행을
　　정성껏 쌓아 이런 과보 얻었나니
　　그로써 나는 음식이 풍부한
　　이 하늘궁전을 얻게 되었네.

아　춤추고 노래하며 오래 사는 것,
　　그러나 그것도 영원한 것 아니네.
　　신력(神力)도 없고 위광(威光)도 없으면서
　　신력과 위광 있는 그대를 쳤네.
　　이빨 무기 가진 이여, 무슨 일인가?
　　그대 왜 부랑자의 손에 잡혔는가?
　　그대는 큰 두려움 느꼈는가?
　　그대 이빨 위광은 끊어졌는가?
　　이빨 무기 가진 이여, 무슨 일인가?

그대 왜 부랑자들의 고통을 받았는가?

용   나는 큰 두려움 느끼지 않네.
      내 위광은 저들이 해칠 수 없네.
      선한 사람의 명예스러운 그 법은
      저 넓은 바다처럼 넘기 어렵네.

      아라라님, 14일, 15일에는
      나는 언제나 포살계를 지켰네.
      그런데 열여섯 명의 촌사람이 왔나니
      튼튼한 새끼와 튼튼한 덫을 들고.

      먼저 콧구멍 뚫어 새끼를 꿰고
      사나운 그들은 나를 사로잡아 갔네.
      나는 그 포살계를 지키기 위해
      그런 고통도 견디고 참았었네.

아   나는 혼자서 길을 걸어가다가
      힘세고 아름다운 그대 보았네.
      그대는 존귀하고 지혜 있나니
      용이여, 왜 그대 고행 닦는가?

용   자식이나 재물을 위해서가 아니네.
      아라라님, 또 수명을 위해서도 아니네.

인간세상에 태어나길 바라나니
그 때문에 나는 힘써 고행 닦았네.

아   그대는 붉은 눈과 넓은 가슴 있으며
갖가지 장식에 수염·머리 어울리며
붉은 전단나무의 향을 바르고
건달바의 왕처럼 사방에 번쩍이네.
천인들의 신통과 큰 위력 있고
무엇이나 마음대로 향락하거니
용왕이여, 그 까닭 그대에게 묻나니
인간세계 무엇이 그보다 훌륭한가?

용   아라라님, 그 인간세계 이외에는
청정한 열반 없고 계율도 없네.
그러므로 나는 그 인간세계에 태어나
이 나고 죽음을 아주 없애려 하네.

아   나는 그대에게서 일 년을 지내면서
갖가지 맛난 음식 공양받았네.
용왕이여, 나는 이제 떠나려 하네.
내 집을 떠난 지 오래됐나니.

용   아이들도 아내들도 또 시자들도
내게 친근한 이들, 모두 당신 섬기었네.

그들 중의 누가 당신 비방하던가?
나는 언제고 당신 보기 원하네.

아   아버지와 어머니 있는 집은 즐겁네.
      귀여운 아이 나면 더욱 좋으리.
      그보다도 나는 이곳 더욱 즐겁네.
      용왕이여, 그대 마음 나를 믿기 때문이네.

용   아라라님, 여기 내게 여의주 있네.
      무엇이나 이룰 수 있는 큰 여의주네.
      이것 가지고 집에 돌아가시오.
      그리고 재물 얻거든 곧 이것 버리시오.

이렇게 말하고 아라라는,

"대왕님, 그때 나는 그 용왕에게 '벗이여, 내게는 보물이 필요 없습니다. 나는 출가하고 싶습니다'라고 출가의 도구를 청해 얻은 뒤에 그와 함께 용의 세계에서 나와서는 그를 돌려보내고, 설산으로 들어가 수행하였습니다"

하고, 그 왕을 위해 설법하고는 다음 게송을 읊었습니다.

"인간의 모든 것 덧없는 것으로서
변화하는 성질임을 나는 보았네.
그리고 또 욕심의 허물됨을 알고는
대왕이여, 나는 신심으로 출가했네.

젊은이도 늙은이도 그 몸 부서져
나무의 열매처럼 떨어지나니
대왕님, 이것 알고 나는 출가하였네.
의심 없는 사문의 도야말로 훌륭하여라."

이 게송을 듣고 왕은 다음 게송을 읊었습니다.

"진실로 친하고 가까이해야겠네.
지혜롭고 많이 알고 생각 깊은 이에게,
아라라여, 용과 당신의 그 문답 듣고
나도 한량없는 그 선업을 닦으리."

아라라 행자는 이 말을 듣고 다음 게송으로 왕을 격려하였습니다.

"진실로 친하고 가까이해야 하리
지혜롭고 많이 알고 생각 깊은 이에게.
대왕님, 용과 나의 그 문답 듣고
당신도 한량없는 선업 행하라."

이렇게 그는 왕을 위해 설법하고 거기서 사 년 동안 살다가, 다시 설산에 들어가 일생 동안 네 가지 범주(梵住)의 법을 닦다가 죽어서는 대범천(大梵天) 세계에 났습니다.

상카파라는 일생 동안 포살계를 지켰고, 왕도 보시 등 선업을 행하다가, 각기 그 업을 따라 날 곳에 났습니다.

부처님은 이 설법을 마치고 다시 전생과 금생을 결부시켜

"그때의 그 아버지 행자는 지금의 저 가섭이요, 바라나시의 왕은 아
난다이며, 아라라는 사리불이요, 상카파라는 바로 나였다"

고 말씀하셨습니다.

출리 出離

4

옛날 바라나시의 수타소마 왕이 권력과 부귀영화에
염증을 느껴 출가하자 많은 사람들이 그 뒤를 따라
설산 지방에 도원을 세우고 수도했다는 이야기.

이 전생 이야기는 부처님이 기원정사에 계실 때, 출리(出離) 바라밀
에 대해 말씀하신 것입니다.

옛날 부라후마다타 왕이 바라나시에서 나라를 다스리고 있을 때, 보
살은 첫째 왕비의 아들로 태어나, 그 입이 달처럼 빛났기 때문에 이름
을 소마(달) 왕자라 하였습니다. 지각이 생길 나이가 되자 무엇이나 듣
기 좋아하였으므로 수타소마(듣기를 좋아한다)로 불렸습니다.

성년이 되어 그는 득차시라로 가서 학예를 배우고 돌아왔습니다. 부
왕은 그에게 왕위를 물려주어, 그는 왕권을 잡고 정의로써 나라를 다스
렸습니다. 그에게는 찬다 왕비를 비롯하여 일만육천의 부인이 있었습
니다.

그는 많은 아들과 딸을 낳아 기른 뒤에 가정생활에 염증을 느껴 출가

하여 숲속으로 들어가고 싶다고 생각하였습니다. 어느 날 그는 이발사에게,

"내 머리에서 흰 털이 보이거든 곧 내게 알려라"

라고 말하였습니다. 그 뒤에 이발사는 왕의 머리에서 흰 털을 발견하고 곧 왕에게 알렸습니다. 왕은 그것을 뽑아 자기 손바닥에 놓으라고 하였습니다. 이발사는 황금집게로 그것을 뽑아 왕의 손바닥에 놓았습니다. 왕은 그것을 보고,

"아아, 내 몸은 내 나이에 지고 말았구나"

하고 탄식하고는 그것을 쥐고 궁전에서 내려가, 많은 사람들이 다 보이는 자리에 앉았습니다. 그리하여 장군을 비롯한 팔만의 대신들과 사제를 비롯한 육만의 바라문들, 그리고 성안 사람, 촌사람들을 모두 불러놓고,

"내 머리에 흰 털이 났다. 나는 이제 노인이다. 나는 출가하려 한다"

하고 다음 게송을 읊었습니다.

"성안 사람과 내 벗들과
대신들과 의원들에게 나는 고하노니
내 머리에 흰 털이 났나니
나는 이제 출가하려 하노라."

이 말을 듣고 모두 낙담하여 다음 게송으로 아뢰었습니다.

"아무 까닭 없는 말 어찌 하는가?
저희들 가슴에 화살을 꽂네.

대왕님의 저 칠백 미녀들
그들은 장차 어찌하라 하는가?"

왕은 다시 다음 게송을 읊었습니다.

"그들은 누구에게나 사랑받으리.
나이 아직 젊거니, 다른 사람 섬기리.
나는 천상세계가 못내 그리워
이제 집을 떠나 수도하려 하네."

대신들은 왕에게 당할 말이 없어 왕의 어머니에게 가서 이 사정을 이야기하였습니다. 어머니는 빨리 달려나와,
"그대는 출가하려 한다던데 사실인가?"
하고 다음 게송을 읊었습니다.

"수타소마여, 나는 그대 어머니다.
이처럼 비탄하는 이 어미 마음
돌아보지도 않고 출가하다니?
왕이여, 나는 나쁜 아들 두었구나.
수타소마여, 나는 그대 낳았다.
이처럼 비탄하는 이 어미 마음
돌아보지도 않고 출가하다니?
왕이여, 나는 나쁜 아들 낳았구나."

어머니가 이처럼 비탄하는데도 왕은 한마디 말이 없었으므로, 어머니는 울며 울며 물러섰습니다. 대신들은 다시 그 아버지에게 알리니, 아버지는 달려와 다음 게송으로 말하였습니다.

"그 '모든 법'이란 어떤 것인가?
수타소마여, 출가란 어떤 것인가?
왕이여, 우리는 이렇게 늙었는데
돌아보지도 않고 출가하다니?"

아버지의 이 말을 듣고도 왕은 아무 말이 없었습니다. 그래서 그 아버지는
"수타소마여, 그대는 부모에 대해서는 애정이 없더라도, 그대의 그 많은 아들과 딸들은 모두 어린것뿐이다. 만일 그대가 없으면 저들은 어떻게 살아가겠는가? 저들이 성장한 뒤에 출가하면 어떻겠는가?"
하고 다음 게송을 읊었습니다.

"그대에게는 많은 아이들 있네.
그들은 아직 성년 되지 못하였네.
정다운 말로 돌봐주지 않으면
아마 그들은 고통당하리."

이 말을 듣고 보살(왕)은 다음 게송으로 답하였습니다.

"그 어리고 귀엽고 또 아름답고

아직 성년 되지 않은 아이들이나
　　아버지도 어머니도 모든 것들도
　　끝내는 나와 헤어지고 말 것을."

　이렇게 말하고 보살은 그 아버지를 위해 설법하였습니다. 아버지는 그저 잠자코 있었습니다. 이 소식을 듣고 칠백의 궁녀들은 모두 궁전에서 내려와 그 곁에 가서 왕의 복사뼈를 붙잡고 비탄하면서 다음 게송으로 말하였습니다.

　　"당신 마음 어디 상한 일 있는가?
　　우리들을 불쌍히 여기지 않는가?
　　대왕님, 우리들이 이리 슬피 우는데
　　돌아보지도 않고 출가하다니?"

　보살은 그들이 발 앞에 쓰러져 슬피 우는 소리를 들으면서 다음 게송으로 말하였습니다.

　　"내 마음 아무 데도 상한 일 없다.
　　너희들을 불쌍히 여기는 마음도 있다.
　　그러나 나는 천상세계 그리워
　　지금부터 출가해 수도하려 하네."

　다음에는 그 첫째 왕비에게 알렸습니다. 그는 만삭이 된 몸으로 달려와 보살에게 예배하고 그 곁에 서서 다음 게송을 읊었습니다.

"수타소마여, 나는 당신의 아내,
이처럼 비탄하는 이 여자 마음을
돌아보지도 않고 출가하다니?
왕이여, 나는 나쁜 남편 두었던가?

수타소마여, 나는 당신의 아내,
내 몸이 이처럼 무거워진 것을
돌아보지도 않고 출가하다니?
왕이여, 나는 나쁜 남편 두었던가?

내 태(胎) 안의 아기는 성숙하였네.
이 아기 낳기까지 떠나지 말라.
나 혼자 외로운 과부 몸으로
한평생 괴로움을 당하게 말라."

보살은 다음 게송으로 답하였습니다.

"그대 몸의 그 아기 성숙했다면
바라노니 이 세상에 견줄 데 없는
아름답고 뛰어난 사내 낳아라.
나는 그를 남기고 출가하려네."

이 말을 듣고 왕비는 슬픔을 견디지 못하면서
"대왕님, 그러면 지금부터 우리에게는 행복이란 것은 없어졌습니다"

48

하고 두 손으로 가슴을 누르면서 큰 소리로 울었습니다. 보살은 그를 위로하며 다음 게송을 읊었습니다.

"찬다여, 울지 말라, 슬퍼하지 말라.
어두운 숲의 나뭇잎 같은 그 눈이여,
저 궁전 위에 올라가 누워 있어라.
나는 아무 미련 없이 떠나가리라."

왕비는 이 말을 듣고 견딜 수 없어 궁전 위로 올라가 울며 앉아 있었습니다. 그때 그의 맏아들이 그 어머니가 울고 있는 것을 보고 이상히 여겨 다음 게송으로 물었습니다.

"어머니, 누가 어머니 마음 거슬렀는가?
나를 자꾸 바라보며 왜 우는가?
우리 친족 중에 의심받을 누가 있는가?
그를 알면 나는 그를 가만두지 않으리."

그때 어머니는 다음 게송으로 답하였습니다.

"내 마음 거스른 사람, 저 왕이다.
그러나 그를 어찌할 수 있느냐?
사랑하는 아들아, 네 아버지는 내게 말했다.
'나는 아무 미련 없이 떠나가리라'고."

맏아들은 어머니의 이 말을 듣고,

"어머님, 그게 무슨 말씀입니까? 그렇게 되면 우리는 의지할 곳 없는 신세가 되지 않습니까?"

하고 탄식하면서 다음 게송을 읊었습니다.

　　"일찍 수레 타고 동산에도 나가고
　　취한 코끼리 타고 전장에도 나갔거니
　　이제 수타소마 집을 떠나면
　　외로운 우리 장차 어떻게 하리."

그때 일곱 살 된 그 아우가 두 사람이 우는 것을 보고, 그 어머니에게 다가가서 물었습니다.

"어머님, 왜 우십니까?"

그 이유를 듣고 그는,

"어머님, 그렇다면 울지 마십시오. 나는 아버지를 출가하지 못하도록 하겠습니다"

하고 두 사람을 위로한 뒤에, 그 유모와 함께 궁전을 내려가 아버지 곁에 가서,

"아버지, 아버지는 우리가 싫다는데 왜 우리를 버려두고 출가하려 하십니까? 그러나 나는 아버지를 출가 못 하도록 하겠습니다"

하고는, 아버지의 목을 껴안고 다음 게송으로 만류하였습니다.

　　"어머니도 울고
　　우리 형도 울고 있네.

아버지 손 붙잡으리.

가지 마, 아버지, 우릴 버리고."

보살은 생각하였습니다.

'이것은 내게 큰 방해다. 어떻게 하면 좋을까?'

그리고 그 유모를 보고는,

"유모여, 이 큰 보주(寶珠)를 네게 준다. 이 아이를 치워다오. 내게 방
해되게 하지 말라"

하고, 자기 손으로는 아이를 떼어놓을 수 없어 유모에게 보주의 선물을
주면서 다음 게송을 읊었습니다.

"유모여, 일어나 이 왕자 데리고

다른 곳으로 가서 즐겁게 하라.

천상세계 그리워해 출발하려는

내 이 걸음에 방해되지 말게 하라."

유모는 그 보주를 받고 왕자를 달래어 다른 곳으로 데리고 갔습니다.
그리하여 거기서 슬피 탄식하면서 다음 게송을 읊었습니다.

"이 빛나는 보주 던져버리자.

이것이 내게 무슨 소용 있으랴.

수타소마 왕님이 출가한 뒤에는

장차 이 왕자 어떻게 하리."

다음에 대장군은,

"이 왕은 우리 집에 보물이 적다고 생각하는 것 같다. 보물이 많음을 알려드리자"

하고, 자리에서 일어나 예배한 뒤에 다음 게송으로 말하였습니다.

"대왕님, 창고는 크기도 한데
그 큰 창고에 보물이 가득하네.
대왕님은 이 대지 차지했으니
마음껏 향락하고 출가하지 마시라."

이 말을 듣고 왕은 다음 게송으로 답하였습니다.

"내 창고는 크기도 한데
그 큰 창고에 보물이 가득하다.
나는 이 대지 차지하였다.
그러나 그것 두고 나는 떠나리."

그때 쿠라밧다나라는 장자는 자리에서 일어나, 떠나려는 왕에게 예배하고 다음 게송으로 말하였습니다.

"내게도 한없이 보물이 많아
그것은 이루 다 헤아릴 수 없네.
나는 그것 모두 대왕께 바치리니
마음껏 향락하고 출가하지 마시라."

이 말을 듣고 왕은 다음 게송으로 답하였습니다.

　"그대의 재물은 한없이 많다.
　쿠라밧다나여, 나는 그것 받는다.
　천상세계를 그리워하기에
　그것으로써 나는 집을 떠나리."

이 말을 듣고 쿠라밧다나가 떠나자, 왕은 소마다타라는 아우를 불러,
　"아우야, 나는 새장에 든 새처럼 모두가 귀찮아졌다. 나는 갈수록 가
정생활에 불만을 느낀다. 나는 오늘 출가하리니 네가 이 나라를 맡아
다스려라"
하고, 왕위를 물려주면서 다음 게송을 읊었습니다.

　"소마다타여, 나는 모두 귀찮고
　불만스런 생각이 나를 누른다.
　그리고 또 장애도 많나니
　오늘이야말로 나는 집을 떠나리."

이 말을 듣고 소마다타도 함께 출가하리라 생각하고 다음 게송을 읊
었습니다.

　"집 떠나는 것 형님의 소원,
　그러면 형님 오늘 집을 떠나라.
　나도 형님 따라 집을 떠나리.

형님 없으면 나는 견딜 수 없네."

그러자 수타소마는 그것을 거절하면서 다음 반게(半偈)를 읊었습니다.

　"아우야, 만일 너까지 출가하면
　온 나라에 밥 짓는 연기가 끊어지리."

이 말을 듣고 사람들은 모두 보살의 발아래 엎드려 슬피 울면서 다음 반게를 읊었습니다.

　"만일 대왕님 출가하시면
　우리는 지금부터 어떻게 하리."

그때 보살은,
　"울음을 그쳐라. 근심하지 말라. 비록 내가 아무리 오래 산다 해도 끝내는 그대들과 헤어지지 않으면 안 될 것이다. 유위(有爲)의 법이란 영원한 것이 아니다"
하고 다음 게송으로 설법하였습니다.

　"조금씩 쏟아 차츰차츰 줄어드는
　항아리에 남은 적은 물처럼
　그토록 짧은 목숨이거니
　지금은 게으를 그때 아니네.

조금씩 쏟아 차츰차츰 줄어드는
항아리에 남은 적은 물인 듯
그처럼 짧은 이 목숨인데
어떤 사람은 게으름에 빠져 있네.

그들은 목마른 애욕에 묶이어
지옥의 세계를 더욱 늘리고
축생 세계도 아귀 세계도
아수라 세계도 더욱 늘리네."

보살은 이렇게 대중을 위해 설법한 뒤에, 품파카라는 궁전에 올라가다가 일곱째 계단 위에 서서 칼로 상투를 베고는,

"나는 그대들과 아무런 인연도 없는 사람이다. 그대들은 제각기 마음대로 왕을 섬겨라"

하고, 그 상투를 머릿수건과 함께 대중 가운데로 던졌습니다. 이 광경을 본 대중은 땅바닥에 쓰러져 슬피 울었습니다. 그때 거기에는 큰 먼지구름이 일어났습니다. 뒤에 섰던 사람들은 그것을 보고,

"아마 대왕님이 상투를 베어 머릿수건과 함께 대중들 복판에 던졌을 것이다. 그 때문에 궁전 가까이 저 먼지구름이 일어났을 것이다"

하고 비탄하면서 다음 게송을 읊었습니다.

"저 품파카 궁전의 가까이에서
먼지구름이 저처럼 오르나니
아마 이름 높은 우리 법왕님

그 귀한 상투 베었으리라."

보살은 한 사람의 종자(從者)를 시켜 출가의 도구를 가져오게 하였습니다. 그리고 이발사에게 머리와 수염을 깎게 하고 장식하는 도구를 침대 위에 둔 채 빨간 모포의 가장자리를 끊어버린 뒤에, 누런 가사를 입고 흙바리를 왼쪽 어깨에 차고는 지팡이를 짚고 옥상의 광장을 이리저리 거닐다가, 궁전에서 내려와 거리 복판으로 나갔습니다. 그러나 아무도 그를 알아보는 이는 없었습니다. 그때 크샤트리아 족의 소녀들은 궁전 위에 올라가보았습니다. 그러나 왕은 없고 다만 그 장식품만이 남아 있는 것을 보고, 밑으로 내려와 다른 일만육천 명의 여자들에게 가서,

"당신네들의 주인이신 수타소마 대왕은 출가하셨습니다"
하고 큰 소리로 슬피 울면서 밖으로 나갔습니다. 그리하여 사람들은 왕이 출가한 것을 알았습니다.

성안 사람들은 모두 놀라 왕이 출가하셨다 하면서 왕궁 문 앞에 모였습니다. 그리하여 그들은 왕이 어디 있을까 하고 이리저리 다니며, 왕궁을 비롯하여 왕이 쓰던 곳을 두루 찾았으나 왕을 보지 못하고 다음 게송을 읊었습니다.

"이것은 그의 황금궁전으로서
화환을 여기 마구 뿌리었었고
여기서 왕은 소요하였네
그 아름다운 여인들 데리고.

이것은 그의 황금궁전으로서

56

화환을 여기 마구 뿌리었었고
여기서 왕은 소요하였네
그 정다운 친척들 데리고.

이것은 그의 황금누각으로서
화환을 여기 마구 뿌리었었고
여기서 왕은 소요하였네
그 아름다운 여인들 데리고.

이것은 그의 황금누각으로서
화환을 여기 마구 뿌리었었고
여기서 왕은 소요하였네
그 정다운 친척들 데리고.

이것은 그의 무우수(無憂樹)의 숲으로서
세 철로 꽃이 피어 아름다웠고
여기서 왕은 소요하였네
그 아름다운 여인들 데리고.

이것은 그의 무우수의 숲으로서
세 철로 꽃이 피어 아름다웠고
여기서 왕은 소요하였네
그 정다운 친척들 데리고.

이것은 그의 동산으로서
세 철로 꽃이 피어 아름다웠고
여기서 왕은 소요하였네
그 아름다운 여인들 데리고.

이것은 그의 동산으로서
세 철로 꽃이 피어 아름다웠고
여기서 왕은 소요하였네
그 정다운 친척들 데리고.

이것은 그의 카니카라 숲으로서
세 철로 꽃이 피어 아름다웠고
여기서 왕은 소요하였네
그 아름다운 여인들 데리고.

이것은 그의 카니카라 숲으로서
세 철로 꽃이 피어 아름다웠고
여기서 왕은 소요하였네
그 정다운 친척들 데리고.

이것은 그의 파타리 숲으로서
세 철로 꽃이 피어 아름다웠고
여기서 왕은 소요하였네
그 아름다운 여인들 데리고.

이것은 그의 파타리 숲으로서
세 철로 꽃이 피어 아름다웠고
여기서 왕은 소요하였네
그 정다운 친척들 데리고.

이것은 그의 암바라 숲으로서
세 철로 꽃이 피어 아름다웠고
여기서 왕은 소요하였네
그 아름다운 여인들 데리고.

이것은 그의 암바라 숲으로서
세 철로 꽃이 피어 아름다웠고
여기서 왕은 소요하였네
그 정다운 친척들 데리고.

이것은 그의 연못으로서
연꽃이 덮이었고 새들이 모였으며
여기서 왕은 소요하였네
그 아름다운 여인들 데리고.

이것은 그의 연못으로서
연꽃이 덮이었고 새들이 모였으며
여기서 왕은 소요하였네
그 정다운 친척들 데리고."

그들은 이렇게 여기저기 돌아다니며 비탄하다가 왕궁 뜰에 모여 다음 게송을 읊었습니다.

"왕은 참으로 출가했구나.
왕은 참으로 이 나라 버리고
누런 빛깔의 가사 걸치고
코끼리처럼 혼자 다니겠구나."

그리하여 그들은 모두 제집과 재산을 버려둔 채 아이들 손을 잡고 보살이 있는 곳으로 왔습니다. 그와 같이 부모도 처자도 일만육천의 무희들도 모두 뒤따랐습니다. 그래서 성안은 다 텅 비었고, 각 지방의 주민들도 잇따라 왔습니다. 보살은 십이 유순(由旬)이나 뻗친 대중을 데리고 설산 지방으로 갔습니다.

그때 제석천은 보살이 출가함을 알고 그 부하 비수갈마를 불러,

"비수갈마여, 수타소마 왕이 출가하였다. 그를 따르는 대중도 많으므로 그들이 있을 장소가 필요하다. 그대는 설산 지방으로 가서 항하가에, 길이 삼십 유순, 폭 오십 유순의 도원을 세워라"

하고 그를 보내었습니다. 비수갈마는 그 분부대로 도원을 세우고, 거기에 그들이 쓸 도구를 준비한 뒤에, 한 사람이 다닐 만한 길을 만들고는 천상으로 돌아갔습니다.

보살은 그 길을 따라 도원으로 들어가 먼저 자신이 수행인이 되고, 또다른 사람들도 다 수행인이 되게 하였으므로 삼십 유순 되는 장소가 가득 찼습니다.

비수갈마가 그 도원을 지은 방법과 많은 사람들이 출가하던 광경과

보살이 도원을 정돈하던 모양은 제 오백구 이야기에서 기술한 것과 같습니다.

그런데 보살은 누구나 욕심이나 삿된 생각을 일으키는 이가 있으면, 허공을 날아 그에게로 가서 그 공중에 가부하고 앉아, 다음과 같은 게송으로 훈계하였습니다.

> "기쁘게 웃고 즐겁게 놀던
> 과거의 일들은 생각하지 말라.
> 저 선견성(善見城)은 그보다 즐겁거니
> 애욕으로 자신을 멸망시키지 말라.
>
> 밤이나 낮이나 끊임이 없이
> 한없는 자비심을 더욱 닦아라.
> 선업을 지은 이들이 즐겁게 사는
> 저 천상세계로 가도록 하라."

그들은 이 교훈을 지키며 살다가 죽어서는 다 천상세계로 갔습니다.

부처님은 이렇게 설법하신 뒤,

"비구들이여, 내가 위대한 출가를 완수한 것은 이번만이 아니요, 전생에도 그러했다"

하고, 다시 전생과 금생을 결부시켜,

"그때의 그 부모는 지금 대왕의 일족이요, 찬다 왕비는 저 라훌라의 어머니이며, 그 맏아들은 사리불이요, 끝아들은 라훌라이며, 그 유모는 저 구수다라요, 쿠라밧다나 장자는 가섭이며, 대장군은 목건련이요, 소마다타 왕자는 아난다이며, 수타소마 왕은 바로 나였다"
고 말씀하셨습니다.

5

정**진** 精進

옛날 비제하 국의 아릿타자나카 왕이 아우를 의심하여
둘 사이에 전쟁이 일어나 형이 죽고, 그 부인의 태내에 있던 아들,
마하자나카가 자라나 많은 역경을 헤치고 왕이 되나
점차 출가에 마음이 기울어지게 되었다는 이야기.

이 전생 이야기는 부처님이 기원정사에 계실 때, 위대한 정진(精進)
에 대해 말씀하신 것입니다.

어느 날 비구들은 법당에 모여 부처님의 위대한 정진을 찬탄하면서
앉아 있었습니다. 부처님은 거기 오셔서 물으셨습니다.

"비구들이여, 지금 무슨 이야기로 여기 모여 있는가?"

비구들이 사실대로 말씀드리자 부처님은,

"비구들이여, 내가 위대한 정진을 수행한 것은 이번만이 아니요, 전
생에도 그러했다"

하고 그 과거의 일을 말씀하셨습니다.

옛날 비제하 국의 미치라 성에서 마하자나카라는 왕이 나라를 다스
리고 있었습니다. 그에게는 아릿타자나카와 포라자나카라는 두 왕자가

있었습니다. 왕은 그들 중에서 그 형에게는 부왕(副王)의 지위를 주고 아우에게는 장군의 지위를 주었습니다. 그 뒤에 왕이 죽고 아릿타자나카가 왕이 되어 그 아우에게 부왕의 지위를 물려주었습니다.

어떤 신하가 왕에게 나아가,

"대왕님, 부왕이 대왕님에 대해 적의를 가지고 있습니다"

라고 아뢰었습니다. 왕은 그가 되풀이하는 말을 듣자 의심이 생겨, 그 아우를 묶어 왕궁에서 멀지 않은 어떤 집에 가두고 파수꾼을 세워두었습니다. 그 부왕은,

"만일 내가 형에 대해 적의가 있다면 이 사슬도 풀리지 않고 이 문도 열리지 말고 있으라. 그러나 만일 그렇지 않으면 이 사슬이 풀리고 이 문도 열려라"

라고 맹세하였습니다. 그러자 사슬은 토막토막 끊어지고 문은 열렸습니다. 그는 밖으로 나와 어떤 국경 지방의 마을로 달아나 자리를 잡았습니다. 국경에 사는 사람들은 그를 알아보고 잘 모셨습니다. 그러므로 왕은 그를 체포할 수 없었습니다.

국경 지방의 작은 나라들을 포섭하자 그를 따르는 사람이 차츰 많아졌습니다. 그는,

"이전에 나는 형에 대해 적의가 없었지만, 지금은 그렇지 않다"

하고, 많은 사람의 호위를 받으면서 미치라 성으로 나아가 그 성 밖에 군대를 야영시켰습니다. 그 성안 사람들은 그가 왔다는 말을 듣고, 거의 전부가 코끼리와 기타 무기들을 가지고 그에게로 모였습니다. 성 밖의 사람들도 모였습니다.

그는 형에게 통첩을 내었습니다.

"이전에 나는 당신에게 적의가 없었으나 지금은 적의가 있다. 왕위를

내놓으라, 그러지 않으면 전쟁이다."

왕은 전장으로 나가면서 그 첫째 왕비에게,

"전쟁의 승패는 알 수 없는 것이오. 만일 내게 이렇다 할 일이 생기거든 배 속에 든 그 아이나 잘 낳아 기르시오"

하고 나갔습니다. 그리하여 그 전쟁에서 포라자나카의 군사는 왕을 죽였습니다.

왕이 죽었다고 하여 온 성안에는 큰 동요가 일어났습니다. 왕후는 황급히 금과 기타 귀중한 물건을 챙겨 상자에 넣고는, 그 위에 누더기를 덮고 다시 그 위에 벼알을 흩뿌린 뒤에, 남루한 옷으로 변장하고 그 상자를 머리에 이고 새벽에 성을 나왔습니다. 그러나 아무도 그가 왕후인 것을 몰랐습니다.

왕후는 북문으로 나갔으나 지금까지 아무 데도 나다녀본 일이 없었기 때문에 길을 몰라 방향을 정할 수가 없었습니다. 다만 첨파라는 성이 있다는 말을 들었기 때문에,

"첨파로 가는 분은 없습니까?"

라고 물어보면서 앉아 있었습니다.

그런데 그 여자의 태 안에 있는 아이는 보통 사람이 아니었습니다. 그는 실로 바라밀을 완성한 보살이 재생해 와서 있었던 것입니다. 그의 위력에 의해 제석천왕의 궁전이 흔들렸습니다. 제석천왕은 두루 관찰하다가 그것이 그 보살의 힘인 것을 알았습니다.

"저 여자의 태 안에서 재생해 있는 사람은 큰 복덕을 갖추고 있다. 내가 가서 보호하지 않으면 안 된다"

하고, 덮개 있는 마차를 만들고 그 안에 침대를 두었습니다. 그리고 노인으로 변장하여 마차를 몰고 와서, 그 여자가 앉아 있는 공회당 입구

에 서서 외쳤습니다.

"첨파 성으로 가는 사람은 없습니까?"

"할아버지, 내가 갑니다."

"그렇거든 부인은 이 차를 타십시오."

"할아버지, 나는 만삭이 되어 수레를 탈 수 없습니다. 수레 뒤에서 따라가지요. 그런데 이 상자만은 실을 수 없겠습니까?"

"부인, 왜 그런 말씀을 하십니까? 마차를 모는 기술에서 나와 비교할 이는 없습니다. 두려워할 것 없습니다. 이 차를 타고 앉아 계십시오."

그 여자가 차를 탔을 때 그는 그 위력으로 지면을 들어올려 차의 뒤 끝에 닿게 하였습니다. 그 여자는 차를 타고 침대에 누우면서 그가 틀림없이 신인(神人)이라 생각하였습니다. 그 여자는 침대에 눕자 이내 잠이 들었습니다.

그런데 제석천왕은 삼십 유순쯤 왔을 때 어떤 강가에 닿았으므로, 그 여자를 불러 깨우고 말하였습니다.

"부인, 차에서 내려 저 강에서 목욕하십시오. 그 침대 머리맡에 옷이 있으니까 그것을 입으십시오. 또 차 안에 과자도 있으니까 그것을 드십시오."

그 여자는 시키는 대로 모든 일을 마치고 다시 누웠습니다.

저녁나절이 되어 첨파에 도착하였습니다. 그 여자는 성문과 망루와 성벽들을 바라보고 물었습니다.

"할아버지, 이것은 무어라는 성입니까?"

"이것이 첨파 성입니다."

"벌써 왔습니까? 할아버지, 우리가 사는 성에서 첨파 성까지는 육십 유순이나 된다던데요."

"그렇습니다. 부인, 그러나 나는 지름길을 알고 있습니다."

그리하여 그는 그 여자를 남문 가까이 내려놓고,

"부인, 내가 사는 마을은 좀더 가야 합니다. 부인은 이 성안으로 들어가십시오"

하고 떠났습니다. 그리하여 제석천은 이내 사라져 천상으로 돌아갔습니다.

그 여자는 어느 공회당 안에 앉아 있었습니다. 그때 첨파에 사는 어떤 성전을 잘 외우는 바라문이 오백 명의 제자들을 데리고 목욕하러 나왔다가, 실로 둘도 없이 아름답고 고운 이 여자를 멀리서 바라보고, 이 여자의 배 속에 있는 아기의 위력으로 말미암아, 이 여자를 보자마자 누이동생에 대한 애정이 일어났습니다. 그래서 그 제자들을 남겨두고 혼자서 공회당 안으로 와서 물었습니다.

"부인, 어디 계십니까?"

"나는 미치라 성의 아릿타자나카 왕의 첫째 부인입니다."

"어째서 여기까지 왔습니까?"

"아릿타자나카 왕이 그 아우 포라자나카에게 죽었습니다. 그래서 나는 그 위험이 두려워 배 속에 든 아기를 보호하기 위해 여기까지 온 것입니다."

"그러면 이 성안에 어떤 친척이라도 있습니까?"

"아닙니다. 아무도 없습니다."

"그러나 걱정하지 않으셔도 좋습니다. 나는 북방에 있는 바라문으로서 재산도 많고 이름도 널리 퍼진 교사입니다. 나는 당신을 누이동생으로 생각하고 돌보아드리겠습니다. 부인은 나를 내 오빠다 하고 내 발을 움켜잡고 울어주십시오."

그 여자는 큰 소리를 치며 그 발아래 몸을 던졌습니다. 그래서 그들은 서로 울었습니다. 그 바라문의 제자들은 달려와 물었습니다.

"스승님, 어떻게 된 일입니까?"

"이 여자는 내 누이동생이다. 내가 없었을 때에 난 누이동생이다."

"그러면 이제 만나셨으니 기쁘겠습니다."

그리하여 바라문은 덮개 있는 마차를 가져오게 하여 그 여자를 그 안에 앉히고 그 차부에게,

"내 누이동생이라는 것을 집에 말하고 모든 것을 돌보아주라고 말하라"

하고 그 여자를 집으로 보내었습니다.

그 바라문의 아내는 물을 덥혀 목욕시킨 뒤에 그 여자를 침대에 눕혔습니다. 바라문은 목욕하고 돌아와 그 누이동생을 불러 아내와 함께 식사하게 하였습니다. 그리고 집에서 여러 가지 일들을 보살펴주었습니다. 오래지 않아 그 여자는 아기를 낳았습니다. 그 할아버지의 이름을 따라 그 이름을 마하자나카 왕자라 하였습니다.

그는 자라나 다른 아이들과 함께 놀았습니다. 아이들은 누구나 자기들이 찰제리(크샤트리아) 종족의 출신이라 하여 그를 멸시하였습니다. 그는 힘이 세고 지기를 싫어하였으므로 그들을 몹시 때렸습니다. 그들은 큰 소리로 울다가 누가 물으면 애비 없는 자식에게 맞았다고 말하였습니다. 그는 아이들의 이 말을 듣고 어느 날은 그 어머니에게 물었습니다.

"어머님, 내 아버지는 누구십니까?"

"네 아버지는 바라문이다"

하고 그 어머니는 거짓으로 대답했습니다.

이튿날 그는 또 아이들에게서 애비 없는 자식이라는 말을 듣고,

"우리 아버지는 확실히 바라문이다"

라고 답하자, 아이들은 "바라문이 너와 무슨 관계가 있느냐?"고 하였습니다. 그는 생각하였습니다.

'저 녀석들이 바라문이 너와 무슨 관계가 있느냐고 한다. 어머니는 그것을 분명히 말해주지 않았다. 아마 어머님은 무슨 까닭이 있어 말하지 않았을 것이다. 그러나 이제는 꼭 알아야 하겠다.'

그리하여 그는 집에 돌아가 어머니 젖을 물고 말하였습니다.

"어머님, 아버지에 대해 말해주십시오. 말하지 않으시면 나는 이 젖통을 물어 끊어버리겠습니다."

그 여자는 또 속일 수 없어,

"너는 미치라 성의 아릿타자나카 왕의 왕자다. 아버지는 그 아우 포라자나카에게 죽었다. 나는 너를 보호하기 위해 이 성으로 온 것이다. 저 바라문은 나를 누이동생으로 삼아 돌보아주는 것이다"

라고 말하였습니다.

그 뒤로 그는 '애비 없는 자식'이라는 말을 들어도 성내지 않았습니다. 그리하여 십육 세가 될 때까지 세 가지 베다와 다른 여러 가지 학문을 공부하였습니다. 십육 세가 되었을 때 그는 가장 뛰어난 아름다운 청년이었습니다. 그는 아버지의 나라를 되찾으리라 생각하고 그 어머니에게 물었습니다.

"어머님, 어머님 수중에 얼마큼의 재산이 있습니까? 만일 없다면 나는 장사라도 하여 재산을 모아 아버지의 나라를 되찾으려 합니다."

"아들아, 나는 빈손으로 오지 않았다. 진주, 마니주, 금강석 등 갖가지 보물이 있으므로 나라를 되찾을 만한 재산은 된다. 너는 그것을 가

지고 가서 나라를 되찾아라. 그러니 장사는 하지 마라."

"어머니, 그러면 그 보물을 내게 주십시오. 그러면 그 반분만 가지고 금지국(金地國)으로 가서 장사하여 더 많은 재산을 벌어와서 나라를 되찾겠습니다."

이렇게 말하고 그는 그 반분으로 상품을 사들였습니다. 그리하여 금지국으로 가는 몇 사람의 상인들과 함께 그 상품을 배에 실은 뒤에 그 어머니에게 돌아가 하직을 아뢰었습니다.

"어머님, 나는 금지국에 갔다 오겠습니다."

"아들아, 바다의 장사란 성공은 적고 위험은 많은 것이니 가서는 안 된다. 나라를 되찾을 만한 재산은 충분히 있으니까."

그러나 그는 그 말을 듣지 않고 어머니에게 인사한 뒤에 나가 배를 탔습니다. 마침 그날 포라자나카 왕은 병으로 앓아누워 다시는 일어나지 못하게 되었습니다.

그 배에는 칠백 명의 장정이 타고 있었습니다. 배는 이레 동안 너무 빠르게 칠 유순을 달렸기 때문에 이제는 더 나아갈 수 없게 되었습니다. 갑판은 부서져 여기저기서 물이 새어올라, 바다 한복판에서 배는 침몰하기 시작했습니다. 사람들은 울부짖으며 온갖 신에게 빌었습니다.

그러나 보살은 울부짖거나 신에게 빌지도 않았습니다. 그는 배가 침몰할 것을 알고, 타락과 사당을 섞어 만든 것을 한껏 먹고, 두 벌의 깨끗한 옷에 기름을 발라 잔뜩 졸라입고 짐대 가까이 서 있었습니다. 배가 잠기자 짐대는 꼿꼿이 섰습니다. 사람들은 고기와 거북의 먹이가 되었기 때문에 그 부근의 물은 모두 피로 물들었습니다.

보살은 짐대 꼭대기에 올라가 미치라 성으로 방향을 정한 뒤에, 짐대 꼭대기에서 뛰어내려와 거북 위를 넘어, 그 뛰어난 힘으로 일 우사바

70

저쪽에 떨어졌다 — 그날, 포라자나카는 죽었던 것입니다 — 이레 동안 을 하루처럼 떠내려갔습니다. 이레가 되는 그날이 바로 포살일임을 안 그는 소금물로 얼굴을 씻고 포살을 행하였습니다.

그때 사천왕은 마니매카라라는 신의 딸에게,

"부모에게 효도하는 등 미덕을 가진 사람으로서 바다에 빠져서는 안 될 사람이 있으면 그들을 잘 보호하라"

고 명령하여, 그 여신은 바다를 보호하는 책임을 맡았습니다. 그러나 그 여신은 이레 동안 바다를 살피지 못하고 있었습니다. 그것은 신의 쾌락 에 도취하여 그 여자의 마음이 황홀해 있었기 때문이라고도 하고, 또 신 들의 집회에 가 있었기 때문이라고도 합니다. 그리하여 그 여자는,

"나는 이레 동안 바다를 살피지 못하고 있었다. 대체 어떤 사람들이 저 바다에 떠 있는가?"

하고, 사방의 바다를 둘러보다가 그 보살이 눈에 띄었습니다. 그 여자 는 '만일 저 보살이 바다에서 죽게 된다면, 나는 신들의 모임에 들 수 없게 될 것이다'라고 생각하고, 아름답게 장식한 몸으로 보살이 있는 쪽에 가까운 공중에 서서 다음 게송을 읊었습니다.

"저이는 누구인가? 바다 한복판
언덕도 보이지 않는 저 바다에서
어떤 구원의 힘이 있다고 믿기에
저렇게도 용기 있게 노력하는가?"

보살은 "나는 바다에서 떠돈 지 오늘이 이레째다. 살아 있는 사람은 아무도 못 보았는데 누가 저렇게 말하고 있는가?" 하고, 공중을 우러러

보다가 그 여자를 발견하고 다음 게송을 읊었습니다.

　　"사람으로 해야 하고 힘써야 할 일 있기에
　　그런 일 생각하고 신이여, 나는
　　언덕도 안 보이는 바다 한복판에서
　　실망 않고 이처럼 노력하노라."

　그 여신은 그런 설법을 더 듣고 싶어 다시 다음 게송을 읊었습니다.

　　"이 바다는 아주 깊어 헤아릴 수 없고
　　사방 어디에도 언덕이 안 보이네.
　　아무리 힘써보아도 부질없는 일
　　끝내 너는 헛되이 죽고 말리라."

　그때 보살은 "왜 그런 말을 하는가? 나는 노력하다가 죽을지언정 나약하다는 남의 비난을 받지 않아야 한다" 하고, 다음 게송을 읊었습니다.

　　"친한 친족의 여러 사람과
　　아버지인 신들에 빚이 없도록
　　사람이 해야 할 일 힘껏 한 사람
　　비록 죽더라도 뉘우침 없네."

　그러자 여신은 다음 게송을 읊었습니다.

"아무래도 할 수 없는 그따위 일은
성과는 없고 다만 피로가 있을 뿐,
그런데 노력한들 무슨 이익 있으랴
죽음의 악마가 거기 닥치리."

보살은 이 말을 듣고 그 여신이 아주 다른 말을 못 하도록 다음 게송
을 읊었습니다.

"아무래도 할 수 없는 일이라 하여
지레 짐작하여 단념해버리고
제 생명을 보호하지 않으면
그 힘이 다하려 할 때 그 과보 알리.

사람들 모두 그 과보 희망하여
이 세상에서 온갖 일 꾀하는데
그 성과 거두는 사람도 있고
그 성과 못 거두는 사람도 있네.

현재의 이 과보를 너는 보지 못하는가?
다른 사람들 모두 빠져 죽었네.
그러나 나는 이 바다 건너리니
나는 내 눈앞에서 너를 보고 있노라.

내게 있는 힘을 나는 다하리.

나는 내 노력 아끼지 않고
바다 저 언덕을 향해 나는 가리라.
내게 있는 힘을 나는 다하리."

여신은 이 굳센 말을 듣고 다음 게송으로 찬탄하였습니다.

"이처럼 물결이 드높은 바다
끝없이 넓은 이 바다에 있으면서
바른 노력을 다한 그 업 때문에
빠지지 않고 당신은 살아 있거니
당신은 이제 당신의 소망대로
바다 저쪽 언덕에 갈 수 있으리."

그 여신은 이렇게 말하고 다시 보살에게 물었습니다.
"끝까지 노력하기를 버리지 않는 거룩한 당신, 당신은 어디로 가시려 하십니까?"
보살이 미치라 성으로 간다고 하자, 그 여신은 마치 화환을 들어올리듯 두 팔로 보살을 붙잡아, 사랑하는 아이처럼 가슴에 안고 공중에 날아올랐습니다. 이레 동안 소금물에 찌든 보살의 몸은 여신의 부드러운 몸에 닿았기 때문에 이내 잠에 떨어졌습니다. 여신은 그를 미치라 성까지 데리고 가서, 암바동산에 있는 상서로운 편편한 돌 위에 오른쪽으로 눕히고, 그 동산 신들에게 그의 보호를 당부한 뒤에 제집으로 돌아갔습니다.
포라자나카에게는 왕자가 없고, 시바라라는 매우 현명한 딸이 있었습니다. 포라자나카 왕의 임종 때 대신들은 그에게 물었습니다.

"대왕님, 대왕님이 돌아가신 뒤에 우리는 어떤 사람을 왕으로 모셔야 하겠습니까?"

"내 딸 시바라를 기쁘게 할 수 있는 사람이나, 네모침대의 머리를 알고 있는 사람이나, 천 사람이 당기는 활을 당길 수 있는 사람이나 혹은 열여섯 개의 복장(伏藏)을 파낼 수 있는 사람을 왕으로 삼아라."

"그러면 대왕님, 그들 복장의 주문을 우리에게 가르쳐주십시오."

왕은 다음 게송으로 말하였습니다.

"해 뜰 때의 복장
해 질 때의 복장
안의 복장, 밖의 복장
안도 밖도 아닌 복장

탈 때의 복장
내릴 때의 복장
네 개의 큰 사라나무와
그 주위 일 유순 되는 복장,

이빨 끝에 있는 복장
꼬리 끝과 샘물과
나무 끝의 큰 복장 —
이런 열여섯의 큰 복장과
천 사람의 힘과 침대 머리와

또 시바라를 기쁘게 하는 것."

　그는 복장과 함께 다른 것에 대한 주문도 이야기하였습니다.
　왕이 죽고 장사를 치른 지 이레 만에 대신들은 한자리에 모여 의논하였습니다.
　"대왕은 자기 딸을 기쁘게 할 사람에게 왕위를 주라고 유언하셨는데, 누가 그 왕녀를 기쁘게 할 수 있을까?"
　대신들은 장군이 그렇게 할 수 있을 것이라 하여 그에게 사람을 보내었습니다. 그는 승낙하고 왕위를 얻으려고 왕궁 문 앞에 가서, 그가 왔다는 것을 왕녀에게 알렸습니다. 왕녀는 그가 온 까닭을 알고, 과연 그에게 영광스러운 왕위를 유지할 능력이 있는가 생각하고는, 그를 시험하기 위해 그를 들어오라 하였습니다.
　그는 그 명령을 듣자 왕녀를 기쁘게 하려고 계단 입구에서 빨리 뛰어올라 왕녀 앞에 섰습니다. 왕녀는 그에게,
　"저 궁전 위의 광장을 빨리 달려가보시오"
하였습니다. 그는 빨리 달려갔습니다. 또 빨리 내려오라 하자 그는 빨리 내려왔습니다. 왕녀는 그에게 그런 능력이 없음을 알고,
　"자 이제는 내 발을 문지르시오"
하였습니다. 그는 왕녀를 기쁘게 하기 위해 앉아서 그 두 발을 문질렀습니다. 왕녀는 발로 그의 가슴을 차 번듯이 쓰러뜨리고 그 시녀들에게 명령하였습니다.
　"이 아무 능력도 없는 바보를 목덜미를 잡아 끌어내라."
　시녀들은 분부대로 하였습니다.
　대신들은 장군에게 어찌된 일이냐고 물었습니다.

76

"말 마시오. 저 여자는 사람이 아닙니다."

그 다음에는 보물창고를 맡은 사람이 갔습니다. 그러나 왕녀는 먼저와 같이 창피를 주어 보냈습니다. 그리하여 부자 상인도, 일산(日傘)을 받드는 사내도, 큰 칼을 받드는 사내도 다 창피만 당하고 말았습니다.

그래서 대신들은 다시 의논하고,

"왕녀를 기쁘게 할 만한 사람은 없다. 이번에는 천 사람의 힘으로 활을 당길 수 있는 사람을 찾아보자"

하였습니다. 그러나 아무도 그런 사람은 없었습니다. 또 다음에는 네모 침대의 머리를 아는 사람을 찾아보았으나 그런 사람도 없었습니다. 다시 열여섯 개의 큰 복장을 파내는 사람을 찾아보았으나 그런 사람도 없었습니다.

그리하여 대신들은 임금이 없으면 나라를 다스릴 수 없는데 대체 어찌면 좋을까고 의논하였습니다. 그때 사제관은 그들에게 말하였습니다.

"걱정들 마십시오. 화차(華車)를 부려보면 될 것입니다. 그 화차가 지정하는 사람이라야 이 나라를 다스릴 수 있을 것입니다."

대신들은 그 의견에 찬동하였습니다. 그리하여 온 거리를 장식하고 상서로운 수레에 흰 연꽃 빛깔의 네 마리 말을 매고 화려한 덮개를 씌운 뒤에, 다섯 가지 왕의 표지(標識)를 싣고 네 군사로 하여금 그것을 호위하게 하였습니다.

주인이 있는 수레는 그 앞에서 음악을 울리지만 주인이 없는 수레는 그 뒤에서 음악을 울리는 것입니다. 그러므로 사제관은 그 수레 뒤에서 음악을 울리라고 명령하였습니다. 그리고 그 수레의 가죽끈과 찌름막대기에 물을 뿌리고는,

"누구라도 나라를 다스릴 수 있는 복덕을 갖춘 사람이 있으면 그에게

로 가라"

고 명령하였습니다.

수레는 왕궁을 오른쪽으로 돌아 큰길로 나갔습니다. 장군을 비롯하여 많은 대신들은, 그 수레가 반드시 그들에게 오리라 생각하고 있었습니다. 그러나 수레는 여러 집을 지나 거리를 오른쪽으로 돌아서는, 동문으로 나가 왕의 동산을 향해 달렸습니다. 수레가 너무 빨리 달리는 것을 보고 사람들은 그것을 멈추려 하였습니다. 그러나 사제관은,

"멈추게 해서는 안 된다. 백 유순까지라도 제가 가고 싶은 대로 가게 맡겨두라"

하고 사람들을 제지했습니다.

수레는 왕의 동산에 들어가 상서로운 편편한 돌자리를 오른쪽으로 돌아서는 그것을 탈 수 있게 자세를 갖추고 멈추었습니다. 사제관은 거기에 보살이 누워 있음을 보고 대신들에게 말하였습니다.

"오, 저기 어떤 사람이 누워 있다. 그러나 저이가 왕위를 받을 만한 능력이 있는지 없는지는 나는 모른다. 만일 복덕을 갖춘 사람이라면 힐끔힐끔 바라보지 않을 것이요, 불길한 사람이라면 깜짝 놀라 일어나 떨면서 둘러볼 것이다. 빨리 악기를 크게 울려라."

사람들이 몇백 개의 악기를 한꺼번에 울려 그 소리는 마치 바다가 넘치는 것 같았습니다.

보살은 눈을 떠 머릿수건을 벗고 바라보았습니다. 거기에는 많은 사람들이 있었습니다. 그들이 왕으로 모시러 온 줄을 안 보살은 다시 수건을 쓰고 몸을 뒤쳐 왼쪽으로 누웠습니다. 사제관은 그 발에 덮여 있는 수건을 들고 그 발의 상서로운 모양을 들여다보고는, 그는 한 나라만이 아니라 온 천하를 다스릴 수 있는 사람임을 알고 다시 악기를 울리

게 하였습니다. 보살은 머릿수건을 벗고 오른쪽으로 누워 많은 사람들을 둘러보았습니다. 사제관은 사람들을 진정시킨 뒤에 합장하고 허리를 굽혀 보살에게 말하였습니다.

"일어나십시오. 대왕님, 이 나라는 대왕의 것입니다."

"당신네 왕은 어디 갔습니까?"

"세상을 떠났습니다."

"그 왕자나 왕제는 없습니까?"

"없습니다, 대왕님."

"좋습니다. 그러면 내가 이 나라를 다스리지요."

보살은 일어나 돌자리에 가부하고 앉았습니다. 대신들은 그 자리에서 관정(灌頂 : 전법 傳法 · 수계 受戒 할 때 또는 수도자가 일정한 지위에 오를 때 받는 자의 정수리에 향수를 붓는 일)하고 마하자나카 왕이라 불렀습니다.

왕은 아주 훌륭한 수레를 타고 화려한 호화와 번영을 보이면서 성안으로 들어갔습니다. 그리하여 왕궁에 오르면서, 장군 등 대신들은 그 지위에 그대로 두리라 생각하고 궁전 위의 대청으로 올라갔습니다.

왕녀는 전처럼 또 왕을 시험하려고 어떤 사내에게 분부했습니다.

"그대는 그 왕에게 가서 전하시오, 시바라 왕녀가 당신을 부르고 있으니 빨리 오시라고."

그러나 현명한 왕은 그 말은 못 들은 체하고 궁전의 아름다움만 말하고 있었습니다. 그 사내는 부질없이 돌아가 왕녀에게 말하였습니다.

"왕녀님, 왕녀님의 말을 전했으나 저 왕은 궁전의 아름다움만 찬탄하면서 왕녀님의 말은 귀담아듣지도 않았습니다."

왕녀는 왕이 매우 큰 생각을 품고 있는 사람임에 틀림없다고 생각하면서 재삼 사람을 보내었습니다. 왕도 자유로이 보통 걸음걸이로, 그러나 사자와 같은 걸음걸이로 궁전을 올라갔습니다. 왕이 가까이 오자 그 위광으로, 왕녀는 그 자리에 앉아 있을 수 없어 스스로 나와 그 팔을 내밀었습니다. 왕은 왕녀의 부축을 받으며 궁전 위의 대청으로 올라가, 흰 일산 밑에 있는 왕의 자리에 앉았습니다. 그리고 대신들에게 물었습니다.

"선왕이 세상을 떠나실 때 그대들에게 무언가 유언하신 일은 없었는가?"

"대왕님, 있었습니다."

"이야기해보아라."

"시바라 왕녀를 기쁘게 하는 사람에게 나라를 맡기라고 말씀하셨습니다."

"그렇다면 시바라 왕녀가 내게 팔을 내밀었으니, 그것은 그것으로써 왕녀를 기쁘게 한 것이 된다. 또다른 이야기를 말해보아라."

"대왕님, 네모침대의 머리 쪽을 알 수 있는 사람에게 나라를 맡기라고 말씀하셨습니다."

왕은 머리에서 황금바늘을 뽑아 시바라 왕녀에게 주면서, 이것을 어디다 잘 두라고 하였습니다. 왕녀는 그것을 받아 침대 머리맡에 두었습니다. 왕은 그것을 보고 그 바늘 둔 곳을 가리키면서,

"그쪽이 침대 머리다"

라고 하였습니다. 그리고 또 무엇이냐고 물었습니다.

"대왕님, 천 사람의 힘으로 당길 수 있는 활을 당기는 사람에게 나라를 맡기라고 하셨습니다."

왕은 그 활을 가져오라 하여 자리에 앉은 채, 마치 여자가 솜 타는 활

을 놀리듯 그 활을 당겼습니다. 그리고 왕은 또 물었습니다.

"또 무슨 이야기가 없었는가?"

"대왕님, 열여섯 개의 큰 복장을 파내는 사람에게 나라를 맡기라고 말씀하셨습니다."

"또 무슨 주문은 없었던가?"

대신들은 "있었습니다" 하고, '해 뜰 때의 복장……' 하는 주문을 말하였습니다.

이 말을 듣자 왕은 마치 하늘의 달을 바라보는 듯 그것을 환히 알게 되었습니다. 그리하여 그들에게 말하였습니다.

"오늘은 시간이 없다. 내일 그것을 파내리라."

이튿날 그는 대신들에게 물었습니다.

"선왕은 혹 벽지불(辟支佛)님께 음식을 공양한 일이 있는가?"

"있습니다."

"그러면 그 '해'라는 것은 저 태양을 말한 것이 아니요, 벽지불님이 해와 같다는 뜻에서 벽지불님을 말한 것이다. 그러므로 그분들이 만난 그 자리에 복장이 있을 것이다"

하고, 그 자리를 파게 하였습니다. 과연 거기 복장이 있어 그것을 파내었습니다.

또 '해가 진다'는 것은 그들이 헤어질 때라 생각하고 헤어진 그 자리에서 복장을 파내었습니다. '안'이라 하자 왕궁 안에 있는 큰 문에서 그것을 파내고, '밖'이라 하자 왕궁 문의 문턱 밖에서 그것을 파내고, '안도 밖도 아니라' 하자 문턱 밑에서 그것을 파내었습니다.

'탈 때'라 하자 상서로운 코끼리를 탈 때 황금사다리를 세웠던 자리에서 그것을 파내고, '내릴 때'라 하자 코끼리 등에서 내리던 자리에서 그것을 파내었습니다. '네 개의 큰 사라나무'라 하자, 대신들이 조회하는 자리에 있는 왕의 침대의 네 개의 다리가 사라나무로 되었기 때문에 그 다리 밑에서 네 개의 복장을 파내었습니다. '그 주위 일 유순'이라는 그 유순은 수레의 멍에를 말하는 것으로서, 왕의 침대 주위로 수레 멍에만큼 떨어진 곳에서 그것을 파내었습니다.

'이빨 끝'이라 하자 왕의 코끼리가 섰을 때 두 개의 이빨이 가리키던 곳에서 그것을 파내고, '꼬리 끝'이라 하자 왕의 말이 섰을 때 그 꼬리가 가리키던 자리에서 그것을 파내었습니다. '샘물'이라 하자 왕의 연못물을 다 길어내어 복장을 드러나게 하고, '나무 끝'이라 하자 왕의 동산의 큰 사라나무 밑에서 그것을 파내었습니다.

이렇게 열여섯 개의 복장을 파낸 뒤에 "또 무슨 말이 없었는가?" 하고 물었습니다. 대신들은 이제 없다 하면서 매우 기뻐하였습니다.

왕은 거리 복판과 네 문에 각각 하나씩의 보시당을 짓고 그 보물로 큰 보시를 행하였습니다. 온 나라 백성들은 왕에게 예배하려고 사방에서 모여들었습니다. 그리고 큰 축제가 열렸습니다. 거리마다 향을 피우고 온갖 꽃을 뿌리며 아름다운 등불이 밝혀졌습니다. 사람들은 은쟁반 금쟁반에 갖가지 맛난 음식을 담아들고 모였습니다. 한쪽에는 대신들이 앉고 또 한쪽에는 바라문, 큰 상인들이 앉고 또 한쪽에는 가장 아름다운 아가 무용단이 앉았습니다. 갖가지 아름다운 노랫소리와 음악이 울려퍼졌습니다. 왕궁은 마치 유간다라 바다 복판에 있는 것처럼 하나의 음향으로 가득하였습니다.

왕은 흰 일산 밑에 있는 왕좌에 앉아, 마치 제석천왕과 같은 화려한 장엄을 보이면서, 그 큰 바다에서 분투노력한 일을 회상하고 있었습니다.

'노력이란 실로 값진 것이다. 만일 내가 그때 그렇게 끈질기게 노력

하지 않았던들 이런 행복을 어떻게 얻을 수 있었겠는가?'

　이렇게 생각하자 큰 기쁨이 가슴속에 샘물처럼 솟아 그 감흥을 다음 게송으로 읊었습니다.

　　"사람들아, 희망에 불타며 살라.
　　현명한 사람은 권태롭지 않다.
　　실로 나를 살리는 이는 나 자신뿐
　　희망하는 그대로 거기에 나는 있다.

　　사람들아, 희망에 불타며 살라.
　　현명한 사람은 권태롭지 않다.
　　실로 나를 살리는 이는 나 자신뿐
　　나는 그 바다에서 육지로 올라왔네.

　　사람들아, 부디 네 힘껏 분투하라.
　　현명한 사람은 권태롭지 않나니
　　실로 나를 살리는 이는 나 자신뿐
　　희망하는 그대로 거기에 나는 있네.

　　사람들아, 부디 네 힘껏 분투하라.
　　현명한 사람은 단념하지 않는다.
　　실로 나를 살리는 이는 나 자신뿐
　　나는 그 바다에서 육지로 올라왔네.

지혜 있으면 고해(苦海)에 빠졌어도
부디 즐거운 곳에 이를 희망을 버리지 말라.
실로 이 세상에는 고락(苦樂)이 다 있나니
깊이 생각 않으면 악마의 신 찾아오리.

생각하면서도 멸망할 수 있는데
하물며 생각 않고 살아갈 수 있으리.
실로 남자나 여자의 행복은
깊이 생각하고 노력하는 데 있네."

그 뒤로 왕은 열 가지 왕법을 어기지 않고 정의로 나라를 다스리면서 또 벽지불님에게도 봉사하였습니다. 그리고 시바라 왕후는 복덕의 상을 갖춘 왕자를 낳아, 그가 장성했을 때 부왕의 지위를 주었습니다.

어느 날 동산지기가 온갖 꽃과 과실을 가져왔을 때 왕은 그것을 보고 매우 기뻐하였습니다. 왕은 그를 칭찬한 뒤에,

"동산지기여, 나는 그 동산에 나가 놀고 싶다. 너는 깨끗이 청소해두라"

고 하였습니다. 동산지기는 그 분부대로 동산을 청소하고 왕에게 알렸습니다. 왕은 뛰어난 코끼리를 타고 많은 대신들과 함께 동산으로 갔습니다. 그 입구에 감청색으로 빛나는 두 그루의 암바나무가 있었습니다. 한 나무에는 열매가 없는데, 한 나무에는 열매가 있고 더구나 그것은 맛난 것이었습니다. 왕은 코끼리 위에서 그것을 하나 따 먹었습니다. 그것이 혀끝에 닿자 마치 천상의 과실 맛과 같았습니다.

왕은 돌아올 때 한껏 먹으리라 생각하고 그대로 지나갔습니다. 왕이

먼저 그것을 먹은 줄 아는 사람들은 부왕을 비롯하여 마부까지 그것을 따 먹었습니다. 심지어 높은 데 달린 것은 막대기로 가지를 마구 두드렸기 때문에 잎까지 하나도 없게 되었습니다. 그래서 나무는 아주 못쓰게 되었습니다.

그러나 한 나무는 진주의 산처럼 아름답게 빛나며 서 있었습니다. 왕은 동산에서 나오다가 망쳐진 그 나무를 보고 대신들에게 물었습니다.

"이 나무는 왜 이렇게 되었는가?"

"대왕님이 먼저 그 열매를 따 잡수셨기 때문에 모두 그것을 따 먹느라고 이렇게 되었습니다."

"그러나 이쪽 나무는 잎도 가지도 완전하지 않은가?"

"그 나무에는 본래 열매가 없었기 때문에 완전한 대로 있습니다."

왕은 마음으로 크게 감탄하여,

"이 나무는 열매가 없었기 때문에 감청색으로 빛나며 서 있고, 이쪽 나무는 열매가 있었기 때문에 이렇게 망쳐진 것이다. 내가 왕위에 있는 것은 열매 있는 나무와 같고, 출가하는 것은 열매 없는 나무와 같은 것이다. 무엇이나 가진 이에게는 두려움이 있지만 아무것도 가지지 않은 이에게는 두려움이 없다. 나도 열매 있는 나무처럼 되지 말고 열매 없는 나무처럼 되고 싶다. 나는 이 세상의 모든 영화를 다 버리고 출가하여야 한다"

하고 굳게 결심하였습니다.

성안에 돌아와 왕궁 입구에 서서 왕은 장군을 불러,

"장군, 지금부터 음식을 나르는 자와 세숫물과 칫솔을 가져오는 시자 한 사람만 두고, 그 이외에는 아무도 내 곁에 오지 못하도록 하라. 그리고 그대는 종전의 재판관들을 데리고 이 나라를 다스리라. 나는 지금부터 궁전 위의 대청에서 사문의 법을 닦으리라"
하고, 궁전 위에 올라가 혼자서 사문의 법을 닦고 있었습니다.

　이렇게 며칠이 지나자 신하들은 모여와, "우리 임금님은 과거와 다르다" 하면서 다음 게송을 읊었습니다.

　　"지금까지 모든 나라 다스리고
　　사방의 왕이었던 저 대왕님,
　　이제는 무용에도 마음 끌리지 않고
　　또 음악에도 그 마음 쏟지 않네.

　　저 짐승들이나 또 동산도
　　혹은 저 거위들도 돌보지 않고
　　마치 벙어리처럼 잠자코 앉아
　　나랏일 처리는 하나도 하지 않네."

　그리고 대신들은 음식을 나르는 이와 그 시자에게 물었습니다.
　"대왕님은 너희들에게 무슨 이야기라도 하시던가?"
　"아닙니다. 아무 말씀도 하시지 않았습니다."
　그리하여 왕은 애욕에 집착 없이 그것을 완전히 떠난 마음으로, 그 종족의 벽지불들을 생각하면서,
　"계율 등 그 덕을 갖추어 집착을 아주 떠난 그들이 사는 곳을 누가 내게 가르쳐주겠는가?"
라고 혼자 중얼거리면서, 그 감회를 다음 게송으로 읊었던 것입니다.

"고요함의 즐거움을 좋아해 찾으며
온갖 얽매임을 끊고 자제할 줄 아는 이
그 늙거나 젊은 성스러운 사람들
지금쯤은 그 어느 동산에 머무는가?

목마른 애욕 버린 현명한 이들
그들 큰 선인(仙人)에게 나는 귀의하리라.
이런 탐욕의 세상에 살면서
탐욕을 아주 떠난 그들이거니.

생사 악마의 그물을 찢고
요술쟁이의 실을 끊어버리고
집착을 아주 없앤 그들이 가는
그 경계에 누가 나를 이끌어주리."

궁전에서 수행한 지 사 개월, 그 마음은 갈수록 출가할 방향으로 기울어졌습니다. 그 왕위는 마치 로칸타리카 지옥처럼 보이고 삼계(三界)는 불에 타는 것처럼 생각되었습니다. 그렇기 때문에 제석천의 세계처럼 아름답게 꾸며진 미치라 성을 버리고 설산 지방에 들어가 수행할 날이 언제 오겠는가 생각하였습니다.

6

감인 堪忍

부처님께서 성내기 잘하는 어느 비구에게 훈계하시면서,
옛날 가시 국의 감인종 행자가 수도할 때 포악한 가람부 왕의 명으로
매를 맞고 손, 발, 귀, 코를 끊기면서도 성내지 않았다고 들려주신 이야기.

이 전생 이야기는 부처님이 기원정사에 계실 때, 성내기를 잘하는 어떤 비구에 대해 말씀하신 것입니다.

부처님은 그 비구에게,

"그대는 왜 성내지 말라는 부처님의 가르침을 배우면서 성내기를 잘하는가? 옛날의 현인들은 천 대의 매를 맞고 손, 발, 코, 귀를 끊기면서도 그에 대해 성내지 않았다"

하고 그 과거의 일을 말씀하셨습니다.

옛날 가시 국의 가람부 왕이 바라나시에서 나라를 다스리고 있을 때, 보살은 팔억의 재산을 가진 어떤 바라문의 아들로 태어났습니다. 그 부모가 죽은 뒤에 창고에 쌓여 있는 보물을 보고 그는,

"우리 아버지는 이처럼 많은 재산을 쌓아두고서 한 푼도 가져가지 못

하였다. 그러나 나는 가져가지 않으면 안 된다"

하고, 그 창고를 열고 보물을 내어 모두 보시한 뒤에 설산에 들어가 수행하였습니다. 그 뒤에 소금을 구하기 위해 바라나시로 내려와, 성안을 다니며 탁발을 하다가 왕의 동산에 머물렀습니다.

어느 날 술에 취한 왕은 가기(歌妓)와 무희들을 데리고 동산에 들어가, 편편한 돌 위에 침대를 만들고 가장 마음에 드는 여자 무릎을 베고 누워, 가무를 구경하다가 잠이 들었습니다. 여자들은 멋쩍게 되어 악기들을 버려두고 동산을 돌아다니며 꽃을 꺾으면서 즐거워하고 있었습니다.

그때 보살은 그 동산의 꽃이 만발한 어떤 사과나무 밑에 앉아 선정에 들어 있었습니다. 여자들은 보살을 보고 그 주위에 앉아 있다가, 보살이 선정에서 일어나자 그 앞으로 나아가 예배하고 설법을 청하였습니다. 보살은 그들에게 여러 가지로 설법하고 있었습니다.

그때 왕은 잠에서 깨어나 여자들이 행자의 주위에 앉아 설법을 듣고 있다는 말을 듣고, 잔뜩 화를 내며 칼을 들고 행자에게로 달려갔습니다. 여자들은 왕의 손에서 칼을 빼앗듯 받으며 진정시켰습니다. 왕은 행자 가까이 다가가 물었습니다.

"사문아, 네 종지(宗旨)는 무엇이냐?"

"대왕님, 감인종(堪忍宗)입니다."

"그 감인이란 어떤 것이냐?"

"욕설을 듣거나 매를 맞아도 성내지 않는 것입니다."

왕은,

"네가 얼마나 참는가 시험해보리라"

하고, 도적의 머리 베기를 맡은 관리들을 불러 명령하였습니다.

"너는 도적의 악당인 이 행자를 땅바닥에 쓰러뜨리고 가시 달린 채찍으로 이천 대를 내리쳐라."

그는 명령대로 보살을 쳤습니다. 보살의 속겉가죽이 찢기고 또 살이 찢기어 피가 흘렀습니다. 왕은 다시 물었습니다.

"이 거지야, 네 종지는 무엇이냐?"

"대왕님, 감인종입니다. 당신은 감인이 가죽에 싸인 내 몸에 있다고 생각하겠지만 대왕님, 그것은 거기 있지 않고 당신이 볼 수 없는 내 마음속에 비장되어 있는 것입니다."

왕은 다시 두 손을 끊으라 하였습니다. 보살의 두 손은 도끼에 끊어졌습니다. 또 두 발도 끊어졌습니다. 손발 끝에서 깨어진 병에서 기름이 흘러나오듯 피가 흘러나왔습니다.

왕은 또 물었습니다.

"네 종지가 무엇이냐?"

"감인입니다. 당신은 감인이 내 손발 끝에 있는 줄 알았겠지만 그것은 거기 있지 않고 보다 깊은 곳에 비장되어 있습니다."

왕은 다시 명령하였습니다.

"저 귀와 코를 베어라."

보살의 온몸은 피투성이가 되었습니다.

"네 종지가 무엇이냐?"

"대왕님, 감인종입니다. 당신은 감인이 내 귀나 코끝에 있다고 생각해서는 안 됩니다. 그것은 보다 깊은 마음속에 비장되어 있는 것입니다."

"이 악당의 행자야. 너는 그 감인에 기대앉아 있어라"
하면서 발로 보살의 가슴을 차고 가버렸습니다.

왕이 떠난 뒤 군수(軍帥)는 보살 몸의 피를 닦고, 손, 발, 귀, 코 끝을

베로 싸매고는 천천히 보살을 일으켜 앉히고 예배한 뒤에 한쪽에 앉아,

"존사님, 만일 당신이 원망하시려면 당신을 이렇게 만든 포악한 왕을 원망하시오. 다른 사람을 원망해서는 안 됩니다"
하면서 다음 게송을 읊었습니다.

"당신의 손발 끊고
귀와 코를 벤 사람
그 사람 원망하고
이 나라는 망하게 하지 말라."

이 말을 듣고 보살은 다음 게송으로 답하였습니다.

"내 손발을 끊고
귀와 코를 벤 사람
저 왕은 오래 살라.
나는 그에 대해 성내지 않네."

왕이 동산을 나가 보살의 안계에서 사라졌을 때, 이 이십사만 유순의 두께를 가진 대지는 갈라지면서 무간지옥에서 불길이 올라와 왕을 휩싸 빨아들였습니다. 보살은 그날 죽었습니다. 성 안팎 사람들은 꽃과 향 등을 들고 와 보살을 조상하였습니다.

"옛날 감인을 말하는 사문 있었네.
그는 그 감인으로 안락했는데,

그 잔인한 가시 국의 왕은

그의 손, 발, 귀, 코 모두 베었네.

그 왕의 그 과보 쓰라렸나니

그는 저 무간지옥의 불에 싸여

고통을 받으며 비로소 깨달았네.”

이상의 게송은 부처님이 읊으신 것입니다.

부처님은 이 설법을 마치고 다시 전생과 금생을 연결시켜,

“그때의 그 가람부 왕은 지금의 저 제바달다요, 그 군수는 사리불이며 그 감인종의 행자는 바로 나였다”

고 말씀하셨습니다.

제2부
부처님의 행적과 깨우침

부처님은 인생에 대해서 엄격한 생각을 가지고 계셨습니다. 그 반면에 사람을 지도하는 데 있어서는, 사람을 따라 방법을 고치고 또 자비로운 마음으로 중생을 대하셨습니다. 어떤 경우에도 상대방의 형편을 생각하셔서, 자신은 높은 정신적 단계에 도달해 있으면서도 우선 상대와 같은 단계에까지 몸을 낮추어 손으로 잡는 듯이 중생을 끌어올려주셨습니다. 이와 같이 부처님은 어떤 경우에도 그 상대방의 사람에 따라, 거기에 적당한 방법으로 지도하셨습니다. 그리고 그것은 모두가 자비와 자랑에 넘치는 지도였습니다.

1
야샤의 귀의

무희와 시녀들의 추한 모습에 환멸을 느껴 사치스런 생활을 버리고
부처님을 찾은 야샤와, 외동아들을 찾아헤매던 장자가
부처님을 뵙고 깨달아 깊이 참회하여 부처님께 귀의하는 이야기.

　'바라나' 국에 '쿠리카' 라는 장자(長者)가 살고 있었습니다. 그 집은
대대로 큰 부자로서 추울 때에는 겨울의 궁전, 더울 때에는 여름의 궁
전, 이렇게 호화로운 생활을 하고 있었습니다. 장자의 아들로서 '야샤'
라는 훌륭한 청년이 있었습니다. 그 외동아들을 위해서는 어떠한 사치
라도 허락되어, 온갖 장식으로 빛나는 옷에 황금으로 만든 신을 신고
많은 시녀들에 둘러싸여 있었습니다.

　어느 날 야샤의 친구들은 친족들을 모아 큰 잔치를 베풀고, 노래와
춤으로 하룻밤을 즐겁게 보냈습니다.

　한밤중에 잠을 깬 야샤는 물을 먹고 싶어 하녀들을 불렀지만, 누구
하나 일어나려고 하지 않았습니다.

　완전히 지쳐버린 무희들은 머리를 풀어 흐트러뜨린 채 악기를 베고
누웠고, 그처럼 깨끗하던 시녀들도 이불을 걷어차고 누워, 두 번 다시

보기 싫은 추한 꼴을 보이고 있었습니다. 이것을 본 야샤는 그만 이 세상의 모든 것이 싫어졌습니다. 아무리 아름다운 여자도, 아무리 즐거운 음악도 진실하고 영원한 즐거움은 아니라고 생각했기 때문이었습니다. 여기서 환멸의 슬픔을 맛본 야샤는,

"아아, 더럽고 더럽다. 이런 더러운 곳에서 나는 살기 싫다. 이런 몸치레가 다 뭐냐!"

하고, 칠보로 꾸민 머리치레를 두들겼습니다. 그리고 "아아, 괴롭다. 참으로 이 세상은 괴롭다"고 부르짖으면서, 그만 집을 떠나고 말았습니다. 새벽녘에 부처님은 '바라니' 강 저쪽 언덕에 나오셨습니다. 그 거룩한 모습을 바라본 야샤는,

"아아, 제 마음은 괴롭습니다. 부처님이시여, 부디 저를 구제해주소서"

하고, 슬프게 부르짖었습니다.

"염려하지 말지어다. 여기 고통을 떠나는 진리가 있다. 그 강을 건너오너라"

하시며, 부처님은 친절하게 부르셨습니다. 야샤는 그 값진 신을 벗고 강을 건너와 부처님 앞에 꿇어앉았습니다. 부처님은,

"그대는 오욕(五慾)에 마음껏 만족해왔다. 그대가 고민하는 것처럼, 그것에 일찍 눈뜬 것은 벌써 해탈의 싹이 튼 것이다"

하시고, 탐심과 향락의 더러움과 고통을 말씀하시는 동안, 야샤의 마음은 완전히 깨끗해지고 진리를 깨닫는 길이 열렸습니다. 그래서 '나'에 집착한 어리석음을 안 그는, 지금까지 몰랐던 세계가 갑자기 열리는 듯 생각되자, 모든 것에서 해방되었습니다. 그래서 야샤는 칠보로 꾸민 옷을 벗어버리고,

"부디 저를 제자로 삼아주소서"

하고 엎드려 간청했습니다. 부처님은,

"야샤여! 너는 외아들이므로 집을 떠나 중이 되는 것은 그만두는 것이 좋다. 더구나 아무 말 없이 집을 떠나는 것은 부모에게 걱정을 끼치는 것이니, 그 불효를 깊이 생각하지 않으면 안 된다. 너는 집에 돌아가 부모의 허락을 얻어, '집에 거하는 중'으로서 날마다 우리 교단에 나와 법을 듣고, 그것을 실행하면서 남을 교화하는 것이 오히려 낫겠다"

고 말씀하시며, 몸과 마음이 지친 야샤를 좀 쉬도록 해주기 위해서 그를 절로 데리고 가셨습니다.

그때 장자의 집에서는 야샤가 보이지 않아 큰 소동이 났습니다. 장자는 매우 걱정해, 사람을 사방으로 보내어 찾았지만, 좀처럼 찾아낼 수가 없었습니다.

그래서 장자 자신도 그 아들을 찾아, 바라니 강 쪽으로 나갔습니다. 강기슭에서 그 아들의 황금신을 발견했습니다. 그는 못내 반가웠지만 곧 슬퍼했습니다. 그것은 바라니 강은 얕기 때문에, 물에 빠져 죽었다고는 생각되지 않았으나 어쩐지 불안한 생각이 들었기 때문입니다. 그는 거기서 오른쪽으로 갈까, 왼쪽으로 갈까 하고 망설이고 있었습니다.

그때 부처님은 그가 야샤의 아버지인 줄 알고, 그 앞에 나타나셨습니다.

"장자여, 염려하지 말라. 지금 곧 그대가 찾고 있는 야샤를 만날 수 있을 것이다. 그때까지 잠깐 여기 앉아 쉬는 것이 좋겠다"

고 말씀하셨습니다. 장자도 처음에 거룩한 모습을 보자, 그이가 부처님인 줄 알고 매우 기뻐하며,

"부처님, 이 미(迷)한 자를 위해 부디 길을 보여주십시오"

하고 간청했습니다.

　그러나 부처님은, 그 간청이 참으로 해탈을 위해 법에 귀의하는 마음이 아니라, 다만 아들에 대한 맹목적인 애착심인 줄 이미 아셨습니다. 그래서 '당장의 구원만 받으면 좋다. 내 아들을 만나기만 하면 그만이다' 하는, 야비한 장자의 마음을 냉정하게 훈계하셨습니다. 여기서 장자는 마음 깊이 부끄럽게 여겨,

　"부처님이시여! 저는 확실히 어리석은 생각을 가지고 있었습니다. 저는 오욕에 사로잡혀 호화로운 생활을 하면서, 그저 저만 좋으면 그만이라는 생각을 가지고 있었습니다. 그래서 진정으로 남의 일은 생각하지 않고 그래도 저는 다소 남을 도와주고 있다는 교만한 생각을 가지고 있었습니다. 부처님이시여! 설마 야샤가, 지금까지의 자유롭고 즐거운 생활을 도리어 고통으로 생각하고, 집을 나가리라고는 꿈에도 생각하지 못했습니다. 아무리 재산이 많아도 그것을 이어받을 수가 없다면, 그것은 아무것도 아니라는 것을 저는 깨달았습니다. 그리고 그것은 영원한 행복이 아니라는 것도 알았습니다"
라고 말했습니다.

　이렇게 인생이란 덧없는 것, 재산도 믿을 것이 아니라는 것을 깨달은 장자는 마음으로 깊이 참회한 것입니다.

　어느덧 장자의 마음은 맑아져, 정법에 귀의하기를 맹세하면서 진심으로 합장하고 예배했습니다. 부처님은 이 장자의 해탈한 마음을 아시고, 곧 야샤를 만나게 해주셨습니다.

　그때까지, 절에서 제자들과 함께 있던 야샤는 명랑한 얼굴로 나왔습니다. 씩씩한 아들의 모습을 보고 장자는,

　"야샤야, 너는 참으로 훌륭한 일을 했다. 네 덕택으로 이 아버지도 법

의 눈이 열렸다. 야샤야, 이 아버지도 지금부터는 네가 희망하는 훌륭한 아버지가 될 것이다. 나도 너와 함께 부처님께 귀의하겠다. 그리고 좋은 '단나(檀那 : 교단에 보시하고 법을 수호하는 사람)'가 되어 수행할 것이다"

하고 맹세했습니다. 그리고

"부처님이시여, 아무쪼록 제자들을 데리고 저희 집에 오셔서 공양을 받아주소서"

하고 간청했습니다. 이렇게 하여 교단의 제자들과 수행하기를 허락받아 장자 부자는 기뻐하면서 돌아갔습니다.

그리하여 장자의 집에서는, 그 어머니를 비롯하여 하인들까지 불법을 믿게 되었습니다. 그들은 부처님께 나아가 설법을 듣고, 그대로 수행하여 도를 깨쳤습니다.

어느 날, 장자는 매우 기뻐하면서 부처님께 나아가,

"부처님이시여! 오래지 않아 우리들은 부처님께서 설하시는 법에 의해, 집착을 떠나고 번뇌에서 벗어나 모든 고통을 떠날 수 있을 것입니다. 우리들은 지금부터 죽을 때까지 부처님께 귀의할 것입니다. 맹세코 법에 귀의합니다. 그리고 우리들은 '우파사카(남자 신도)' '우파시카(여자 신도)'로서 힘껏 보시할 것입니다. 또 좋은 단나로서 교단을 수호하고 정법을 널리 펴기에 힘을 쓰겠습니다"

하고 맹세했습니다.

여기서 불교 교단의 '제자'와 '단나'의 구별이 비로소 확실히 결정된 것입니다.

2
법을 먹는 아귀餓鬼

"중생을 구제하되 법을 먹는 아귀가 되지 말라"며
중생을 제도하시는 부처님과 그 제자들의 거룩하신 모습,
그리고 '법을 먹는 아귀'란 말이 품은 묘한 진리를 설법하신 이야기.

인도에는 장마철이 길어서, 한여름 삼 개월 동안에는 큰비가 계속되
므로 제자들은 집 안에서 수행하게 됩니다. 이것을 우안거(雨安居)라
하여, 불교 승당의 연중행사로 되어 있습니다. 어느 날 부처님께서 제
자들에게 말씀하셨습니다.

"비구들이여, 그대들은 이미 법을 들어 마음의 더러움을 떠나 해탈
을 얻었다. 그래서 모든 고통을 벗어나게 되었다. 그러나 많은 중생들
은 지금도 고통의 불구덩이 속에서 허덕이고 있으나 아무도 그것을 구
제할 자가 없다.

비구들이여, 나는 그대들에게 가르칠 것은 다 가르쳤다. 그대들은 이
제 모든 것을 깨달은 이상, 고통 속에서 허덕이고 있는 중생을 구원하
지 않으면 안 된다. 법의 가르침은 나만 해탈하면 좋다는 것이 아니다.
세상을 불쌍히 여기고, 모든 사람을 행복하게 하기 위해 법을 널리 펴

지 않으면 안 된다.

비구들이여, 지금부터 세상을 돌아다니면서 법을 전해, 저 고통 속에서 헤매는 중생을 제도해야 한다. 나도 또한 지금부터 '우루베라'에 있는 '세나' 촌으로 가서, 많은 사람들의 존경을 받고 있는 배화교(拜火教)의 선인(仙人) '카샤파'를 구제하려 한다."

그때 나이 많은 제자 한 사람이

"우리들의 스승님이시여, 우리들은 부처님의 말씀을 따라 법을 펴기 위해 여러 나라를 돌아다니면서 중생을 구제하겠습니다. 부처님이 가르치신 법을 우리들은 어떤 마음의 자세로 전해야 하겠습니까?"
하고 여쭈었습니다. 그러자 부처님께서는,

"비구들이여, 한마음으로 법을 생각하고 그것을 깊이 믿으며, 부처를 생각하고 항상 부드럽고 바르게 행하면서 법을 가르쳐라. 어떤 사람이라도 업신여기거나 얕잡아보아서는 안 된다. 자기 형편만을 생각하여 기분이 나쁘다고 그만둔다거나, 주위의 사정이 안 좋다고 해서 싫증을 내서는 안 된다.

비구들이여! 언제나 '부처와 함께 있다'고 자각해야 한다. 자기 혼자 가는 것이 아니라 '부처와 같이 간다'고 생각하고 한마음으로 부처를 생각하면서, 평등하게 사람을 지도해야 한다. 그대들이 우리 교단의 수행인으로서 청정한 행동으로 바르게 법을 가르친다면, 세상 사람들은 위대한 가르침이라 해서 즐거이 따를 것이다.

비구들이여, 그러나 바로 그때가 법을 먹는 아귀가 되기에 가장 쉬운 때다……"
하시고, 한동안 잠자코 계셨습니다. 제자들은 '법을 먹는 아귀'라는 말을 처음 들었기 때문에, 무슨 뜻인지 몰랐습니다. 그래서 열심히 부처

님의 입을 지켜보았습니다. 그러나 부처님은 입을 열려고 하시지 않았습니다. 제자들은 세 번 합장 예배하고,

"거룩한 우리들의 스승님이시여, 방금 말씀하신 법을 먹는 아귀란 무슨 뜻입니까?"

라고 여쭈었습니다. 그때서야 부처님께서는,

"비구들이여, 집을 떠난 중으로서 법을 펴는 자가 남에게 존경을 받겠다는 명리(名利)의 욕심에 사로잡혀, 남을 도울 줄은 모르고 법을 음식으로 삼는 것을 법을 먹는 아귀라고 한다.

비구들이여, 사람들은 우리 법의 가르침을 칭찬할 것이다. 그러나 그것을 자기가 받았다고 뻐겨 어느새 부처나 된 것처럼 함부로 행동한다면, 그것은 벌써 법을 먹는 아귀가 된 것이다. 그래서 내생은 말할 것도 없고 금생에서도 그 죄는 면할 수 없을 것이다. 이것을 깊이 생각하여 일생이 수행이라 명심하고, 법을 먹는 아귀가 되지 않도록 주의하지 않으면 안 된다"

고 말씀하셨습니다. 여기서 제자들은 부처님의 말씀을 명심하고, 법을 펴기 위해 각기 전도의 길을 떠났습니다.

부처님께서도 사슴동산을 떠나 우루베라를 향해 출발하셨습니다.

도중에 어떤 숲에 들어가 나무 밑에 앉아 쉬실 때, 어떤 여자가 큰 자루를 가지고 달려왔습니다. 그리고 부처님이 계시는 줄도 모르고 그 앞을 지나쳐갔습니다. 얼마 뒤 많은 청년들이 그 여자를 찾아 부처님 앞에까지 왔는데, 그중 한 청년이 부처님에게,

"존자여! 여기 어떤 여자가 지나가지 않았습니까?"

라고 물었습니다.

"청년들아, 그대들이 찾는 여자는 어떤 여자인가?"

"존자여, 우리 일행 서른 명은 모두 친한 동무들입니다. 그중 스물아홉 명은 다 아내를 가졌지만 한 사람만 아내가 없습니다. 그래서 우리가 이 산에 놀러 왔을 때, 아내 없는 친구를 위해 어제 데리고 왔던 그 여자와 즐겁게 놀았습니다. 그런데 그 여자는 손버릇이 나빠, 밤중에 우리들의 옷과 보석과 진주를 훔쳐 달아나버렸습니다."

부처님은 사내들의 얼굴을 바라보시면서 조용히 말씀하셨습니다.

"청년들이여! 그 여자를 찾는 것과 자기 자신을 찾는 것 중 어느 것이 더 중요한가. 자기와 여자 중 어느 것이 중요하며, 자기와 그 물품 중 어느 것이 더 중요한가?"

엄숙하고 정중하게 물으시는 부처님의 말씀은, 서른 명 사내의 가슴에 깊이 울렸습니다.

"존자여! 자기 자신이 더 중합니다."

"청년들아, 그러면 앉아라. 내 너희들을 위해 법을 깨우쳐주리라."

여기서 부처님은 그들을 위해 인생의 고통에 대해 말씀하시고, 그것을 멸하는 길에 대해 말씀하셨습니다. 친절하고 자상하신 이 가르침으로 말미암아, 그들은 지금까지 빠져 있던 향락의 꿈에서 깨어나 참으로 '나'라는 것을 바르게 알게 되었고, 그 뒤 부처님의 제자가 되어 모두 '아라한'의 지위에까지 오르게 되었습니다.

3
카샤파의 개종

배화교의 선인 카샤파가 부처님을 독사가 있는 돌집에
유숙하게 하여 죽이려 했으나 오히려 독사도 감화되어 순해지고
나중엔 카샤파 자신과 그의 두 동생,
제자 수백 명이 부처님께 귀의하는 이야기.

'나이란자나' 강가에 우루베라 카샤파라는 배화교의 선인이 살고 있었습니다.

장로인 그는 지혜도 있고 무용(武勇)도 뛰어나 매우 훌륭한 사람으로 여러 사람들의 존경을 받으면서, 오백 명의 제자를 데리고 있었습니다.

그런데 부처님이 큰 진리를 깨달아 그 법을 널리 펴서, 귀의하는 사람이 많다는 소문을 듣고 그는 '붓다가 아무리 위대하다 하더라도, 아직 내가 얻은 신력에 미치지 못할 것이다'라고 생각하고, 언젠가 한번 만나서 시험해보리라고 조용히 그 기회가 오기를 기다리고 있었습니다.

멀리서 그 마음을 아신 부처님은 "이제 때가 왔다" 하시고, 한 사람의 제자도 안 데리고 혼자 가셨습니다.

오랜만에 혼자 되신 부처님은, 옛날에 지나던 길을 천천히 걸으시며 일부러 길가의 숲으로 드시기도 하면서 황혼이 되기를 기다려, 그가 사

는 집 앞에 멈춰 서셨습니다.

그는 부처님의 뛰어나신 청초하고 장엄한 모습을 보자, 제일 먼저 깊이 감동했습니다.

"아직 젊으신 분인 것 같은데, 당신은 어디서 오셨습니까?"

"나는 바라나 국에서 온 한 '사마나'입니다. 하룻밤 쉬어가고자 하는데, 어떻겠습니까?"

"하룻밤 쉬고 가시기는 어렵지 않지만……"

하고, 그는 급히 입을 다물었습니다. 어쩌면 이 사마나가 바로 그 이름 높은 붓다가 아닌가 생각했기 때문입니다. 그래서 그러면 한번 이 사마나의 마음을 시험해보자고 생각했습니다.

"사실은 공교롭게도 제자들이 모두 잠들어, 빈방이 하나도 없습니다. 다만 돌집 하나가 있을 뿐인데, 그 돌집은 불을 제사하는 연장이 들어 있는 곳으로서 매우 조용해 좋습니다. 그러나 성질이 아주 나쁜 큰 뱀이 있어서…… 제자들도 모두 두려워하고 있습니다."

"아무리 큰 뱀이 있더라도 좋습니다. 그 돌집을 좀 빌릴 수 없습니까?"

"아니, 그것은 단념하시는 것이 좋을 것입니다. 그놈은 무서운 독을 갖고 있어, 반드시 당신을 해칠 것입니다. 내가 그것을 빌려주기 싫어서가 아니라, 아직 젊은 분의 생명이 아까워서 그러는 것입니다."

그는 '이렇게 말하면 아마 단념하겠지. 그렇다면 저 중은 보통 중에 지나지 않는다'고 생각한 것입니다. 그러나 그는 의외의 대답을 듣게 되었습니다.

"그런 걱정이라면 안 하셔도 좋습니다."

부처님은 이렇게 잘라서 말씀하셨던 것입니다.

"그래요, 그렇다면 마음대로 거기 가서 쉬십시오."

그는 이렇게 대답할 수밖에 없었습니다. 부처님은 이미 그의 마음속을 들여다보시고 계셨던 것입니다.

거기서 조금 떨어진 언덕에 조그마한 숲이 있었습니다. 그 숲속에 있는 돌집으로 안내받은 부처님은 조금도 두려워하는 기색 없이 유유히 걸어들어가셨습니다. 그 모습을 본 그의 제자들은 깜짝 놀랐으나 곧 도망쳐나오리라 생각하고 있었습니다.

돌집 안은 싸늘하고 캄캄했습니다. 부처님은 그 안에 조용히 앉아, 곧 선정에 드셨습니다.

그때까지 자고 있는 듯한 큰 뱀이 꿈틀거렸습니다. 두 눈은 번쩍번쩍 푸르고 날카롭게 빛났습니다.

갑자기 돌집 안이 밝아졌습니다. 부처님의 몸에서 후광이 비쳤던 것입니다. 불을 제사하는 연장들이 보이기 시작했고 징그러운 독사의 몸뚱이도 보였습니다. 지금까지 연장 속에 쭉 뻗고 누웠던 뱀은, 느릿느릿 몸을 움직이며 대가리를 곧추세우고 불꽃을 토하는 듯 혀를 날름거리면서 독기를 토하고 있었습니다.

돌집의 상황을 멀리서 바라보고 있던 카샤파 제자들은, "대체 어찌 될까?" 하고 매우 걱정하고 있었습니다.

"저 젊은 중이 큰소리를 쳤지만 독사한테 물려 죽지나 않을까?"

"제가 아무리 수행을 쌓았고 어떤 신력이 있다 해도, 저 뱀을 당하지는 못할 것이다."

"그렇고말고, 우리 스승님처럼 위대한 어른도 선술(仙術)로 불을 섬기고, 일심으로 주문을 외워 돌집에서 독사를 몰아내고 다시 그 독기를 없애는데…… 그러고서야 우리가 들어가 연장을 끌어내지 않는가? 그런데 저 사마나는, 들어갈 때에도 아무 주문도 외우지 않고 또 불도 켜지 않고 그냥 들어갔다. 무엇보다도 그 집 안에 독기가 가득 차 있어 한 번만 숨을 쉬어도 곧 질식하고 말 텐데. 그가 죽는 것은 뻔한 사실이지."

이렇게들 이야기하고 있을 때, 갑자기 돌집이 밝아졌습니다.

"야아! 저게 뭐야?"

"저것은 스승님이 말씀하시는 용불(龍火)이라는 건가봐……"

제자들에게 이 소문을 들은 카샤파도 "아아, 가엾은 짓을 했다. 아직 젊은 목숨이 저 독사 때문에 죽었구나……" 하고 슬퍼하면서, 그저 날이 밝기를 기다리고 있을 수밖에 없었습니다.

그런데 돌집에 계신 부처님은 고요히 앉아 미동도 않으셨습니다. 독을 머금은 뱀은 슬슬 기어나와, 부처님 앞에 대가리를 내밀었습니다. 그 검고 넓적한 대가리는, 부처님 턱밑에서 흔들리고 있었습니다. 눈썹도 없는 독사의 눈은, 차고 잔인하게 빛났습니다.

그러나 입을 벌리고 긴 혀만 내어 날름거리면서, 별로 해치려는 기색이 없었습니다.

얼마 뒤 뱀은, 아주 조용히 본래 있던 곳으로 돌아갔습니다. 생사를 해탈한 큰 성인 붓다의 후광에는, 그렇듯 무서운 독을 가진 큰 뱀도 그 위력에 눌려 가까이 가지 못하고, 그 무서운 돌집 안의 독기도 차츰 맑아졌던 것입니다.

이튿날 아침, 부처님은 아주 평화로운 모습으로 돌집에서 나오셨습니다. 제자들은 모두 간담이 서늘해졌습니다. 카샤파는 물었습니다.

"젊은 사마나여, 그 독사는 그대를 해치지 않았습니까. 어디 다친 데는 없습니까?"

"그처럼 염려해주셔서 참으로 고맙습니다. 나는 마음만 맑고 깨끗하다면, 밖에서 오는 어떠한 화도 미칠 수 없다고 믿고 있습니다. 여러분, 저 돌집으로 가보십시오. 그 뱀은 지금 제도를 입어, 조금도 독기가 없고 마치 구렁이처럼 얌전하게 되어 있습니다. 불을 섬기고 주문을 외우지 않아도, 결코 해치지 않을 것입니다. 그러므로 아무라도 가서 연장을 꺼내올 수 있습니다."

카샤파의 제자들은 이 젊은 사마나가 누구인 줄은 모르지만, 몸에는 조금도 상처가 없고 평화로운 얼굴로 나온 것이 매우 이상했습니다. 더구나 그 뱀에게서 항복을 받았다는 말을 듣자, 과연 희한한 일이라고 모두 칭찬해 마지않았습니다.

카샤파는 자기 제자들 앞에서는 뻐기고 있었지만 속으로는 붓다인 줄 알고 '혹 내게서 항복을 받으러 온 것이나 아닌가?' 하고, 매우 마음이 불안했습니다. 동시에 붓다가 위대한 사람이란 것을 마음속으로 알고 교만한 마음이 조금 꺾여, 부처님을 귀한 손님으로 대우하게 되었습니다.

때는 '아슈바슈자' 달(10월) 8일, 카샤파는 불신(火神) '아구니'를 제사하고 성화를 켜며 고행을 했습니다. 그리고 오백 명의 제자와 함께 '만민 안락의 기도를 닦는다'는 일 년에 한 번 있는 제전을 맞이했습니다.

이날은 사방에서 많은 사람이 모여들기 때문에 매우 번잡하고, 또 시가 사람들에게도 즐거운 행사인 것입니다.

제자들은 이른 아침부터 제단을 만들고 보시로 받은 제물을 차려놓고 때가 되기를 기다리고 있었습니다. 그런데 웬일인지 카샤파는 아침부터 우울한 얼굴로 동굴 한쪽에 틀어박혀 있었습니다.

'저 사마나는 확실히 붓다. 오늘 이 제전이 있는 줄 알고 지금까지 머물러 있는 것이다. 그렇다면 저이도 나처럼 불을 제사할 줄 알고 있을 것이다. 어쩌면 나보다 신력이 한층 위일는지도 모른다. 저 사마나는 아주 사람을 끄는 힘을 가지고 있다……'

이렇게 질투심을 일으키며 그는, 제전에 모여드는 사람들에게 부처님을 만나게 해주는 것을 마음속으로 꺼렸습니다. 그것은 카샤파 자신을 비롯해 많은 제자들이, 부처님의 거동과 모습에 마음이 끌렸기 때문이었습니다.

부처님은 그의 마음을 살펴 아시고, 나이란자나 강 저쪽에 있는 숲속으로 들어가, 나무 밑에 앉아 계셨습니다.

"젊은 사마나는 오늘 아침부터 아직 아무 데서도 보이지 않습니다."

제자들의 이 보고를 받고 카샤파는 다소 기분이 나아져, 그날의 제전을 곧 집행하였습니다. 아침과 낮 그리고 황혼, 이렇게 세 차례에 걸쳐 불을 제사하는 그들은, 이것을 삼화(三火)라고 해서 매일 세 차례 제사를 올리는 것입니다. 이날의 제전은 한낮과 황혼과 밤을 갈라 무사히 치러졌습니다.

이날 하루 동안 부처님은 나오시지 아니하시고 그 이튿날 아침에, 씩씩한 모습으로 돌아오셨습니다.

"젊은 사마나여! 어제는 어디 가셨습니까?"

부처님의 얼굴을 바라보면서 카샤파는 물었습니다.

"카샤파여! 당신은 어제 내가 없었으면 하고, 마음속으로 바라고 있지 않았습니까?"

카샤파는 '아차' 했습니다. 자기 마음속이 드러나자 놀랍고 두려워 털이 거꾸로 서는 것 같았습니다.

"아니, 그러지 않았습니다."

이렇게 어름어름 대답하자, 부처님은 다시 단호하게 말씀하셨습니다.

"카샤파여! 당신은 아직도 깨닫지 못했습니다. 당신 마음에는 질투가 있습니다. 당신이 내가 많은 사람들과 만나는 것을 두려워하고 있는 줄 나는 잘 알고 있었습니다. 그래서 나는 어제 하루를 피했던 것입니다. 카샤파여! 당신처럼 훌륭한 사람도, 아직 진정한 해탈을 얻지 못했기 때문에 마음이 어지러운 것입니다. 불을 제사하기 전에, 당신은 먼저 그것을 끊지 않으면 안 됩니다."

그렇듯 큰 행자 카샤파도 크게 깨달으신 부처님 앞에서는 머리를 들지 못했습니다.

"카샤파여! 아무리 불을 예배해도, 마음이 더러우면 아무것도 아닙니다. 당신의 그 질투심을 끊지 않으면 당신은 구원을 받을 수 없고, 도리어 삼독의 불꽃에 몸을 데고 말 것입니다."

"부처님이시여! 나는 이제야 비로소 눈을 떴습니다. 부처님은 신통이 자재로워 언제라도 내 마음을 알고 계십니다. 나는 젊은 당신이 나보다 나은 줄 알면서도, 머리가 숙여지지 않았습니다. 부디 이 늙은 나를 용서해주시고, 제자로 삼아주소서."

"카샤파여! 당신에게는 많은 제자가 있습니다. 그리고 많은 신자가 있습니다. 그들과 잘 의논한 뒤에 결정하는 것이 좋을 것입니다."

그래서 카샤파는 곧 중요한 제자들을 불러모아 이렇게 말했습니다.

"나는 지금까지, 아직 얻지 못한 것을 얻었다고 생각하고 있었다. 저 젊은 사마나는 붓다이시다. 그분은 인간과 천상의 큰 도사(導師)이시다. 나는 지금부터 붓다의 제자가 되어, 모든 번뇌를 끊고 진정한 니르바나로 들어가고자 한다. 내 생각을 좋다고 여기는 사람은 함께 가는 것이 어떠냐?"

그 제자들은 부처님이 독사를 교화한 뒤로, 이미 마음이 흔들려 붓다의 가르침이 벌써 몸에 배어 있었던 것입니다. 그리하여 이제 다시 붓다의 제자가 되겠다고 맹세했습니다.

카샤파 선인은 누구보다 기뻐하며 은빛으로 빛나던 머리도, 길게 드리운 흰 수염도 제자들의 손에 의해 아낌없이 깎이어 이제는 사마나의 모습이 되었습니다. 제자들도 그 스승을 따라, 부처님 앞에 나아가 합장하고 예배했습니다.

이에 부처님은 다시 그들을 위하여 설법하셨습니다. 오백 명 제자들은 깊이 감동되어 마음이 저절로 깨끗해지는 것을 느꼈습니다. 불을 섬기는 데 쓰이던 모든 연장들은 전부 나이란자나 강에 던졌습니다.

우루베라 카샤파에게는 '가야 카샤파'와 '나다이 카샤파'란 두 동생이 있었습니다. 그들은 다 불을 섬기는 선인으로서, 가야 카샤파는 삼백 명의 제자를 데리고 있고, 나다이 카샤파는 이백 명의 제자를 데리고 있으면서, 불을 섬기는 수행을 하고 있었습니다.

그런데 지금 가장 신성한, 불을 섬기는 데 쓰이는 연장들이 상류에서 떠내려오는 것을 보고, 그들은 놀라 그것들을 건져올렸습니다. 그것은 그의 형이 비밀리에 간직해둔 연장들이었습니다. "이상한 일이다. 신성한 연장이 이렇게 떠내려올 때에는, 반드시 형님의 신상에 무슨 일이 생긴 것이다. 야만인들에게 습격을 당한 것이나 아닐까? 어쨌든 빨리 안부를 알아보자" 하고, 그들 형제는 상류로 달려갔습니다.

그들은 맏형의 사당에 와보았습니다. 지금까지 엄숙하게 장식되어 있던 모든 도구는 이제 완전히 없어졌고, 더구나 그 형을 비롯해 제자들 전부가 사마나가 되어, 머리를 깎고 법의를 걸치고 있는 데는 다만 어이가 없을 뿐이었습니다.

"잘 왔다. 너희들을 찾아가려 했는데……"

"형님, 도대체 어찌된 영문입니까?"

"고타마 붓다의 제자가 되어 우리들은 불교로 개종했다. 너희들이 이상하게 생각하는 것도 무리가 아니다. 그러나 너희들도 한번 붓다를 만나, 그 설법을 듣는 것이 좋을 것이다. 나는 그의 가르침을 듣고, 내가 지금까지 해온 일이 얼마나 잘못된 것인가를 깨달았다. 내 마음의 더러움을 간직한 채, 아무리 기도한들 사람을 구제할 수는 없는 것이다. 우리가 삼화(三火)를 섬기는 것은 형식이 아니고 마음속의 삼화, 즉 탐욕(보시하는 자비심이 없이 무엇이나 탐하는 마음), 성냄(남을 동정하지 않고 자기 생각에 거슬리면 성내는 마음), 어리석음(지혜와 분별이 없이 앞뒤를 생각지 않고 눈앞의 일에만 사로잡히는 마음), 이 삼독의 사나운 불꽃을 멸하는 것이었다. 우리는 삼독의 불을 모르고 청정한 삼화라 해서 불을 섬기고, 또 사람을 위해 기도하면서 살아온 것이다.

사랑하는 아우들아! 우리는 이 이치를 잘 알아서 생사를 해탈해야 한다. 나는 붓다의 제자가 되어, 지금까지 맛보지 못한 마음의 안정을 얻었다."

"형님의 말씀을 들으면, 고타마는 참으로 일체의 지혜를 성취한 사람입니다. 우리는 다 형님을 따라 오늘까지 불을 섬기며 살아왔습니다. 이제 형님이 개종하셨으니, 우리도 형님을 따라 집을 떠나겠습니다."

그후 두 사람은 각각 제자들을 데리고 즐거이 개종했던 것입니다.

4

법을 비방한 산자의 최후

진리를 찾아헤매던 산자의 제자인 목갈라나와 샤리푸타가
부처님의 교단으로 들어간 뒤, 제자를 잃은 허전함과 질투를 못 이긴
산자가 부처님과 법을 비방하다가 나중에는 제자마저 잃고
남을 저주한 대가로 처참하게 죽는다는 이야기.

라자그리하 성에서 북으로 삼 리엔 '나라다'라는 마을이 있었습니다. 이 마을에는 하늘신·땅신·우레신 등 천지자연의 현상을 숭배하며, 오백 명의 제자를 지도하고 있는 '산자'라는 사람이 있었습니다. 그의 이름은 높았으며, 그로 말미암아 많은 이익이 있다고 하여 상당한 신자가 따랐습니다.

그 이름이 그렇게 높아진 것은, 사실 그의 두 팔이 된 제자 '목갈라나'가 신력으로써 여러 가지 신변(神變)을 보이고, 또다른 한 제자 '샤리푸타'가 지혜로써 천지자연의 이치를 설명했기 때문이었습니다. 따라서 그들은 이 세상에서 자기들보다 훌륭한 사람은 없다고 생각하여, 그 스승에 대해서도 은근히 불만을 품고 있었습니다.

"생(生)이 있는 자는 반드시 죽는다. 그러나 불멸을 가르치는 참스승은 없을까……?"

"만일 우리 둘 중에 누구든지 그런 스승을 발견했을 때에는 서로 알려 다 같이 제자가 되어 그 법을 배우자."

이렇게 그들은 서로 이야기하며 굳게 약속했습니다.

어느 날 샤리푸타는 부처님의 제자인 '아사지' 비구를 만났습니다.

"아아! 얼마나 거룩한 모습인가. 만일 이 세상에 큰 진리를 깨달은 사람이 있다면, 이 비구야말로 확실히 그중 한 사람일 것이다."

샤리푸타는 가만히 불렀습니다.

"수행자여, 실례하지만 당신의 모습을 뵈오면, 아주 수행을 많이 쌓아 모두가 원만하게 자리잡혀 있는 것 같습니다. 대체 당신은 누구를 스승으로 모시며, 또 어디서 오시는 길입니까?"

"예, 나는 라자그리하 성 밖, '대숲' 절에 계시는 고타마 붓다의 제자입니다."

"고타마 붓다라고요?"

"예, 그렇습니다."

"그렇다면 그 붓다는 어떤 법을 가르치고 계십니까?"

"예, 나는 아직 그 제자가 된 지 오래지 않아 깊이는 모릅니다만 그 한 부분만 말씀드리지요. '이 세상의 모든 것은 인연에 의해 생기는 것이다' 라고 가르치십니다. 그리고 또 인연에 의해 멸한다고 말씀하십니다. 그리고 우리 스승인 부처님은, 그 인연을 가르치시고 또 그 인연이 멸하고 다하는 것도 가르치십니다."

이 말을 들은 샤리푸타는 땅에 꿇어앉아 그 비구에게 합장 예배하고,

"이제야말로 바른 법을 얻었습니다. 일찍이 이렇게 깊은 법을 들은 적은 없었습니다"

하고 기뻐하면서 하직한 뒤, 곧 목갈라나에게로 돌아왔습니다.

샤리푸타가 오는 것을 보고 목갈라나는 물었습니다.

"벗이여! 얼마나 밝은 얼굴인가. 보통 때의 샤리푸타가 아니구나. 어디 위없는 큰 진리라도 깨달았는가?"

"그렇다, 그렇다. 마침내 우리가 찾던 사람을 만나게 되었다."

"아! 그래, 그것은 참으로 고마운 일이다. 자, 빨리 말해보아."

그래서 샤리푸타는 아사지 비구를 만난 이야기를 한 뒤

"……모든 것은 인연에 의해 생기고, 또 인연에 의해 없어진다…… 고타마 붓다는 이렇게 그 인연을 가르치고, 또 그 인연이 멸하고 다하는 것도 가르치신다"

고 말하였습니다.

"……?"

지혜 있는 샤리푸타는 곧 알았지만 목갈라나는 그 뜻을 분명히 이해하지 못했습니다.

"어때, 우리가 아무리 신력이 있고 지혜가 있다 해도 그것은 진정한 깨달음이 아니다."

"그것은 나도 잘 안다."

"우리는 과거의 인연을 알아, 번뇌에 가득 찬 마음과 행동을 맑고 바르게 하기 위해 수행하지 않았던가. 그것을 가르치는 사람이 저 고타마 붓다란 말이다."

"그렇다. 그것이야말로 바른 법이다. 이 바른 법을 얻은 이상, 이제는 헤매지 않아도 될 것이다."

이렇게 목갈라나도 법의 눈을 얻었습니다. 그들은 굳게 손을 잡고

"벗이여! 곧 가지 않겠는가. 그리고 고타마 밑에서 수행하자."

목갈라나는 물론 동의했습니다. 그러나 현재의 스승이 뭐라 할지 그

것이 염려되었습니다.

　도를 구하는 정열에 불타는 젊은 두 사람은 곧 산자 스승 앞에 나아갔습니다.

　"무엇이? 여행을 떠난다구……?"

　그렇게 놀라는 것도 무리는 아니었습니다.

　"예, 저희들은 지금부터 고타마 붓다에게 나아가, 거기서 중이 되어 도를 닦으려고 생각하고 있습니다."

　산자는 두 주먹을 불끈 쥐고 몸을 부르르 떨면서, 당장 고함을 치려다 겨우 참고,

　"아아! 그대들은 벌써 도를 닦고 있다. 나의 후계자로서 오백 명 제자까지 갈라주겠다고 하지 않았는가. 잘 생각해보라"
하면서 성의를 다해서 만류했습니다.

　"스승님! 아무리 천지의 현상을 숭배하더라도, 자기 마음을 고치기 전에는 진정한 해탈을 얻을 수 없습니다."

　"진정한 해탈! 무슨 소리냐? 우리는 제사와 고행에 의해 복을 얻으면 그만 아니냐. 물론 거짓말하지 않고 중생을 해치지 않으며, 나지도 않고 죽지도 않으며, 따르지도 않고 멸하지도 않으며 바로 범천(梵天)에 난다고, 이렇게 가르치고 범행(梵行)을 닦고 있지 않는가?"

　처음에 이런 말을 들었을 때에는, 그렇게 행하기만 하면 해탈할 수 있다고 믿고, 그들은 그의 제자가 되었던 것입니다. 그러나 지금 그들에게는, 이미 구하고 있는 것이 분명해진 만큼 중도에 그만둘 수는 없었습니다. 다만 그 이상 스승의 뜻을 거역하기를 피해, 서로 눈짓하고 물러나왔습니다.

　"이 세상의 모든 것은 다 인연을 따라 일어난다…… 고타마 붓다는

116

그 인연을 설하고 또 그것을 해결하신다."

"그렇다. 우리들이 이렇게 어름어름하고 있을 때가 아니다."

그들은 다시 스승을 찾아가 '도를 얻은 뒤에는 반드시 돌아온다' 고까지 세 번 맹세하고 떠나기를 간청했지만, 스승은 끝내 허락하지 않았습니다.

그러면 바른 법을 구하기 위해서는, 바르지 못한 스승은 버릴 수밖에 없다고 생각한 그들은 드디어 스승 곁을 떠나 대숲절을 찾아갔습니다.

"아아! 얼마나 훌륭한 절인가……"

그도 그럴 것이 마가다 국의 빔비사라 왕이 부처님께 '라자그리하 성에 머무르시면서 마가다 국을 위해 교화해달라' 고 부탁하며, 왕 스스로 세운 그 절이었습니다. 칠보로 아름답게 꾸미고 더구나 비구들이 몇만 명이나 살 수 있는 큰 절이었으므로 놀라는 것도 무리가 아니었습니다.

합장하고 그들을 맞아주는 비구들의 모습이나 태도가, 아주 자연스럽고 부드럽고 단정한 것을 보고 '확실히 진실한 도를 구하는 도량(道場)이다' 라고 감탄하면서, 그들은 절 안으로 들어갔습니다.

몇 군데 설법 자리가 열리고 있는 곳에, 문득 눈에 뜨인 것은 저 아사지 비구였습니다. 샤리푸타는 '먼저 고타마 붓다를 예배해야 할까, 아니면 법의 인연을 맺어준 아사지를 예배해야 할까' 하고 망설이다가, 목갈라나에게 의논해보았습니다.

"우리는 인연이 있어서 아사지 비구의 지도를 받은 것이니까, 먼저 저 비구를 예배하는 것이 도리에 맞을 것이다"

라고, 목갈라나는 대답했습니다. 그래서 그들은 아사지 비구에게 가 정성껏 예배했습니다.

부처님은 이것을 보시고, 곁의 비구에게 말씀하셨습니다.

"저 두 사람을 보라. 저들은 도를 잘 알고 있다. 우리 법에 들어와 중이 되면, 반드시 윗자리의 비구가 될 것이다."

한편, 산자는 두 제자가 행방을 감춘 것을 알고 놀랐습니다. 그럴 줄을 모른 것은 아니었지만, 어쩐지 쓸쓸한 기분과 누를 수 없는 노여움이 치밀어올랐습니다. 가장 믿고 사랑하던 두 제자가 떠났다는 것은, 산자에게 있어서는 두 팔을 잘린 것과 같았습니다. 그래서 그는,

"아아 무슨 일일까…… 저 고타마 붓다는 라자그리하에 온 지 아직 얼마 되지도 않았는데, 배화교의 선인 카샤파를 비롯해 그 제자 일천 명이 그 교로 들어갔고, 또 요새 들으면 국왕까지 그에게 귀의했다고 하지 않는가…… 그리고 또 내 최고의 제자 두 사람을 빼앗아갔구나!" 하면서 하늘을 우러러 탄식했습니다.

이렇게 여러 날을 보낸 그는 마음의 불만을 누를 수 없어 그의 제자들에게도 몹시 거칠게 대했습니다. 그러자 한 사람 떠나고 두 사람 떠나, 모두 부처님의 제자가 되었습니다. 끝내 참지 못한 산자는, 남은 제자 몇 사람을 데리고 라자그리하로 가서 떠들기 시작했습니다.

"고타마는 무슨 원한이 있어 우리 교단을 어지럽게 하는가?"

"내가 가장 사랑하는 제자를 왜 빼앗아갔느냐?"

"산자 스승의 제자를 곧 돌려보내라."

이렇게 욕설을 퍼부으면서 거리를 돌아다녔습니다.

그때 부처님 제자들은 평상시와 같이 거리로 수행하러 나왔다가, 이 욕설을 들었습니다. 그들은 놀라 급히 돌아가, 부처님께 그 사정을 아뢰었습니다. 그러나 부처님께서는,

"그런 비난은 오래 계속되는 것이 아니다. 비구들이여! 그런 일을 마음에 두지 마라. 그러나 그 사람들에 대해서는 다음과 같이 할 말이 있

다. '진실한 붓다는 법대로 사람을 지도한다. 법대로 실행하는 붓다를 누가 따르지 않을 것인가' 이렇게 대답하는 것이 좋다"

고 말씀하셨습니다.

이튿날 제자들은 수행하기 위해 거리로 나왔습니다. 그들의 비난은 전날보다 더했습니다. 그래서 제자들은 입을 모아,

"참된 붓다는 법대로 사람을 지도한다. 법대로 실행하는 붓다를 누가 따르지 않겠는가"

하고 말했습니다.

이 말을 들은 그들은 슬금슬금 돌아가버렸습니다.

부처님은 산자의 마음을 불쌍히 여겨 어떻게든지 그를 구제하려고 생각하셨습니다. 그래서 몇 번이나 사람을 보냈지만 그는 전연 받아주지 않았습니다. 더구나 그 교단에 음식을 보냈지만, 방법(謗法)의 보시라 해서 돌려보낼 정도였습니다.

그들은 이제 라자그리하 거리에는 오지 않았지만 여전히,

"붓다는 지금 세상의 사내들을 억지로 출가시키고 있다. 우리들의 자손을 끊으려 하고 있다. 다음에는 또 누가 아들을 빼앗길지 모두 주의해야 한다……"

고 비난했습니다. 그러나 부락 사람들은,

"저들의 최고 제자인 샤리푸타와 목갈라나가 고타마에게로 간 이상, 무언가 틀림없이 훌륭한 법이 있을 것이다"

하고, 저들을 상대하려 하지 않았습니다. 그보다도 그 제자들도 산자 곁을 떠나 조용히 도망하는 자까지 나오게 되었습니다.

완전히 인기가 떨어진 산자에게는 단 한 사람도 공물을 바치지 않았습니다. 할 수 없이 이른 아침부터 먼 부락까지 스스로 밥을 얻으러 가

는, 실로 가엾은 생활이 되어버렸습니다.

마음이 어지러워진 산자는 문득 이런 생각을 했습니다.

"천상에 나기 위해 수행하면서 이제 이런 고통을 받는 것을 보면, 확실히 저 제자들이 말한 '자기 마음을 고치기 전에는 참해탈을 얻을 수 없다'는 것이 진리인 것이다. 이것은 그 거룩한 진리를 가르친 고타마를 비난한 죄의 결과인지도 모른다……"

이 이상 어떻게 할 수 없다고 생각한 산자는, 이렇게 하늘을 우러러 중얼거렸지만 그것은 곧 저주의 말로 변하고 말았습니다.

그렇게 지내던 산자는, 어느 날 아침 피를 토하며 쓸쓸히 홀로 죽어 갔습니다.

5
이대 제자의 결정

이대 제자를 결정하시는 부처님께 불평하는 카샤파 형제와
제자들이 부처님의 말씀을 듣고 잘못을 깨달아 뉘우치고
더욱 수행에 힘써서 질서 있는 교단을 만들었다는 이야기.

부처님이 대숲절에 와 계신 뒤로, 마가다 국의 시가는 점점 번성하게
되었습니다. 각지로 포교하러 나갔던 제자들도 차츰 돌아왔습니다. 그
들은 그동안 각지로 다니면서 포교한 상황을 서로 보고하고, 자기의 부
족한 것이나 잘못된 점을 서로 반성했습니다. 그래서 승단은 차츰 틀이
잡히어, 규칙이 엄정한 공동생활이 시작되었습니다.

이때 부처님은 샤리푸타와 목갈라나를 '이대 제자'로 결정하셨습니
다. 제일은 샤리푸타, 제이는 목갈라나, 그리고 먼저 들어온 카샤파 삼
형제를 그 밑에 두셨습니다.

그래서 카샤파의 제자들은 매우 불평했습니다. 이것을 아신 부처님
은 이렇게 그들을 훈계하셨습니다.

"비구들이여! 샤리푸타와 목갈라나를 윗자리에 앉힌 것은, 과거세의
인연에 의한 것이다. 전세의 공덕에 의해 사람의 지위가 정해지는 것이

다. 비구들이여! 그대들은 위없는 니르바나를 목표로 하고 집을 떠났으면서, 지위의 위아래를 가지고 다투는 것은 어울리지 않는 일이다."

부처님은 다시 다음과 같이 알기 쉽게 말씀하셨습니다.

"비구들이여! 이를테면 집을 짓는 데 쓰이는 재목에도 동자기둥이 될 나무도 있고, 큰 기둥이 될 나무도 있으며, 또 마룻바닥에 쓰일 나무도 있는 것처럼, 나무는 같아도 그 종류와 성질 또는 그 나무의 크고 작음에 따라 쓰이는 장소가 달라지는 것이니, 나무 그 자체에는 귀하다거나 천하다거나 하는 구별이 없는 것이다. 그와 같이 이 비구들에게도 귀천의 구별은 없다. 다만 각자 하는 일에서 다름이 있을 뿐이다. 이 이치를 잘 깨달아 비구들은 더욱 수행에 정진해야 한다."

그리고 또 계속해서 말씀하셨습니다.

"비구들이여, 그대들이 아무리 내 앞에서 시중을 들고 나를 받들더라도 그 인연을 깨닫지 못하고 불순한 생각을 일으킨다거나, 또 욕심이 많아 마음이 어지러워져 있다면, 그는 내게서 멀고 나도 그에게서 멀다. 왜냐하면, 그는 법을 보지 못하고 법을 보지 못한 자는 나를 보지 못하기 때문이다. 또 비구로서 아무리 내게서 멀리 떠나 있더라도, 마음을 맑게 해 가르침을 듣고 일심으로 수행하는 자는 내 곁에 있는 자다. 왜냐하면, 그는 법을 봄으로써 나를 보기 때문이다."

부처님은 다시 시를 읊었습니다.

"모든 악한 일 하지 말고
온갖 착한 일 받들어 행하라.
스스로 그 마음 깨끗이 하는 것
그것이 모든 부처의 가르침이다."

이것이 유명한 칠불(七佛)의 공통적인 가르침입니다.

　여기서 제자들은 부처님의 가르치심을 마음에 새기고 바른 법을 우러러 서로 화목하게 지냈습니다. 그리고 부처님과 같은 높은 경지에 도달하기 위하여, 밤낮을 쉬지 않고 수행하면서 누구라도 잘못을 발견하지 못할 만큼 훌륭한 불제자가 되기를 서로 맹세했습니다. 그때 부처님은 샤리푸타와 목갈라나를 곁에 부르시어 말씀하셨습니다.

　"나는 그대들에게 비구들의 스승이 되는 것을 허락한다. 스승은 제자들을 자식과 같이 생각하고, 제자는 스승을 어버이처럼 생각하라. 그래서 스승과 제자는 서로 존경하고 기쁨과 슬픔을 함께해야 한다. 지금부터 스승은 제자들에게 질문을 시켜라. 그러나 교만한 생각을 버려 잘 가르치고 사랑하라. 언제나 자비심을 잊지 말고 각자의 기근(機根 : 중생의 심중에 본래부터 가지고 있어 불佛의 교화에 의하여 발동하는 능력)을 따라 설법하지 않으면 안 된다."

　"우리의 스승 부처님이시여! 저희들은 그 말씀을 잘 받들어 명심하겠습니다. 제자가 슬퍼할 때는 법으로써 위로하고, 제자가 아플 때는 자비로써 간호하며, 악을 저질러 뉘우치는 자에게는 격려하여 선을 행하게 하고, 나쁜 소견을 품을 때는 바른 소견으로 돌아가게 하며, 교만한 생각을 버려 부지런하고 어려운 일도 기쁜 마음으로 힘써 하겠습니다."

　그 뒤 이 두 제자의 명성은 부처님의 법을 더욱 널리 빛나게 하는 결과가 되어, 법을 구하러 모여드는 제자의 수는 나날이 불어났습니다.

6
마하 카샤파의 입문

장자의 외아들 히파라야나와 여신같이 아름답고
높은 기품을 가진 바하두라의 상상하기 어려운 부부생활과
부모가 돌아가신 뒤에 서로 헤어져 불교 교단으로 들어와
마침내 히파라야나가 부처님의 제자 중 제일인자가 되는 이야기.

라자그리하 성에서 그리 멀지 않은 '사라다' 라는 마을에, 브라흐만의 큰 부자로서 '니구로다 카루파카샤파' 라는 사람이 있었는데, '히파라야나' 라는 청년은 그 집의 외아들이었습니다. 이 사람이 뒷날 부처님 제자의 제일인자로 꼽히는 '마하 카샤파' 바로 그 사람입니다.

부처님 제자들 중에는 '카샤파' 라는 이름을 가진 사람이 많이 있었습니다. 그중에서도 가장 지혜가 뛰어나고 위대한 덕을 가진 카샤파를 특히 마하 카샤파라고 존칭해 불렀습니다.

그는 어릴 때부터 귀족에 알맞은 교양을 받고, 깨끗한 행(行)을 굳게 지켰습니다. 차차 성장함에 따라 평생 독신으로 지내기를 맹세하고, 브라흐만의 수행을 결심했습니다. 그러나 그 양친은 그 아들이 혹 집을 떠나지나 않을까 두려워하여, 빨리 결혼을 시키려고 여러 가지로 권했습니다.

124

"내게 아내를 구해주시려면 부디 하늘 아가씨처럼 아름다운 여자로서 높은 덕을 가진 처녀를 구해주십시오. 그때는 결혼하겠습니다."

"하늘 아가씨처럼 아름답고 덕이 높은 처녀라고?"

그 아들이 집을 떠날까 두려워한 장자(長者)는, 자기의 전 재산을 던져서라도 마음에 드는 처녀를 구하기 위해, 많은 사람을 보내어 전국에서 미인을 찾게 했습니다.

그러던 중 드디어, 카필라 성에 사는 같은 브라흐만의 처녀 '바하두라'를 발견했습니다. 그녀는 여신처럼 기품이 높은 처녀였습니다. 그러나 그의 양친은,

"모처럼의 청이시지만 내 딸은 평생 독신으로 지내기를 소원해, 결혼 이야기는 모두 거절하고 있습니다. 다만 시집을 간다 하더라도, '깨끗한 행을 지킨다'는 약속이라도 있으면 별문제겠지만, 아무래도 그것은 바랄 수 없는 일이 아닙니까?"

라고 대답했습니다. 그래서 장자 부부는 아들의 희망과 완전히 일치한다는 것을 말해주고, 이들은 꼭 알맞은 부부라고 좋아했습니다. 그래서 혼사가 결정되어, 얼마 뒤에 훌륭한 식을 올렸습니다.

두 젊은 부부는 약속대로 깨끗한 행을 지켰습니다. 서로 침실을 달리하고, 또 한 사람이 누웠으면 한 사람은 반드시 일어나 있었습니다. 그래서 참으로 진기한 부부생활이 계속되었습니다.

어느 날 밤 남자가 일어나 있고 아내가 누워 있을 때, 한 마리의 독사가 방 안에 들어왔습니다. 아내의 한 손이 침구 밖에 나와 있었고 독사는 벌써 그 손을 겨누고 있었습니다. 그때 남자는 독사 머리를 발로 밟고, 가만히 아내의 손을 잡아 침구 속에 넣어주었습니다.

그때 그녀는 눈을 떠 남자에게 말했습니다.

"당신은 깨끗한 행을 지킨다고 약속했으면서, 왜 내 손을 잡으십니까?"

"이 독사를 보오. 그대 손을 물려고 하기에 그것을 구원한 것뿐이오."

이러한 부부생활이었지만, 그들의 사이는 참으로 원만했습니다. 오십이 년의 세월이 지난 뒤, 아버지 어머니가 잇따라 세상을 떠나자, 그녀는 친정으로 돌아갔습니다.

그 뒤에도 그녀는 독신으로 지내다가 부처님이 여자의 출가를 허락하셨을 때, 그 제자가 되어 깨달음을 얻었습니다.

그런데 혼자 남은 히파라야나는 많은 재산을 아낌없이 빈민들에게 나누어주었습니다.

"자, 이제 나도 산중에 들어가 수행하자."

그러나 혼자 조용히 고행하고 또 선정을 닦으면서 밤낮으로 수행했지만, 아무리 생각해도 마음이 해결되지 않았습니다.

"내 마음을 해결해줄 스승은 없는가?"

그는 땅을 박차고 일어나며 큰 소리로 이렇게 외쳤습니다.

"있다! 네가 찾고 있는 스승이 있다."

그의 눈앞에 부처님이 그 모습을 나타내셨습니다. 그 거룩한 모습을 뵈온 그는, 저절로 머리가 숙여져 오체를 땅에 던지고 감격했습니다.

"아아, 큰 성자시여! 당신은 제가 찾고 있는 좋은 스승이십니다. 저는 크게 깨달은 부처님의 제자가 되는 영광을 가진 한 사람입니다."

부처님은 빙그레 웃으시면서 말씀하셨습니다.

"너 카샤파여, 내가 말한 그대로다. 나는 너의 스승이 되리라. 너는 진실로 나의 제자다. 카샤파여, 인간의 육체가 얼마나 무정한지를 너는 잘 알고 있다."

"예, 부처님이시여! 말씀과 같습니다."

"그러나 그대가 아무리 깨끗한 행을 쌓더라도, 집안의 대를 끊는 것은 부모에 대한 불효라는 것을 깨달아야 한다. 재산을 상속받는 것만이 상속이 아니다. 지금부터는 양친의 보리를 위해 진정한 불도를 수행하여 법의 상속자가 되어야 한다."

카샤파는 이때부터 진리를 깨달은 새 비구가 되어, 부처님의 뒤를 따라 절로 들어갔습니다.

7
미라가 된 우다이 대신

부처님의 부왕 숫도다나의 분부를 받들고
마가다 국으로 부처님을 모시러 갔던 우다이 대신이
부처님과 제자들의 거룩하고 고요한 생활을 보고 감동해
머리를 깎고 부처님의 제자가 되어 많은 사람들을 교화한 이야기.

중인도의 카필라 성은 이제 날이 밝으려 하는데, 왜 그런지 부처님의 아버지인 숫도다나 왕은 한밤 내내 한잠도 이루지 못했습니다.

문득 눈을 뜬 '우다이' 대신은, 왕의 침실에 등불이 밝혀져 있는 것을 보았습니다.

"벌써 잠이 깨셨나. 그런데 대체 누가 저 불을 켰을까? 여관(女官)들도 아직 일어나지 않은 것 같은데, 대왕께서 손수 불을 켜셨을까?"

우다이 대신은 마음에 걸려 왕의 침실로 가보았습니다. 왕은 무언가 깊이 생각하고 계신 것 같았습니다.

"대왕마마! 무언가 걱정되시는 일이라도 있습니까?"

"아니다, 걱정되는 일이 아니다. 오히려 경사스러워 기뻐하고 있을 정도다. 너무 기뻐서 한잠도 못 잤다."

"그러하오나 옥체에 혹시 병환이라도 생기시면……"

"아니야, 자, 대신은 들어보오. 실은 내 아들 싯달타 태자가 큰 진리를 깨달아 부처가 되어, 저 마가다 국에서 왕과 백성들의 존경과 사랑을 받고 있다고 들었다. 그래서 하루라도 빨리 만나고 싶어졌다."

"그러하시겠습니다. 신도 태자님께서 붓다가 되시어 많은 사람들을 교화하고 계시다는 것과, 그리고 그 훌륭한 절에는 덕이 높은 제자들이 모여들었다는 소문을 자주 듣고 있었습니다."

"그러니 하루빨리 사람을 보내어, 이 카필라 성에도 오도록 하오. 그의 설법을 듣고 싶소."

"예, 만일 신이 그 심부름을 해도 무방하다면, 부디 허락해주시옵소서."

"그렇게 하시오. 함부로 덤비는 사람을 보냈다가는, 또 궁을 떠나 중이 될 염려도 있고 하니…… 어쨌든 태자가 고행하는 동안에 심부름을 갔던 자는, 모두 궁을 떠나 한 사람도 돌아온 자가 없으니 말이오."

"신 같으면 그런 염려는 안 하셔도 좋을 것입니다."

"좋아, 그러면 그대가 가주겠는가? 그러나 미라를 가지러 갔다가 미라가 된 것처럼, 그대도 궁을 떠나 중이 되지 않도록 주의해야 하오."

"예, 분부를 받자와 명심하겠나이다."

왕은 더욱 기뻐했습니다. 어느새 날은 밝았고, '히말라야' 산이 우러러보이는 카필라 성에도 봄이 한창이라, 나무들은 아름답고 새들은 지저귀고 있었습니다.

"대왕마마, 벌써 일어나셨나이까?"

그때, 부처님의 비 '야슈다라' 부인이 외아들 '라훌라' 왕자를 데리고 아침 문안 차 나왔습니다. 여관은 등불을 끄려 했으나, 무슨 일인지 좀처럼 꺼지지 않았습니다. 그래서 아주 세게 불어 끄려 했을 때 숫도

다나 왕은

"기다려라! 꺼서는 안 된다"

하고 불 끄기를 만류한 뒤, 눈을 감고 깊은 생각에 잠겼습니다. 조금 뒤
에 천천히

"그렇다…… 꺼서는 안 된다…… 태자가 돌아올 때까지는……"

"앗! 마마! 태자님이……?"

"그렇다. 태자가 돌아온다."

"태자님께선 언제쯤 돌아오시겠습니까?"

"그것은 모른다. 돌아오기는 꼭 돌아온다. 오래지 않아……"

야슈다라의 눈동자가 빛났습니다. 생각하면 그때부터 십이 년, 혼자
성을 넘어 빠져나가, 난행과 고행 끝에 위없는 진리를 깨달은 나의 님,
온 세계의 붓다…… 법의 문을 열어 목마른 중생에게 감로(甘露)의 법
비를 쏟는 붓다……

"야슈다라 비여! 이 등불은 무명(無明)의 어둠을 비추는 큰 등불이
다. 싯달타 태자도 이제는 크게 깨달은 부처님이 되어, 둥근 세계의 한
복판에서 큰 등불처럼 이 어두운 세상을 마치 해와 달의 광명처럼 비추
고 있다."

"예, 아바마마. 저도 하루빨리 돌아오시기를 빌고 있습니다."

야슈다라 비는 고요히 그 아들 라훌라의 머리를 쓰다듬어주었습니다.

그날부터 카필라 성 내 대왕의 방의 등불은, 밤낮을 가리지 않고 거
룩하게 빛나고 있었습니다.

그날로 우다이 대신은 부처님이 계시는 마가다 국을 향해 길을 떠났
습니다.

130

벌써 십여 년 동안이나 만나뵙지 못한 태자의 모습을 여러모로 상상하면서, 드디어 마가다 국의 절에 도착했습니다.

완전히 그 상호(相好)가 변한 거룩한 모습을 보자, 우다이 대신의 마음은 우선 감동했습니다. 어떻게 인사를 해야 좋을지 몰라, 땅에 엎드려 진심으로 세 번 예배했습니다.

"우다이여, 잘 왔다. 아바마마께서도 안녕하신가?"

"예, 평안하십니다. 그리고 하루빨리 만나뵙고 싶으시다고…… 지금은 날마다 그것만 생각하고 계십니다. 그리고 라홀라 왕자께서도 훌륭하게 자라셨습니다."

"그런가. 실은 나도 가까운 시일에, 아바마마를 만나뵈려 생각하고 있었던 중이다."

"그렇습니까? 그 말씀을 듣고 신은 마음이 놓입니다. 그렇다면 지금이라도 곧 행차토록 하시면……"

우다이 대신은 때를 놓치지 않고 여쭈었습니다. 출발할 때 왕으로부터 여러 가지 주의를 들었고, 또 거기서 오래 머무르는 것은 위태롭기 때문이었습니다.

"피로할 터인데, 푹 쉬는 게 좋을 것이다. 그동안에 날짜를 결정하자"고, 부처님은 말씀하셨습니다. 그리고 부처님 스스로 우다이 대신을 안내하시어, 절 내부를 모두 구경시켰습니다.

제자들이 다 평등하고 침착하게 생활하고 있는 광경을 본 대신은, 더욱 마음속으로 감탄했습니다. 거기서 사흘간 제자들과 이야기도 해보고 또 설법도 들었기 때문에 대신은 '이처럼 고요한 생활을 할 수 있다면 얼마나 행복할까?' 하고 생각하게 되었습니다. 그래서 벌써 어명을 받들고 온 일보다도, 제자들과 함께 밖으로 나가 수행하고 싶은 마음을 억누를 수 없게 되었습니다. 그래서 부처님께 그 사정을 여쭈었습니다.

"아 그런가. 그처럼 궁을 떠나고 싶은가?"

"예, 허락만 해주신다면, 그보다 더 기쁜 일은 없겠습니다."

"좋다. 네가 궁을 떠나 중이 되는 것을 허락한다."

그래서 샤리푸타가 득도(得道)의 스승이 되어, 머리를 깎이고 법의를 입혔습니다. 그는 다시 부처님께 나아가 합장하고 예배했습니다.

"오오, 아주 썩 잘 어울리는데."

그는 부처님 말씀을 듣고 매우 만족했습니다. 그때 '아차!' 하고 비로소 정신이 돌아왔습니다. "신 같으면 그런 걱정은 없을 것입니다" 하고, 굳게 맹세한 자신이 이미 궁을 떠나 중이 되었던 것입니다.

그런데 자기 일은 그만두고라도 대왕을 비롯해 야슈다라 비의 심중을 생각할 때 그는 가만히 있을 수가 없었으나, 그것까지도 잊어버리고 수행생활에 몰두했습니다.

그리고 그는 생각했습니다. '내가 대신의 지위에 있을 때, 물질적으로는 무엇 하나 부자유한 것이 없었다. 그러나 내 마음속을 들여다볼 때 그것은 무서운 악마가 사는 집이요, 하루도 편안한 생활이 되지 못했다. 거기에 비해 부처님을 비롯한 저 제자들의 생활은 아무것도 없는 것이기는 하지만, 얼마나 풍부하고 부러운 생활인가! 물질과 헛된 명예를 버리고 희망이 이루어진 오늘, 이제 참되게 마음속의 안심과 입명(立命)을 구하는 것, 이것이야말로 진실한 인간으로서의 바른 생활의 보람일 것이다……'

대신은 곧 하나의 서원을 세웠습니다.

'가족들은 물론 대왕을 비롯하여 전국의 백성들을 모두 법으로 인도하고, 그리고 부처님의 많은 제자들과 같은 마음의 구제를 받을 경지를

얻자. 이것이야말로 인간으로서 마땅히 가야 할 길이요, 나에게 지워진 중요한 임무이다.'

사마나가 된 우다이 대신의 수행은 참으로 눈부신 바가 있었습니다.

그 뒤 얼마 안 되어, 부처님은 부왕에 대한 오랜만의 인사 겸, 고향인 카필라 성을 중심으로 한 포교를 생각하게 되었습니다. 그래서 우선 우다이 비구를 사자로 삼아 왕에게 보내셨습니다.

성문에 도착한 우다이는 부처님의 제자 우다이 비구라고 자기를 소개하고, 문지기를 통해 자신의 도착을 왕에게 전해 알렸습니다.

"전한다는 것이 다 무엇이냐! 스스로 들어와 안부를 묻고, 제 입으로 고해야 할 일이 얼마든지 있지 않느냐?"

고, 왕은 화를 내어 말했습니다. 그러나 우다이 비구는

"부처님의 사자로 왔기 때문에……"

라고 대답할 뿐, 세 번이나 왕이 불러도 들어오려고 하지 않았습니다. 대왕은 참다못해, 대신들을 데리고 스스로 궁문으로 나왔습니다.

"……?"

거기에는 사마나의 모습으로 변한 우다이 대신이 서 있었습니다.

"끝내 너도 중이 되었구나."

"예, 부처님의 법에 귀의해 수행하는 몸이 되었습니다."

이전과는 달리 법의 가르침에 사는 우다이 비구의 태도, 수행에 단련된 얼굴을 들고 대답하는 우다이 비구, 정녕하게 합장하는 이 새 비구의 거룩한 모습을 보자, 대왕을 비롯하여 교만한 대신들까지도 저절로 머리가 숙여졌습니다. 그래서 대왕의 방으로 안내받은 우다이는 부처님이 돌아오신다는 것을 삼가 아뢰었습니다.

"내 아들 싯달타 태자도 너처럼 그렇게 훌륭한가?"

"소승 같은 것은 부처님에게 비교하기도 황송한 일이옵니다. 마치 '수미루' 산에 비한 겨자알과 같은 것이라고나 하올지!"

"그런데 태자가 돌아오면 이 성에 오래 머무를 수 있을까?"

"아니옵니다. 아마 왕성에 머무르시는 날은 그리 길지 못할 것입니다."

"그것은 무슨 까닭인가?"

"부처님은 항상 말씀하시기를 '집을 떠나 사마나의 몸이 된 자는, 다시 속가의 욕심에 마음을 빼앗겨서는 안 된다' 고 엄중하게 수행자의 주거에 대해서 훈계하고 계십니다."

"그러나 태자는 이미 수행을 성취해 위없는 부처님이 되었는데……지금도 나무 밑이나 돌 위에서 살지 않으면 안 되는가?"

"예, 그렇습니다. 다만 장마철이 되면 절에 들어가 수행하십니다."

"그 절이란 어떤 것인가? 태자가 왕성에 있을 때, 나는 태자를 위해 삼시전(三時殿)을 짓고 칠보를 뿌려 새긴, 세상에 드문 주택을 주었는데 절이란 그것보다도 훌륭한가?"

"절이란 수행하는 도량이기 때문에 장엄하고 큰 건물이기는 하지만, 칠보궁전과 다른 것은 다만 중생이 수행하는 건물이라는 점입니다. 따라서 부처님이 계시는 방이란, 겨우 팔다리를 펼 만한 방이어서 나무 밑이나 돌 위의 생활과 다른 것이 없습니다."

"그러면 음식은 어떤가?"

"하루에 두 끼 먹는 제도로 되어 있습니다. 보시로 받는 것은 어떤 것이라도 감사하는 마음으로 받고, 그것을 모두 평등하게 제자들에게 나누어줍니다. 그리고 그날 먹을 것만 갖고, 남는 것이 있으면 빈민들에게 베풀어주시어, 결코 저축이라는 것은 없습니다."

"으음……"

왕은 눈시울이 뜨거워졌습니다. 잠깐 뒤 왕은 우다이에게 다음과 같이 물었습니다.

"우다이 대신, 아니 사마나여, 나도 출가하고 싶다. 그리고 이 카필라 왕국에도 그런 절을 세울 수 있겠는가?"

"예, 그렇게 하신다면 부처님도 매우 기뻐하실 것입니다."

얼마 안 되어 카필라 성 북쪽, '니구로다' 나무동산을 가려 땅을 깨끗이 고르고 거기에 부처님을 맞이할 절을 세우는 공사가 시작되었습니다. 그래서 중생을 위한 망치 소리가 날마다 밝게 울렸습니다.

8
야슈다라 비의 전생 이야기

부처님이 성을 넘어 집을 떠나신 후 어린 라훌라 왕자를 키우며
일편단심으로 부처님의 성공을 기도하며 살아온
야슈다라 비의 착하고 아름다운 전생 이야기.

왕성으로 돌아가기로 작정하고 '샤카' 일족 교화의 때가 왔다고 생각하신 부처님은 카샤파, 샤리푸타, 목갈라나를 비롯해 많은 제자들을 데리고, 고국 카필라 성을 향해 길을 떠나셨습니다. 그 도중에서도 많은 사람들을 교화하시면서……

한편 카필라 성은 태자를 맞이하기 위해 궁전과 누각을 수리하고 장식했습니다. 그리고 니구로다 절의 완성도 다가와 온 나라의 큰 봉사가 계속되었습니다.

드디어 그 기쁨의 날이 왔습니다. 이날 숫도다나 왕은 스스로 문을 나와, 민중들과 함께 환영하는 자리에 있었습니다. 부처님 일행이 도착하자, 군중들은 "와와" 하고 환성을 올렸습니다.

"오오, 싯달타 태자여!"

하고 왕은 소리를 치고자 했으나 이제는 이미 옛날의 태자가 아니요,

몇 배나 위덕을 갖춘 부처님의 모습을 보자, 무어라고 부르면 좋을지 알 수 없어 당황하기만 했습니다.

조금 뒤 왕은 손을 잡을 듯이 부처님을 왕궁으로 모시고, 정성껏 공양을 올렸습니다. 그리고 공양이 끝난 뒤 사자좌(獅子座)로 인도했습니다.

"오오! 나의 태자여! 그대는 오랫동안 난행(難行)을 겪고, 드디어 지금까지 아무도 이루지 못한 위없는 큰 진리를 깨달아 부처가 되었다. 그런데 내가 태자라 부르는 것을 부디 용서해다오."

"아바마마! 아무쪼록 마음을 편하게 가지십시오."

부처님은 여기서 보시 태자의 이야기를 자세히 말씀하셨습니다 — 보시 태자가 왕위와 재산을 버리고 또 아내와 자식을 버려 모든 것을 보시한 것은 결국 일체중생을 구제하고, 사람의 길을 완전하게 하기 위한 것이었습니다.

"아바마마여! 귀한 보물을 얻었을 때, 그것을 어버이에게 바치려고 생각하는 것은 자식 된 자의 떳떳한 정입니다. 저는 이제 아바마마의 은혜를 갚기 위해 바치고 싶은 것이 있습니다. 그것은 이 세상의 귀한 보물이나 애정 같은 것이 아니요, 실로 인간과 천상에도 드문 보물입니다. 저는 이 보물을 부왕께 드리기 위해 오늘 고국으로 돌아온 것입니다. 바라옵건대 제가 얻은 이 위없는 보물, 지금부터 제가 말하는 이 법을 받아주십시오."

"부디 그 묘한 법의 진리를 말씀해주오."

숫도다나 왕은 진심으로 법을 구하였습니다.

"아바마마! 이 세상의 모든 것, 즉 선악을 불문하고 자기가 행한 행위는 반드시 그 결과를 스스로 받는다고 하는, 인연과 인과의 이치를 깨닫지 않으면 안 됩니다.

혈족을 아무리 깊이 사랑하더라도, 목숨이 한번 끊어지면 친척이나 벗은 물론, 자기의 육체까지도 버리고 다만 마음만이 미래의 세계를 향해 가는 것입니다.

그때에는 자기가 행한 행위만이 영원히 따라다니는 것입니다. 죄 많은 몸으로 업을 지어 지옥, 아귀, 축생이라는 괴로운 생활을 하지 않으면 안 되는 것입니다. 그러므로 누구나 과거로부터 현재에 이르기까지의 악한 인연을 끊지 않으면 안 됩니다. 그렇게 하기 위해서는 먼저 바른 법의 가르침을 따라, 날마다 끊임없이 마음의 수행을 쌓는 것이 무엇보다 중요한 일입니다."

여기서 부처님은 사체와 팔정도를 말씀하셨습니다.

"아바마마! 이 팔정도라는 것은, 그 과거의 악한 인연을 변화시키기 위해 금세에서 행하지 않으면 안 되는 여덟 가지 바른 길을 말하는 것입니다. 이 팔정도를 행하면 어떠한 악한 인연 밑에서 태어났더라도, 항상 착하고 바른 일을 행함으로써 선한 인연으로 변화시킬 수 있는 것입니다.

아바마마! 사체란 번뇌를 끊고 니르바나로 나아가는 길입니다. 곧, 고(苦)는 인생의 모든 고통이요, 그 원인을 추구(推究)하는 것이 집(集)입니다. 이 원인을 알면 그것을 끊어 고통이 없는 상태로 되는 것이 멸(滅)이요, 그 안온한 멸의 경지로 향해 가는 것이 바른 길(道)입니다. 그것은 곧 인연을 변화시키는 것으로 자기의 악한 인연을 알고 바른 길을 잡아, 그것을 향해 한 걸음 한 걸음 나아가는 것입니다."

부처님은 다시 십이 인연의 법을 말씀하셨습니다. 그러자 부왕은,

"아아, 내 생각은 잘못이었다. 이 위없는 거룩한 부처님을, 내 아들

138

싯달타 태자로 취급한 것은 큰 모독이었다. 옛날에는 내 아들, 지금부터는 내 스승인 위없는 거룩한 부처님이시다"
라고 말했습니다. 그리고 부왕을 비롯해 궁중에 있는 모든 사람들은 큰 감동을 받았습니다.

이렇게 설법이 끝나고, 부왕이 세운 니구로다 절에 머무르겠다는 부처님의 말씀이 있자, 부왕은 그 기쁨을 견디지 못했습니다. 이제 카필라 성은 마치 봄이 찾아온 것처럼, 성중의 사람들은 계속해 환성을 올렸습니다.

그 뒤로 부처님은 절에 계시면서 날마다 포교를 계속하셨습니다. 왕을 비롯해 천한 백성에 이르기까지, 위없는 거룩한 가르치심을 받고 기뻐하였습니다.

그리고 야슈다라 비는 외아들 라홀라와 함께 일찍이 왕이 태자를 위해 세운, 장엄한 삼시전의 한 방에 있었는데, 오늘 부처님이 그곳으로 오신다는 소식은 그 가슴을 조수처럼 울렁거리게 하였습니다.

생각은 십여 년 전으로 돌아갔습니다. 태자가 성을 넘어 집을 떠난 뒤, 아직 젖먹이였던 라홀라를 안고 한때는 큰 슬픔의 구렁텅이에서 울던 때가 있었습니다.

그러나 태자의 도를 구하는 간절한 마음을 알게 되자, 이상하게도 마음은 가라앉고 남몰래 태자의 수행을 빌게 되었습니다. 그러나 사람들은 태자의 출가 원인이 아내의 잘못에 있는 것처럼 비난하고, 나아가서는 부정(不貞)의 소문까지 있었던 것입니다. 이러한 당시의 일을 생각할 때, 눈물이 저절로 뺨을 스쳐 흘렀습니다.

이때 부처님은 부왕과 함께 부인이 있는 방으로 오셨습니다. 부인은 기쁘게 합장하고 부처님의 발아래 엎드려 예배했습니다. 부왕은 부처님께 이렇게 말했습니다.

"싯달타여! 이 여자의 마음을 가엾게 생각해주시오. 그대가 출가하신 뒤로 오늘날까지, 밤낮 이 여자는 그대의 안부를 걱정하고 있었습니다. 그대가 고행한다는 말을 듣고는 그 광경을 사람들에게 물어 그 고통을 남몰래 생각하고, 누런빛 옷을 입고 있다는 말을 듣고는 곧 요이불을 폐했답니다. 그리고 오직 어린 라훌라의 양육에만 마음을 쏟아, 세상의 헛된 즐거움에 마음을 빼앗기지 않도록 살아왔습니다. 또 친족의 왕들이 권하는 재혼의 유혹에도 굽히지 않고, 굳게 그 정절을 지켜왔습니다."

부왕의 설명을 들은 부처님께서는, "아바마마! 야슈다라의 아름다운 마음씨는 바로 과거세에도 그러했습니다"
하시고, 태자와 그녀의 과거의 인연에 대해서 말씀하셨습니다.

"먼 옛날의 전생에 우리는 장마철에는 산중에 들어가 살고, 더운 여름철에는 시냇가에서 생활하고 있었습니다. 어느 날 나는 아내와 함께 산에서 내려와 맑은 개울물에 목욕하고 화원에 누워 있었고, 아내는 고운 목소리로 노래를 불러주었습니다. 그때 이 노랫소리를 들은 그 나라의 왕은 아내를 한번 보자 그만 애욕에 사로잡혀 독한 화살로 나를 쏘았습니다. 아내는 깜짝 놀라 화살을 뽑고 간호해주었지만 화살의 독기는 이미 전신에 퍼져 나는 그대로 죽게 되었던 것입니다.

그 악한 왕은 아내 앞에 모습을 나타내더니, 왕궁의 화려한 생활을 이야기하기 시작하고 드디어 아내의 손을 잡고 끌고 가려 했습니다. 그러나 남편의 몸을 걱정하는 진실한 마음씨와, 신불(神佛)에 기도하는 아내의 순직한 태도는 그 왕의 더러운 마음을 꺾었고, 왕은 부끄러워하면서 그곳을 떠나고 말았습니다. 아내는 아직도 내 가슴에 따스한 기운이 있는 것을 알고, 신에게 뜨거운 기도를 올렸습니다. 그 기도에 감응되어 '사카' 천왕은 부인의 모습으로 변하여 나타나, 신이 먹는다는 음식을 주었습니다. 아내는 그 음식을 씹어 내 입에 넣어주었습니다. 조금 뒤에 내 몸의 독기는 사라지고, 상처도 이내 나아 나는 목숨을 건졌던 것입니다.

아바마마! 이와 같이 이 여자는 금생만이 아니라, 전생에서도 부인의 도를 완전히 지켰습니다. 그때의 악한 왕은 금생에서도 제가 말하는 바른 법을 비방하는 인간이 될 것입니다. 그리고 독한 화살로 사람을 쏘는 것과 같은 그 행동은, 이 세상에 있으면서도 지옥에 사는 듯한 고통을 받아, 현세에서는 백라병(白癩病)에 걸릴 것입니다. 다시 내생에서는 병신으로 태어나, 피고름이 흐르는 악질 창병과 물이 차는 뱃병과 그 밖의 여러 가지 악하고 중한 병에 걸릴 것입니다."

부처님은 이렇게 삼세(三世) 인과의 이치와, 바른 법을 비방하는 죄의 두려움을 말씀하셨습니다.

그래서 숫도다나 왕과 야슈다라 비는 인연의 이치를 깨달았습니다. 그때 비는 이렇게 말했습니다.

"부처님이시여! 당신이 집을 나가시어 큰 깨달음을 얻으신 것은, 백천만겁까지 중생들의 행복입니다. 또 저에게도 삼세를 통한 진정한 행복인 것을 깨닫게 해주셨습니다."

이렇게 진심으로 감사하는 말을 했지만, 어느새 그 눈에는 맑고 거룩한 눈물이 아름답게 고여 있었습니다.

9
라훌라의 출가

사랑하는 라훌라를 부처님의 높은 뜻에 의하여 출가시킨
어머니 야슈다라 비와 숫도다나 왕의 슬픔과 아버지인 부처님을 뵙고
기쁘게 속세의 인연을 끊어버린 왕손 라훌라의 이야기.

　카필라 국의 숫도다나 왕은 부처님과 그 제자들을 공양하기 위해 이른 아침부터 여러 가지 음식을 준비시키고 있었습니다. 갑자기 궁성 안이 떠들썩했기 때문에 라훌라 왕자는 이상하게 생각하고, 그 어머니에게 물었습니다.

　어머니 야슈다라 비는 부처님의 가르침이 몸에 배어 있었기 때문에 그 아들에게도 이 법을 가르쳐, 법의 상속자로서 훌륭한 사마나로 만들고 싶었습니다.

　"라훌라여! 오늘은 부처님과 그 제자들이 이 궁성에 오신다. 네가 지난번에 뵈온 그 부처님이 사실은 너의 아버지시다"

하고, 부인은 비로소 남편이요 아버지인 부처님에 대해서 일러주었습니다. 천진한 눈동자를 반짝이면서 듣고 있는 아들의 모습……

　차마 잘라서 출가하라고 말할 수는 없고, 오직 신의 뜻이라고 마음으

로 생각하고 있었습니다.

"이제 부처님이 오셨으니 큰 마루로 나오시라는 대왕마마의 분부이십니다"

하고, 여관이 전했습니다. 부인은 얼른 아들의 손을 잡고 큰 마루로 나갔습니다. 부처님은 한 차례 설법을 하시고 공양을 받으셨습니다. 왕자는 비로소 아버지임을 알고 부처님의 모습을 뵙자 갑자기 그리운 정이 생겨,

"오오! 아버지 부처님이시여!"

라고 부르짖고, 그 옷자락을 잡았습니다. 부처님은 손을 들어, 고요히 라홀라의 머리를 어루만졌습니다.

"아버지, 이렇게 있으니 무척 기쁩니다."

왕자의 이 천진한 말을 듣고, 왕과 부인을 비롯해 그 자리에 있던 대신과 여관들도 눈시울이 뜨거워졌습니다.

공양이 끝나고 절로 돌아갈 시간이 되자, 라홀라도 함께 니구로다 절로 들어갔습니다.

"아버지, 아버지 곁에 있으니 매양 즐겁습니다."

왕자는 못내 즐거워하고 있었습니다.

부처님은 절에 돌아오시자 곧 샤리푸타를 불러,

"이 라홀라를 출가시켜라"

고 명령하셨습니다.

아직 어린애가 출가한 예가 없었기 때문에, 샤리푸타는 부처님의 지시를 청했습니다.

"먼저 머리를 깎이고 누런빛 옷을 입혀라. 그리고 '부처님께 귀의합니다, 법에 귀의합니다, 승(僧)에 귀의합니다'라고 삼귀의(三歸依)의

서원을 세 번 외우게 하라"

고, 부처님은 친절히 일러주셨습니다.

이렇게 왕자의 득도식(得度式)은 끝났습니다. 그러나 이 소식을 들은 왕은 놀라면서

"옛날 싯달타 태자가 집을 떠났을 때에도 나는 큰 고뇌를 맛보았다. 오늘은 또 라훌라의 출가에 나는 울어야 하는구나. 장차 이 나라의 왕위는 누가 이어받을 것인가. 비여, 대체 나는 어떻게 하면 좋겠는가……?"

"대왕마마, 우리 왕족에는 훌륭한 분이 얼마든지 있지 않습니까?"

"그러면 비도 라훌라의 출가를 바라고 있었단 말인가?"

"예, 이번에 부처님의 설법을 듣고 저도 과거세의 인연을 깨달았습니다. 그래서 끝없는 기쁨을 얻고 있습니다. 왕위보다도, 궁전보다도 인생의 진리를 구하는 마음이 얼마나 큰 것인지를 깨달았습니다. 라훌라도 이다음에 사람을 위해 세상을 위해 일할 수 있다면, 그야말로 진정한 출가의 길이라고 저는 마음으로 기뻐하고 있습니다."

"……"

왕은 야슈다라 비의 마음에 깊이 감동했습니다.

야슈다라 비는 자기도 라훌라의 뒤를 따라 출가해 진정한 생의 길을 구하지 않으면 안 된다고 굳게 결심하고는, 조용히 그 시기가 오기를 기다리고 있었습니다.

144

10
난다 왕자와 순다리 공주

야심 많은 왕이 카필라 국을 침략하려고 아름다운 자기 딸
순다리 공주와 난다 왕자의 정략결혼을 추진하였으나,
부처님의 명령으로 머리를 깎이고 비구가 된 난다 왕자가
결국 부처님의 깊은 뜻을 깨닫고 참회하는 이야기.

부처님에게는 '난다'라는 배다른 동생이 있었습니다. 카필라 성에 별전을 짓고, 그 어머니 '마하파자파티' 부인과 함께 살고 있었습니다.

어느 날 숫도다나 왕은,

"난다 왕자도 이제 결혼을 시켜야 하겠는데……"

"그렇게 말씀하시니까 말씀드립니다만, 사실은 저도 원하고 있었습니다."

이런 부인의 대답을 듣고부터 왕은 난다 왕자를 위하여 좋은 혼처를 물색하기 시작했습니다.

그런데 한편 사카 족을 멸하고 카필라 성을 빼앗으려고 기회를 엿보는 어떤 흉악한 왕이 있었습니다.

"대신들이여, 이 열여섯 성 중에서 내 성이 제일 빈약하다. 그러나 내 딸 '순다리' 공주는 이 열여섯 성 중에서 제일 미인이 아닌가?"

"예, 사실입니다."

"바로 그것이란 말이야. 내 딸을 난다 왕자에게 시집보내어, 그 나라를 내 마음대로 해보면 어떨까?"

"예 그것은 참으로 묘한 생각이십니다. 숫도다나 왕은 이미 늙었고, 싯달타 태자는 이제 부처가 되었고, 그 의제 난다 왕자는 왕위에 오르기엔 힘이 너무 약하고……"

"아아, 그런데 이런 말이 내 딸 귀에 들어가서는 안 돼."

그래서 왕은 그 딸을 아름답게 꾸미고, 대신들과 여관들과 더불어 난다 왕자의 궁전으로 갔습니다.

"순다리 아가씨입니다. 잘 부탁합니다."

이 뜻밖의 손님에 놀랐지만 한번 바라본 왕자는, 마음속으로 매우 만족했습니다. 그래서 대신들은 서로 의논한 끝에, 우선 그 처녀를 왕궁에 머무르게 했습니다.

이 사실을 아신 부처님은, 난다 왕자의 별전으로 찾아가셨습니다. 그때 왕자는 그 처녀와 높은 다락에서 놀다가, 부처님이 오시는 것을 멀리서 바라보았습니다. 왕자는 급히 누각에서 내려와 부처님을 귀빈실로 인도했습니다.

"잘 오셨습니다. 사실은 얼마 후에 제가 결혼을 하게 되었습니다."

"그런가, 그것은 좋은 일이다. 어떤 여자를 맞이하는가?"

"예, 지금 여기 머물러 있는 순다리 아가씨입니다."

모든 것을 다 아시는 부처님은, 만일 이 결혼이 이루어진다면 그것은 왕자의 불행만이 아니라 사캬 족이 멸망할 것이라고 깊이 걱정하셨습니다.

그런 사정을 모르는 난다 왕자는 벌꿀을 내왔습니다. 그러나 부처님은 그것을 받지 않으시고, 곧 일어나 돌아가려고 하셨습니다. 왕자는 놀라 벌꿀을 두 손으로 받든 채로 부처님의 뒤를 따랐습니다. 곁에서 보고 있던 순다리는 놀라면서 문밖까지 따라 나와 물었습니다.

"왕자님, 어디로 가십니까?"

"이 바리를 가지고 부처님을 절에까지 모시고 가려고……"

"그러면 빨리 돌아오세요."

그녀에게 이런 다짐을 받았지만, 이것이 그대로 이별이 될 줄을, 난다는 꿈에도 생각지 못했습니다. 그는 절까지 부처님을 모셔다드리고 부처님께 하직하고 곧 돌아오려고 하였습니다.

"난다여! 너는 여기서 출가해 사마나가 되는 것이 좋다."

"부처님, 나는 아직 출가하고 싶지 않습니다."

"난다야, 너는 지금 눈앞에 있는 애욕에 사로잡혀 있다. 얼마 안 가서 큰 화가 덮쳐올 것을 모르고 있다. 어쨌든 내가 시키는 대로 출가하는 것이 좋다."

부처님은 이렇게 엄숙하게 말씀하시고, 손수 난다의 머리를 깎으셨습니다.

난다 왕자는 놀랐지만 부처님이 하시는 일이라 거역할 수도 없어, 울면서 그대로 절에 머물러 있었습니다. 그러나 밤낮 생각하는 것은 순다리뿐이어서, 부처님의 법은 조금도 마음에 닿지 않았을 뿐만 아니라, 기회만 있으면 달아나려고 생각하고 있었습니다.

한편 순다리 아가씨는 왕자가 돌아오지 않기 때문에, 화가 나서 본집으로 돌아가버렸습니다. 그녀의 부왕은 그의 계획이 완전히 실패로 돌아가자 화를 내며 곧 군사를 이끌고 카필라 성으로 쳐들어왔으나 역부족이었습니다. 그래서 그는 군사를 거두어 돌아갔습니다. 이 사정을 처

음으로 안 난다 왕자는,

"부처님이시여! 그때 만일 내가 애욕에 사로잡혀 왕이 되었더라면 무서운 불구덩이에 생명을 버리는 어리석은 결과를 가져왔을 것입니다. 부처님은 모든 것을 환히 아시는, 일체의 지혜를 가지신 분입니다. 나는 지금부터 부처님의 법을 따라, 기운을 내고 일심으로 수행하겠습니다"
하고, 진정으로 맹세했습니다. 그러자 부처님께서는,

"난다야! 누구나 애욕을 품고 있는 이상, 결코 도를 이룰 수는 없다. 진정으로 도를 행하는 자는, 마치 등불을 들고 어두운 방으로 들어가는 것 같아서 어둠은 곧 없어지고 밝음만 가득 차는 것이다. 난다여, 도를 배워 밝게 알면, 어리석음의 어둠은 사라지고 밝은 지혜가 나타날 것이니라"
라고 말씀하셨습니다.

11
성자와 수다타

빈곤하고 가난한 사람들에게 보시하기를 즐기는 인품의 소유자로서
부처님을 뵙고 싶은 마음에 잠도 못 이루던 수다타가
결국은 부처님을 뵙고 한없이 넓고 자비스러운 법에 감동되어
부처님께 귀의하여 중생을 구제한다는 이야기.

    부처님은 고국 카필라 성에서 삼 개월 동안 포교하셨습니다. 거기서
부왕 숫도다나 왕을 비롯해 숙부왕과 대신들이 귀의했고, 다시 외아들
라훌라와 의제 난다, 그리고 사캬 족의 많은 귀공자들을 출가시키셨습
니다. 그래서 그 많은 비구들을 데리고 다시 마가다 국의 대숲절로 돌
아오시는 길이었습니다.

    그 도중에 있는 '코사라' 국의 '스라바스티' 성에는, '수다타' 라는 큰
부자가 있었습니다. 그는 매우 자비심이 많아, 세상에 의지할 데 없는
빈곤한 사람들에게 많은 보시를 행하기 때문에 세상 사람들에게 '급고
독장자(給孤獨長者)' 라는 칭송을 받고 있었습니다.

    그는 어느 때 장삿길을 떠나, 마가다 국의 라자그리하 성에 와서, '슈
다라' 장자 집에서 묵고 있었습니다. 그런데 그 장자의 집에서는, 온 식
구가 모여 무언가 바쁘게 서두르고 있다는 것을 알고 이상히 여겨 그 까

닭을 물어보았습니다.

"실은 내일 고타마 붓다와 그 제자들에게 공양을 올리게 되었습니다."

"고타마 붓다? 그는 어떤 분입니까?"

"그분은 원래 카필라 성의 싯달타라는 태자였습니다. 그런데 집을 떠나 육 년 동안 수행한 끝에, 큰 진리를 깨달아 부처님이 되셨습니다. 지금은 사캬무니라고도 불립니다."

"아아, 이 세상에서 붓다라는 말조차 듣기 어려운데…… 장자여! 지금 나 같은 사람도 그분을 뵈올 수 있겠습니까?"

"그분은 이 근처 숲속에 계시는데, 지금은 만나뵙기 어려우리라 생각됩니다. 왜냐하면 부처님께서는 고국 카필라 성에서 포교하고 돌아오시는 길이라, 매우 피로해 계시기 때문입니다. 내일이면 그 제자들과 함께 우리 집에 오실 것이니 그때 뵙도록 하시는 것이 좋을 것입니다."

그는 매우 기뻤습니다. 그날 밤에는 잠도 잘 이루지 못했습니다. 밤이 새기를 기다리다 못해 가만히 그 집을 빠져나와, 달빛을 따라 숲으로 갔습니다. 그때 달이 구름 속으로 들어가자, 사방이 갑자기 어두워져 그는 한 걸음도 나아갈 수가 없게 되었습니다. 처음길이라 조금 두려운 생각도 나서, 잠깐 서서 생각했습니다.

'부처님은 피로해 계시다. 저 슈다라 장자가 말한 것처럼 지금은 뵙지 못하는지도 모른다. 그러면 나는 얼마나 고집이 센 사람인가? 그러나 나는 이렇게 해서, 한 걸음이라도 부처님에게 더 가까이 갈 수 있다. 비록 어둠 속에서라도 부처님을 뵈올 수만 있다면 얼마나 행복할 것인가. 그렇다! 손으로 더듬어서라도 가자.'

이렇게 결심하자, 숨었던 달이 다시 나타나 장자의 가는 길을 비춰주

었습니다. 그는 숲 가까이 갔습니다. 부처님은 마치 기다리고 계시기나 한 듯이,

"장자여!"

하고 부르셨습니다. 그는 오체를 땅에 던져 공경하는 뜻을 나타내었습니다. 아직 밝지 않은 숲길을 부처님은 앞서서 그를 데리고 가셨습니다.

평안히 자고 있는 제자들의 숨소리……

"부처님이시여! 제자들은 참으로 평안히 자고 있습니다."

"그렇소. 진리를 깨달아 욕심을 떠나고, 번뇌가 없어 마음이 깨끗하면 즐겁게 잠잘 수 있는 것이오. 장자여, 당신이 가난한 사람이나 고독한 사람들에게 보시를 행하는 것은 참으로 아름다운 일이오. 그러나 재물의 보시는 한이 있기 때문에 물품이 떨어지면 그것으로 끊어지고 마는 것이오. 재물의 보시와 동시에 법의 보시를 행하시오. 보시한 물건은 없어져도, 보시한 법의 가르침은 언제나 사람의 마음에 남아 큰 힘이 되는 것이오. 그래서 그 사람은 영원히 구제되는 것이오. 장자여, 빨리 그런 마음의 자세로 내 법의 보시를 받으시오."

"부처님이시여! 저는 삼보에 귀의하나이다. 부디 제게 그 거룩하고 묘한 법을 일러주십시오. 제가 받은 그 법을 널리 우리나라 사람들에게도 나누어주겠습니다."

그래서 수다타 장자는 우파사카가 되었습니다.

아침에 부처님은 슈다라 장자의 집에 가셔서 공양을 받으셨습니다. 그리고 진정한 보시에 대한 말씀과 재물의 보시, 몸의 보시, 법의 보시에 대해 자상하게 말씀하셨습니다. 또 욕심을 따라다니는 재화와, 그것을 떠나는 이익에 대해서 말씀하셨습니다.

여기서 부처님은 삼 개월 동안의 포교를 마치시고, 오랜만에 대숲절로 돌아오셨습니다.

12
이발사 우파알리와 여섯 왕자

몸은 비록 천하게 태어났지만 마음은 결코 천한 인간이 아닌 우파알리와
신분 높은 왕의 아들로 태어난 여섯 왕자들 사이의 인과관계를 통해
부처님의 세계에서는 만민이 평등하다는 사실을 가르쳐주는 이야기.

　숫도다나 왕에겐 제왕(弟王)이 셋이 있었고, 거기엔 각각 둘 혹은 셋
의 왕자가 있었습니다. 그중에서도 '아난다' '데바다타' '아누룻다'
'밧다이' '바샤' '콤비라' 의 여섯 왕자들은 사이가 좋아, 언제나 서로
행동을 같이하기로 맹세하고 있었습니다.
　난다 왕자가 출가했다는 소식을 맨 먼저 들은 밧다이 왕자는, 그 형
제들에게 말했습니다.
　"지금 카필라 성의 대신들과 귀공자들이 잇따라 고타마 붓다를 따라
출가해 모두 굳은 믿음을 가지고 있는데, 우리 문중에서 출가한 사람은
아직 하나도 없다. 자, 우리들이 먼저 출가하면 어떨까?"
하고 제의하자, 잠시 의논 끝에 모두 출가하기로 결정되었습니다.
　그러나 그들은 반드시 가족들의 반대가 있으리라 생각하고, 어느 날
동산으로 놀러 가는 척 꾸미고, 왕궁을 떠나 성 밖에서 모였습니다.

"우리가 출가하면 이 긴 머리는 어울리지 않는다. 이발사를 이곳으로 불러오는 방법이 없을까?"

"그런 이발사라면 저 천족(賤族) '우파알리' 가 제일 좋다. 그는 왕국의 출입이 허락되어 있으니까."

'천족' 이란 말은 얼마나 비참한 이름이겠습니까? 이것은 인도의 브라흐만 교도들이 만들어낸 제도로서, 자기들을 최고의 지위에 올려놓은 것입니다. 즉, 그 제도란 다음과 같은 신분제도를 말하는 것입니다.

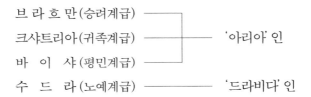

이것이 인도의 사성(四姓)으로서, 최하계급인 '수드라' 는 노예로 취급되어, 조금도 인간다운 생활을 맛볼 수 없는 종족이었습니다. 이발사 우파알리는 이 종족의 출생으로서 천족 우파알리라고 불렸습니다. 그의 몸은 비록 낮은 존재였지만 결코 그 마음은 천하지 않았습니다. 그는 자유로이 왕궁을 드나들면서 귀공자들의 이발을 맡아 일했습니다. 그리고 일찍이 부처님의 머리를 깎았다는 영광을 차지한 만큼, 노예계급이면서도 특별한 대우를 받고 있었습니다.

그런데 저 여섯 왕자는 이 우파알리를 가만히 불러 머리를 깎게 했습니다. 그는 차례차례로 머리를 깎고 깨끗한 물로 씻은 뒤, 이별을 아쉬워하며 떠나갔습니다.

그 뒤 여섯 왕자는 번질번질한 머리를 쓰다듬어보고, 어딘가 쓸쓸하

고 허무함을 느꼈습니다. 먼저 한 왕자가

"여러분, 지금 곧 출가해서 고생으로 들어갈 필요는 없다. 이제 우리는 자유로운 몸이 되었으니까, 아쉬운 대로 금년 일 년쯤 실컷 인생을 즐기다가 출가해도 늦지 않을 게 아닌가?"

하고 말하자 모두들 찬성했습니다. 그러나 아누룻다만은 그러한 의견에 반대했습니다.

"아니, 그것은 안 된다. 사람의 수명은 덧없는 것이다."

"그렇다면 한 달쯤은 어떨까?"

"아니, 한 달도 너무 길다. 나는 그렇게 기다릴 수가 없다."

"그렇다면 이레쯤이면 좋겠지."

아누룻다는 마지못해 승낙했습니다. 그래서 이레 동안 그들은 실컷 향락생활에 빠졌습니다.

그런데 이발사 우파알리는 집으로 돌아가는 도중에 문득 생각했습니다. '저 왕자들은 고귀한 신분이면서 모두 출가했다. 나도 출가해서 수행하면 어떨까?' 그때 그는 마침 샤리푸타 존자를 만나게 되어 곧 물었습니다.

"존자여! 저와 같은 신분의 사람도 부처님의 제자가 될 수 있습니까?"

"부처님의 법은 신분이 귀하고 천한 것이나 지혜가 있고 없음을 묻지 않습니다. 다만, 법의 가르침에 따라 참되고 깨끗한 마음으로 수행하는 사람은, 그 제자가 될 수 있습니다. 만일 출가하기를 원한다면 내가 부처님께 인도해드리리다."

그래서 우파알리는 샤리푸타의 인도를 받아, 부처님께 나아가 사마나가 되었습니다.

이레가 지났습니다. 저 여섯 왕자는 진탕 돌아다니면서 놀다가, 부처님께 나아가 겨우 그 제자가 되는 허락을 얻었습니다. 그들은 윗자리의 비구들을 따라 수행하게 되었고, 다시 이레가 지난 뒤 비로소 제자들에게 소개되었습니다. 그런데 뜻밖에도 저 천족인 이발사 우파알리가 수행하고 있는 거룩한 모습을 본 왕자들은 어떻게 인사를 해야 할지 몰라, 멍하니 서 있었습니다.

이 모습을 본 부처님은,

"무엇을 생각하고 있느냐! 부처의 법에서는 교만한 마음을 버리지 않으면 안 된다. 우선 형 되는 제자에 대한 예로 우파알리에게 정례(頂禮)하라"

고 명령하셨습니다.

왕자들은 지금까지 우파알리에 대해선 하인에게 하는 태도로 인사해 왔지만, 이레 동안 딴 길을 걸었기 때문에 지금부터는 형으로서 대우하지 않으면 안 되게 되었습니다. 그 예배를 마치자 부처님은,

"비구들이여! 우리 불법은 마치 큰 바다와 같아서 모든 냇물이 모여 들어와도, 즉 네 가지 계급이 들어와도 모두 똑같은 맛이 된다. 우리 법에는 귀하고 천한 구별이 없다. 그러므로 평등하게 수행하지 않으면 안 된다. 비구들이여, 교만한 마음도 일으키지 말고 또 스스로 못났다는 마음도 일으키지 마라. 이 이치를 잘 알아 법을 따라 수행해야 한다"

고 말씀하셨습니다.

이와 같이 부처님은 인종이나 계급에 의한 차별대우는 물리쳐야 할 뿐 아니라, 그렇게 하는 것이 평등한 대자비의 가르침에서 가장 필요하다고 항상 생각하고 계셨습니다.

13
제타동산의 절

코사라 국의 수다타 장자와 제타 태자가
불사를 방해하는 악한들을 따뜻한 자비의 마음으로 감싸주어
이들을 감화시키고 마침내 절을 완성하는 이야기.

라자그리하 성의 대숲절은 불교 교단의 최초의 절이었습니다. 매월 8일, 14일, 15일, 23일, 29일, 30일은 선남선녀가 모이는 날입니다.

이것을 육재일(六齋日)이라 불렀습니다. 이날에는 신도들이 아침부터 공양할 물건을 가지고, 부처님의 설법을 듣기 위해 모였습니다.

그날은 절에 있는 제자들도 신도들과 함께, 과거에 범한 죄를 부처님과 대중 앞에서 뉘우치고 고백하여, 다시는 그런 죄를 범하지 않기로 맹세하는 날이기도 합니다.

또 불법으로 말미암아 구원을 얻은 체험을 이야기하며 서로 격려하고, 가르침을 받으면 곧 실천에 옮겨 세상 사람들에게 본을 보이며, 한 사람이라도 더 많이 구제하기를 맹세하는 것입니다.

코사라 국의 큰 부호 수다타 장자도, 이 육재일을 기해 멀리서 왔습니다. 그래서 부처님의 설법과 대중의 진실한 참회를 듣고는, 더욱 불

법에 귀의하는 마음을 굳게 하였고, 나아가서는 코사라 국에도 이런 법을 펴리라고 마음속으로 다짐했습니다.

"부처님이시여! 저는 대중의 참회하는 말을 들을 때마다 저 자신에게도 해당되는 일이 적지 않았습니다. 이렇게 헤매는 자에게 길을 보여주시고, 사물을 바르게 보는 눈을 틔워주셨습니다. 그래서 우리 코사라 국에도 이 위없는 감로의 법을 펴고자 생각했습니다. 만일 부처님께서 그곳에 와주신다면 생활에 필요한 모든 것을 대어드리겠습니다."

"장자여, 나도 일찍이 북방에도 포교하려고 생각하고 있었소. 그러나 잠깐 더 기다려주시오. 내가 가기 전에 우리 윗자리의 제자를 보내드리지요."

장자는 매우 기뻐하며 합장하고, 그 밤은 절에서 묵었습니다.

'아아, 얼마나 고요한 절인가! 몸과 마음이 저절로 깨끗해지는 것 같구나. 이렇게 훌륭한 절을 우리나라에도 세워야 하겠다. 그렇다. 꼭 세워야 한다.'

장자는 기쁨에 잠기면서 고요히 잠들었습니다.

그 뒤 부처님은 샤리푸타와 목갈라나를 코사라 국으로 보냈습니다. 그들은 장자의 집에 머물러 있으면서 법을 펴셨고, 그동안에 장자는 절을 세울 땅을 찾고 있었습니다.

"고요하고 깨끗한 땅!"

"그렇다. '제타' 태자가 소유하고 있는 저 동산이 가장 적당한 곳이다"

하고 마음으로 결정했습니다.

그곳은 제타 태자가 가장 자랑하는 동산인 만큼, 아름다운 나무는 줄지어 늘어섰고 사랑스러운 새소리는 일 년 내 끊어지지 않았습니다. 그리고 맑고 깨끗한 못도 있고 더구나 독충의 염려도 없는, 참으로 이상적인 곳이었습니다. 그래서 좀처럼 양도받을 수 없을 줄 알았지만 그래도 장자는 결심하고 태자를 찾아갔습니다.

"나는 내가 가장 존경하는 고타마 붓다와 그 제자들을 위해 큰 절을 세우려고 염원하는 사람입니다. 그런데 거기에 적당한 터를 구하는데, 태자님께서 소유하신 저 동산보다 더 적당한 곳이 없습니다. 그래서 그 땅을 내게 양도해주셨으면 하고 원하는 것입니다"

라고 정성과 진실이 가득한 마음으로 청했습니다. 태자는 빙그레 웃으면서 "다른 곳이라면 또 모르지만 그 동산은 내가 가끔 거닐면서 답답증을 푸는 곳이오. 때문에 양도할 수 없소"라고 말하면서 이를 거절했습니다.

"그도 그렇겠습니다만, 이 나라에 위없는 부처님을 맞이하는 것은 국민을 위해서나 또는 국가의 안온을 위해서나 필요하다고 생각했기 때문에……"

태자가 거절하면 할수록, 장자는 정성스럽게 간청했습니다.

너무 열심히 요구하기 때문에 거절할 길이 없게 되자, 태자는 막대한 금은을 요구해 장자를 단념시키려고 했습니다.

"그대가 그처럼 소원이라면, 백 마리의 코끼리와 백 대의 수레에 백 가지의 보물을 싣고 오시오. 그러면 그것을 대가로 동산을 양도하지요."

수다타 장자는 속으로 기뻐했습니다. '부처님을 맞이하기 위해서는 전 재산을 다 던져도 좋다'고 서원을 세웠기 때문에 태자의 요구가 너무 무리하기는 했지만 그것은 문제가 아니었습니다. 장자는 곧 백 마리의 코끼리를 모으고 백 대의 수레에 백 가지 보물을 싣고 거기에 또 막대한 황금을 덧붙였습니다. 그리고 훌륭한 행렬을 지어 태자에게로 갔습니다.

"태자님, 약속대로 보물을 가지고 왔습니다."

태자는 놀랐습니다. 이때 태자는 문득 생각했습니다.

'장자는 금은 등의 보물들을 버려서까지 절을 세우려 하고 있다. 고타마 붓다의 덕은 얼마나 넓고 큰가, 그것은 실로 측량할 수 없는 것이다. 나도 전에 들은 일이 있다. "만일 이 세상에 나오시지 않았더라면 일체중생은 바른 법을 들을 수 없다"고. 이제 저 장자는 위없는 부처님을 모시기 위하여 목숨을 걸고 있다. 부처님을 만나뵙기는 쉽지 않지만 동산을 보시하는 것은 쉬운 일이다. 지금 보시하지 않으면 언제 보시할 수가 있을 것인가? 나도 저 장자를 도와 같이 보시하자.'

이렇게 생각한 태자는,

"장자여! 나는 황금을 바라는 자가 아니오. 그대가 부처님을 위해 절을 세우려는 그 정성에 나는 감동하지 않을 수 없소. 금은 따위의 보물은 무정한 것이지만 보시의 공덕은 영원히 남는 것이오. 그 무정한 재물로써 영원한 보시를 행하지 않으면 안 되오. 그러므로 나도 저 동산을 그대로 보시하리라"

고 감격 어린 어조로 말했습니다.

그래서 장자는 그 금은 등의 보물로 큰 절을 세우고, 다시 병원, 약국, 양로원 등을 지어 어려운 백성의 행복을 도모하자고 태자와 상의했으며, 그래서 큰 공사는 순조롭게 시작되었습니다.

이 소문을 전해들은 성 밖의 이교도들은 이것을 방해해 공사를 완성하지 못하도록 공작했습니다. 그들은 장자의 집에 와서,

"수다타 장자여, 우리의 이 스라바스티 성은 유명한 나라다. 그런데 그대는 제타 태자의 동산을 강제로 사들여 절을 짓는다던데, 그것은 당

치도 않은 일이다. 그곳은 우리 국민들이 자유로이 드나들며 산보하는 공원이 아닌가? 그곳은 고타마 같은 사마나를 불러들일 곳이 아니다"
라고 항의했습니다.

"그것이 무슨 소리냐? 그 동산은 너희들이 이러쿵저러쿵 간섭할 것이 못 된다"
라고, 장자는 잘라 말하면서 물리쳐버렸습니다. 그들은 할 수 없어 이번에는 태자에게 가서 호소했습니다. 그러나 태자도 전연 상대해주지 않았습니다. 그들은 다시 흉계를 꾸미고 장자를 찾았습니다.

"들으니 그대 집에는 고타마의 제자 샤리푸타라는 자가 있어 포교한다고 하는데, 그와 한번 이론 겨루기를 해볼 수 없겠는가? 그래서 만일 그가 이기면, 우리가 그 절을 지어줄 것이다. 어떤가?"

귀찮은 무리들이라 생각했지만 장자는 우선 그 사정을 샤리푸타에게 알렸습니다.

"좋은 일입니다. 나를 이곳으로 보내신 부처님의 마음은, 아마 이 일을 이룩하기 위해서인 것 같습니다. 언제나 또 누구나 희망한다면 들어주겠소"
라고, 샤리푸타는 말했습니다. 장자는 그들에게 승낙한다는 뜻을 전하고, 제타 태자에게도 이 사정을 알렸습니다. 그러자 태자는 또 이것을 부왕에게 아뢰었습니다.

그래서 날짜를 정하고 장소를 정했습니다. 그리고 그날에는 북을 쳐 사방에 전해 알렸습니다. 조금 뒤에, 대중들이 사방에서 모여들었습니다. 국왕과 대신 그리고 브라흐만은 정면에 자리잡고, 복판의 단 위에는 이교도의 육사(六師)들이 기다리고 있었습니다.

그러나 샤리푸타는 좀처럼 나타나지 않았습니다. 육사들은 이것을 다행히 여겨 떠들기 시작했습니다.

"대왕마마! 샤리푸타 존자는 벌써 겁을 먹은 것 같습니다. 우리가 주장하는 신성한 교의는 저 고타마 따위는 모를 것입니다. 하물며 그 제자인 샤리푸타야 문제가 되지 않습니다. 대왕마마, 이제 이론은 끝났다고 생각합니다"

하고 말하고, 대중을 향해 이겼다고 떠들었습니다. 그리고 그들의 신자들도 고함을 지르면서 떠들어댔습니다.

대왕은 하도 어처구니가 없어 태자에게 이렇게 한탄했습니다.

"태자여, 저 미친 꼴들을 보라. 저래도 믿음을 가진 인간이라고 할 수 있을까? 아아, 얼마나 천박하고 야비한 모습인가!"

"부왕이시여, 한시라도 빨리 절을 세워 부처님을 모셔와야 하겠습니다. 세상 사람을 바르게 교화하시도록 빨리 절을 완성하지 않으면 안 되겠습니다."

"그런데 샤리푸타 존자는 대체 어떻게 된 일입니까?"

하고, 장자는 태자의 얼굴을 바라보며 어쩔 줄을 몰랐습니다.

샤리푸타는 부처님의 십대 제자 중에서도 지혜와 학문이 제일이요, 또 변론에도 뛰어난 사람입니다. 그 아버지도 할아버지도 유명한 학자였습니다. 그 피를 이어받은 그는, 어릴 때부터 외도(外道)의 교의를 공부하다가 마지막에 부처님의 제자가 되었습니다. 그래서 저들과 변론하는 것은 싱거울 만큼 매우 뛰어난 분입니다.

그런데 샤리푸타는 신통으로 제일인 목갈라나와 함께 벌써 논단 위에 올라와 있었습니다. 그러나 저들은 미처 보지 못했습니다. 제일 먼저 대왕이 보고 소리쳤습니다.

"여봐라, 여러 사람들아, 샤리푸타 존자는 저 단 위에 계시지 않은가!"

162

대왕의 이 소리에 태자도 장자도 또 저 외도들도 모두 단을 바라보았습니다. 거기에는 샤리푸타와 목갈라나가 향을 피운 향로를 손에 들고, 눈을 감고 단정하게 앉아 있었습니다.

　이렇게 먼저 신통으로써 적들을 놀라게 했습니다. 대왕은 다시 북을 치게 했습니다. 돌아가려던 군중들도 단 위에 앉은 불제자들을 보고 놀랐습니다. 그리고 지금부터 어떤 비술(秘術)이 행해지고 어떤 변론이 나올까 하고, 모두 침을 삼키면서 지켜보고 있었습니다.

　조금 있다가 외도 한 사람이,

　"내가 단련한 신통력을 보라"

하고 외치자, 아름다운 꽃이 핀 나무가 차츰 나타났습니다.

　그때 샤리푸타는 마치 촛불을 불어 끄는 것처럼 "훅" 하고 부니, 갑자기 바람이 휘몰아와 꽃을 모두 흩어버렸습니다. 다시 목갈라나는 그 나무를 넘어뜨렸습니다. 외도들은 약이 올라 주문을 외우면서 비술을 다 했지만, 아무 힘도 나타나지 않았습니다. 적들은 신통으로써는 대항하지 못할 줄 알고,

　"샤리푸타여, 이제는 이론이다"

하고 큰 소리로 외쳤습니다. 그러나 그들이 샤리푸타를 대항할 수 없는 것은 말할 필요조차 없고 그들은 모두 설복당하고 말았습니다. 그리고 샤리푸타는 조용히 말했습니다.

　"그대들이 아무리 신통을 보이고 비술을 부린다 한들, 그것으로 어떻게 사람을 구제할 수 있겠는가, 아무리 교의를 세우고 훌륭한 교리를 말한다 해도 그것이 바른 마음과 함께하지 않으면, 그것은 다만 입에 발린 논법으로서 결코 바른 법이라고 말할 수 없다. 그대들은 질투와 미움으로 마음이 더러워져 있다. 그런 잘못된 행동을 뉘우치고 바른 법

을 가르치시는 부처님의 제자가 되어라."

존자는 다시 부처님의 법으로 순순히 타일렀습니다. 존자를 찬탄하는 소리는 장내를 뒤흔들었습니다. 외도들은 자기들의 힘으로썬 도저히 미치지 못할 것을 깨닫고, 지금까지 그들이 수행해온 도가 얼마나 잘못된 것인가를 자각하게 되었습니다. 이렇게 외도들의 항복을 받은 두 존자의 이름은 더욱 높아져 부처님을 맞이하는 사람들의 믿음도 한층 깊어졌습니다.

수다타 장자는 신이 났습니다. 곧 많은 목수들을 불러 절 공사를 시작했습니다. 그런데 사심(邪心)이 많은 저 외도들은, 솔직하게 항복한 것처럼 보이면서도 기회만 있으면 샤리푸타를 죽이려고 은근히 계획했습니다. 그래서 장자를 찾아서,

"우리가 할 수 있는 일이 있거든, 무엇이나 시켜주십시오"

하고 몇 번이나 간청했습니다. 그래서 장자는 도대목과 상의했습니다.

"그러면 돌 운반을 시킵시다."

그들은 그 말을 듣고 '돌 운반이란 참으로 좋은 기회다. 그 돌로……'하면서 속으로 기뻐했습니다.

어느 날 샤리푸타와 목갈라나는 현장을 시찰할 겸 밖에 나와 나무 밑에 앉아 쉬고 있었습니다. 그것을 본 외도들은 알맞은 돌을 던지려고 했습니다. 그때 도대목이 와서 물었습니다.

"무얼 하고 있는가?"

그러자 그들은,

"익숙하지 않은 일이라, 너무 피로해서……"

하면서 딴전을 부렸습니다. 샤리푸타는,

"피로하면 언제든지 쉬어도 좋다"

고 말했습니다. 외도들은 이 부드러운 말에 새삼스럽게 감동되었습니다. 자기들의 암살계획을 알면서도 도리어 가엾게 여겨주는 그 자비심, 그것은 얼마나 너그럽고 넓은 마음인가 하고 못내 양심이 부끄러워졌습니다. 외도들이 진심으로 뉘우치는 것을 안 존자는, 고요히 설법해주었습니다.

그래서 그들은 이제 완전히 회개하고 부처님의 제자가 되었습니다.

그로부터 삼 년이란 세월이 흘렀습니다. 그 큰 공사도 무사히 끝났습니다. 그래서 가장 호화로운 그 근본 도량은 이름을 '제타동산의 절'이라고 했습니다.

14
삼세의 업은 돌고 돌아

숫도다나 왕의 장례를 치른 뒤 부처님이 모든 대신과 여관들을 모아놓고
죽음에 대해 설법하시고 어머니 파티 황후의 질문에 답하시며
죽은 뒤의 세계와 삼세를 돌고 도는 인연의 세계에 대해 하신 이야기.

부처님이 고국 카필라 성에서 마가다 국으로 가신 지 얼마 안 되어서
의 일입니다. 그의 아버지 숫도다나 왕은 무거운 병으로 고생하고 있었
는데, 전국에서 불려온 명의들의 치료도 효험이 없어 병은 더욱 중해갈
뿐이었습니다. 왕 자신도 임종이 가까운 줄을 깨닫고 형제 왕들을 불렀
습니다.

"나는 보통 사람 이상으로 오래 살았다. 내가 지금 죽는다 해도 크게
슬퍼할 것은 없다. 다만 내 아들 부처님…… 그리고 난다 왕자와 손자
라훌라를 만나지 못하고 이대로 죽는 것이 안타까울 뿐이다. 어떻게든
한번 만나보고 죽었으면……"

그때 부처님은, 벌써 부왕의 병세와 그 소원을 알고 계셨습니다. 그
래서 난다, 라훌라, 아난다, 그리고 가까운 일가만을 데리고 카필라 성
으로 오셨습니다.

166

왕궁 사람들은 매우 기뻐했습니다. 왕은 병상에서 몸을 일으켜 두 손을 내밀었습니다.

"부처님이여…… 오오 난다도 그리고 라훌라도…… 잘 왔다. 나는, 나는 이 이상 기쁜 일이 없다."

"아바마마, 안심하십시오."

부처님은 스스로 부왕의 몸을 부축해 모로 눕히시고, 편안히 니르바나에 드시도록 마음속으로 빌면서 설법하셨습니다.

왕은 미소를 지으면서 말했습니다.

"나는 행복하다…… 이렇게 내 아들은 위없는 진리를 깨쳐 부처가 되었고, 마지막까지 나를 지키면서 세상에서 얻기 어려운 거룩한 법을 들려주었다. 그 힘으로 나는 안락한 세계로 갈 수 있을 것이다……"

그리고 왕은 합장하고,

"붓담, 사라남, 가차아미(나는 부처님께 귀의합니다)"

라고 낮은 소리로 외우면서, 고요히 니르바나에 드셨습니다.

부처님은 엄숙한 얼굴로 눈을 감고 계셨습니다. 조금 있다가 부왕의 몸을 손수 향기름으로 씻기시고, 값진 베로 몸을 싸 관에 넣으셨습니다. 그리고 그 관이 안치된 사자좌의 앞에는 부처님과 난다, 그 뒤에는 아난다와 라훌라가 앉아 갖가지 꽃을 뿌리고 향을 피우면서, 장엄한 의식을 거행하였습니다.

그리고 부처님은 눈물에 젖은 모황후(母皇后) 마하파자파티를 위로하시고, 거기 모인 대중에게도 죽음의 피하기 어려움을 친절히 말씀하셨습니다.

이레의 공양이 끝났을 때 마하파자파티 황후는 부처님께 합장 예배하고 여쭈었습니다.

"부처님이시여! 지금 대왕은 저승의 어느 곳에 계시겠나이까?"

"아바마마께서는 맑고 깨끗한 행위로써 국민을 사랑하고, 정법으로 삼보에 귀의하셨기 때문에, 지금은 정거천(淨居天)에 계십니다."

"그러면, 내가 죽은 뒤에 대왕의 곁으로 갈 수 있겠나이까?"

"어마마마, 아바마마께서는 금생만이 아니라 전생에서도 덕을 쌓았습니다. 그래서 몇 번이고 이 세상에 태어나, 그 생활의 경험과 수양을 통해 인격 완성에 힘쓰셨습니다. 어마마마, 아바마마는 이만한 덕을 갖추고 있습니다. 만일 인연이 깊다면 그 곁으로 가실 수 있겠지요."

부처님은 다시 각 대신들과 여관들을 한방에 모아놓고 '죽은 뒤의 세계'에 대해서 설법하셨습니다.

"여러분! 우리의 육체가 죽은 뒤에 영혼은 모두 영혼의 세계로 돌아가 새 생활로 들어가는 것이오. 먼저, 영혼이 육체를 떠날 때 눈은 어둠을 깨닫게 되는 것이오. 차츰 그 어두움은, 마치 어두운 하늘에 별이 반짝이는 정도로 밝아져가는 것이오. 이것을 중유(中有)의 나그넷길이라 하여, 다만 혼자서 터벅터벅 걸어가는 줄도 모르게 걸어가는 것이오.

여러분, 이래서 착한 사람이나 악한 사람이나 모두 다 같이 꽃밭으로 들어가는 것이오. 그곳에는 아름답게 핀 온갖 꽃과 연못이 있어서, 소녀들이 꽃을 꺾으며 물장난하고 있는 모습도 보인다 하오. 이것은 그 사람의 업에 의해 분명히 오색구름까지도 볼 수 있소. 그러나 마음이 깨끗하지 못한 사람은 이 화원에 있으면서도 겨우 희미한 빛깔 정도밖에 보지 못하는 것이오."

부처님은 대중의 심리를 묘하게 붙잡아 누구나 알 수 있도록 상냥스럽고 친절하게 말씀하시는 것이었습니다.

"여러분, 이 세상 생활도 또한 그와 같습니다. 감정이 일어나는 대로 행동한다면 마음은 곧 깨끗하지 못하게 되는 것이오. 그 결과는 괴로운 번민의 생활에 빠져 어떻게 할 수 없는 지경에까지 놓이게 되는 것이오. 이것이 이 세상의 지옥생활로서, 가정불화에 우는 자도, 경제사정에 번민하는 자도, 또는 병상에서 괴로워하는 자도, 행복한 환경에서 즐거워하는 자도, 모두 인과의 법칙 안에서 움직이는 것이오.

여러분, 이와 같이 영혼이 육체를 떠났을 때, 그 사람이 현세에서 지은 업 그대로를, 선인이나 악인이나 다 같이 가지고 와서, 영혼의 세계에서 처리하지 않으면 안 되는 것이오. 따라서 영혼의 세계에도 고뇌가 있고, 또 여러 가지 형태로 수행할 필요도 있는 것이오. 그리하여 거기서 오랫동안 수행을 쌓아 다시 인간으로서 이 세상에 태어나는 것이오. 이것은 영계에서 존재했던 영혼이 어머니의 태 안으로 들어가 한때 인간의 형태를 가지는 것이오. 다시 그 인간이 죽어 영계로 돌아갔다가, 어느 시간을 지낸 뒤 다시 인간으로서 이 세상에 나오게 되는 것이오. 이것이 과거, 현재, 미래의 삼세에 걸쳐 끝없이 돌아다닌다고 하는 것이오."

부처님의 설법을 듣고 있던 대중들은 몇 번이나 머리를 끄덕였습니다.

"여러분, 사람들은 이 법칙을 모르고 울고 웃고 하면서 이 인생을 하염없이 보내고 있소. 그러므로 불도는 인과에 나타나는 경위를 말해, 생로병사의 경계를 벗어나, 진실하고 행복된 생활을 하라고 가르치는 것이오. 영혼은 멸하지 않는 것이오. 그것은 몇 번이고 이 세상에 태어나, 그 생활의 경험과 수행을 통해 드디어 인격을 완성시켜 부처의 지위에 오르는 것이오. 이 높은 인격을 이루기 위해서는 무엇보다 먼저, 과거에서 현재에 이르기까지의 악한 인연을 끊어야 하는 것이오. 그 인연을 끊는 방법이 곧 '마음의 수행'이오.

여러분, 여러분들은 지금까지 범부들의 관찰하는 방식과 생각하는 방식을 버리고, 불법에 알맞도록 그것을 바꾸지 않으면 안 되는 것이오. 그래서 범부의 행위를 버리고 부처의 행위를 행하도록 밤낮으로 조심해 누구에게도 결점이 보이지 않도록 실행하는 사람이 되지 않으면 안 되오.

그리고 여러분이 그렇게 되기 위해서는, 먼저 반성하고 참회하는 마음으로 돌아가야 하오. 바른 법을 따르고 사람들과 화목해, 마음과 행동이 바른 사람이 되도록 수행해야 하는 것이오. 그래야만 과거와 현재의 악한 인연이 끊어져, 비로소 진정한 행복된 생활이 이루어지는 것이고 죽어서는 안락한 세계에 들어가는 것이오. 거기서 다시 지상에 태어나면, 행복한 생활을 하게 되며 세상의 지도자가 되는 부처의 지위에 오르게 되는 것이오."

여기서 부처님의 설법은 끝났습니다. 대중들은 각각 악한 인연이 선한 인연으로 변화되게 하기 위해 부처님께 귀의하고, 부처님의 가르치심을 명심해 바르게 살기를 맹세했습니다.

15

파티 황후와 오백 여인의 출가

숫도다나 왕이 세상을 떠난 뒤 인생의 덧없음을
뼈저리게 느낀 파티 황후가 야슈다라 비와 함께
출가할 뜻이 있는 부인들을 모아 견디기 어려운 고행을 겪은 뒤,
드디어 부처님의 허가를 받아 비구니가 되었다는 이야기.

　카필라 국의 숫도다나 왕이 세상을 떠난 뒤로, 마하파자파티 황후는
인생의 덧없음을 절실히 느꼈습니다. 그래서 불문에 들어가 수행하려
고 생각했습니다. 그때 부처님은 부왕의 장례를 치르시고, 아직 니구로
다 절에 계셨습니다. 파티 황후는 부처님께 나아가,

　"이 번거로운 속세를 떠나 수행하고 싶습니다. 부디 여자의 출가도
허락해주십시오"

하고 간청했습니다. 그러나 부처님은 그것을 거절했습니다. 세 번 청했
으나 세 번 다 거절당한 파티 황후는 그만 실망하고 물러나왔습니다.

　그 뒤에 부처님은 생각하신 바 있어, 그곳을 떠나 '바이사알리' 국의
중각강당(重閣講堂)으로 가셨습니다.

　한편 파티 황후는 궁중으로 돌아와 야슈다라 비에게 그 사정을 말했
습니다.

"아무래도 여자의 출가는 허락하시지 않을 것 같습니다. 부처님 말씀이 '여자는 오장(五障) 삼종(三從)이라 해서 죄가 많기 때문에 옛날의 모든 부처님도 출가를 허락하시지 않았고, 지금도 허락할 수 없다'고 말씀하셨습니다."

그러나 야슈다라 비는 굳게 결심한 바가 있어, 기회만 있으면 자기도 출가하려고 생각하고 있었습니다.

"그렇다면, 이렇게 하면 어떻겠습니까? 우리들 사캬 족의 부인들을 모아 불법을 가르쳐주고, 출가할 뜻이 있는 사람이 많아지기를 기다려 한꺼번에 청원하면, 반드시 여자를 위해 교단을 만들어주실 것입니다."

그래서 파티 황후는 결심을 새롭게 하고, 출가할 부인을 구하기 시작했습니다. 그러자 짧은 시일에 오백 명의 부인들이 모였습니다. 파티 황후는 그때서야 부처님이 멀리 바이사알리로 떠나신 것을 알았습니다.

"어떻게 하면 좋겠습니까?"

하고, 파티 황후는 걱정했습니다. 그러나 야슈다라 비는 이렇게 파티 황후를 위로했습니다.

"우리에게는 도리어 그것이 편리하게 되었습니다. 왜냐하면 우리도 부처님처럼 왕성을 떠나 다른 곳으로 가면, 모든 집착을 떠나 진정한 불도의 수행이 되겠기 때문입니다. 그리고……"

"알았소. 도를 구해 어디까지라도 가는 열성만 보이면, 부처님도 허락해주실 것이라는 말씀이구려!"

"그렇습니다. 그래도 만일 허락을 얻지 못하거든, 우리도 나무 밑이나 돌 위에 앉아 수행하십시다."

여기에 큰 힘을 얻은 파티 황후가 오백 명의 부인들에게 이 결의를 말하자 모두 찬성했습니다. 그래서 그 일행은 바이사알리로 떠났습니다.

172

여행에 익숙지 못한 그녀들은 도중에 고생이 적지 않았습니다. 나무 열매와 풀뿌리도 먹어야 했습니다. 그러나 그녀들은 서로 도와 어떠한 고통이라도 참으면서, 마치 집을 떠난 수행자처럼 구도의 여행을 계속했습니다.

드디어 그녀들은 바이사알리에 도착했습니다. 우선 피로를 풀고, 이튿날 아침에 절문 앞에 이르렀습니다. 손님을 맞이하러 나온 아난다는 깜짝 놀랐습니다. 그것은 뜻밖에도 부처님의 의모(義母)를 비롯해, 야 슈다라 비와 여관들, 그리고 낯익은 사캬 족의 여자들이었기 때문입니다. 먼저 파티 황후가 일동을 대표해 말했습니다.

"아난다 존자여, 우리는 여자의 출가를 허락받기 위해 이렇게 왔습니다. 비록 이 숲속에서 수행하는 한이 있더라도 허락을 얻기 전에는 결코 돌아가지 않으렵니다. 부디 우리들의 소원을 허락해주시도록 존자께서 잘 말씀해주십시오."

아난다는 그 결심을 칭찬하고, 잠깐 밖에서 기다리게 한 뒤 안으로 들어갔습니다.

"부처님이시여! 지금 파티 황후께서 많은 귀부인들을 데리고 문밖에서 계십니다. 여행을 거듭하는 동안 먼지를 뒤집어쓰고 눈물에 젖으면서 오직 부처님의 높은 덕을 사모해 여기까지 왔습니다. 부디 저 여자들의 출가를 허락해주소서."

"아난다여, 여인의 출가를 원해서는 안 된다. 여인의 출가를 허락하면, 그것 때문에 우리 교단이 부서질 염려가 있다. 그것은 경솔하게 취급할 것이 아니다."

부처님은 딱 잘라 거절하셨습니다.

이렇게 되자 곤란한 것은 아난다였습니다. 상대방은 부처님의 어머니요, 또 부처님의 부인과 여관들이므로 부처님의 말씀을 그대로 전할 수는 없었습니다. 그래서 그는 연락하기를 그만두고, 부득이 선정에 들었습니다.

그 일행은 아난다의 회답을 언제까지나 기다리고 있을 수 없어, 거기서 가까운 숲으로 가서 허락이 있을 때까지 수행하려고 비장한 결심을 했습니다. 그때부터 반년 남짓 지나 장마철이 되었습니다. 여자의 몸으로서는 아무래도 그 고행을 견딜 수 없었습니다.

아난다는 다시 한번 간청하기 위해 부처님 앞에 엎드렸습니다.

"부처님이시여! 여자도 출가하여 수행하면 진리를 깨칠 수 있겠습니까?"

"아난다야, 그대가 말한 것처럼 여자도 우리 교에 들어와, 법문대로 부지런히 수행하면 도를 깨달을 수 있을 것이다. 그러나 아난다여, 이를테면 우리 법에서 어떤 비구는 아무리 오랫동안 수행해도 도를 깨닫지 못하는 자도 있고, 또 어떤 비구는 법을 듣다 곧 실행해서 도를 깨닫는 자도 있다. 그것은 그 사람에게 있는 것이 아니고, 그 가르침에 있는 것이요, 그 마음에 있는 것이다.

아난다여, 비록 여인의 몸이라 하더라도, 불도의 수행을 쌓으면 마음이 바뀌어 남자보다 훌륭하게 도를 깨달을 수가 있다. 이것은 여자의 몸이 변해 남자가 된다는 것이다……"

"……?"

"아난다여, 보살도를 행하는 데 있어서, 또 부처가 되는 데 있어서 남녀의 구별은 단연코 없다. 남자니 여자니 하는 것은 범부세계에서의 구별이다. 진실로 뛰어난 덕을 갖추고 높은 지혜를 갖추었을 때에는 남녀의 구별이란 있을 수 없는 것이다."

"부처님이시여! 남녀의 구별이 없다는 의미는 잘 알았습니다. 만일 그러하시다면, 저 파티 황후는 부처님의 생모를 대신해 부처님을 기르신, 가장 은덕이 높고 고마우신 분입니다. 그리고 저처럼 열심히 도를 구하시는데, 왜 그 출가를 허락하시지 않으십니까?"

"아난다여, 일정한 규칙으로써 법을 제한해서는 안 된다. 네가 말한 바와 같이 그런 큰 은혜를 내가 어떻게 잊을 수 있겠는가? 그것을 갚기 위해서는 깨달음의 길로 인도하지 않으면 안 된다. 아난다여, 그래서 나는 오백 명 여인의 출가를 이미 허락하고 있는 터이다."

"……?"

"아난다여, 법에서는 오늘에 이르기까지의 수행을 필요로 했던 것인데 그들은 그것을 수행했다. 어쨌든 여자는 의뢰심이 강하고 불평이 많다고 옛날부터 일러왔다. 그래서 나는 그 의뢰심을 버리게 하고, 참으로 법을 의지하는 마음을 일으키게 했던 것이다. 그리고 지금이 바로 그때다. 아난다여! 지금 네가 저 숲속으로 가보라. 지금 여인들은 모두 선정에 들어 있을 것이다."

부처님의 이 말씀을 듣고, 아난다는 기쁨에 겨워 이 소식을 전하기 위해 곧 숲으로 달려갔습니다. 부처님의 말씀대로 여인들은 모두 선정에 들어 있었습니다.

곧 선정에서 일어난 파티 황후는,

"부처님의 허락을 얻은 이상, 우리는 모두 계를 지켜 교단을 문란하게 하지 않도록 목숨을 걸고 법을 지키겠습니다"

하고 맹세했습니다. 아난다는 그 일행을 부처님 앞으로 인도했습니다. 부처님은 여인으로서 한평생 지켜야 할 계율을 정하시고, 파티 황후 일행이 비구니가 되는 것을 허락하셨습니다.

그 뒤에 스라바스티 성의 '푸라세나지트' 왕은 이 비구니들을 "세상의 영화를 버리고 집을 떠난 청정한 여인……"이라 해서, 그의 소유인 동산 안에 절을 지어주었습니다. 이것을 부처님은 '비구니들 동산의 절'이라 하셨습니다.

16
라훌라와 야슈다라 비의 수행

궁중에서는 맛볼 수 없던 애정으로 서로 격려해가면서 수행하는
라훌라와 야슈다라 비가 부처님의 가르침을 들어 일체 왕래를 끊고,
더 큰 깨달음을 얻었다는 깨끗한 모자의 사랑 이야기.

　야슈다라 비는 마하파자파티 황후와 함께, 평화롭고 깨끗한 비구니
의 생활을 하고 있었습니다. 모든 것이 자유로운 궁중생활과 달라, 주
위의 일을 모두 자기 손으로 처리하지 않으면 안 되었습니다. 그러나
그것이 곧 수행이어서, 고요하고 즐거운 마음의 생활이 그 속에 있었습
니다. 그러나 아직 소년인 라훌라는 뻔질나게 그 어머니 야슈다라 비구
니를 찾아왔습니다.

　어느 날 어머니가 병으로 누웠다는 소식을 들은 라훌라는 매우 놀라,
곧 부처님께 나아가 무릎을 꿇었습니다.

　"부처님, 아침에 어머니에게 심부름을 갔더니 어머님은 병으로 누워
계셨습니다"

하고, 부처님의 허락을 얻어 얼마 동안 어머님을 간호하게 되었습니다.
아직 소년이면서, 심부름도 잘하고 물도 길어오며 빨래도 했습니다.

인도에서는 빨래할 때 짚재를 물에 넣어, 그 윗물로 빨래를 했습니다. 먼저 천을 적셔 방망이로 두드리고 그것을 물에 빨아 두 팔에 걸어 말립니다. 곧 사람이 빨랫줄이 되는 것입니다. 그렇게 한 오 분 지나면 곧 말라버립니다. 이 풍속은 지금도 있어서, 좀 큰 천이면 두 사람이 빨랫줄 노릇을 합니다.

그런데 라훌라는 이런 일을 하며 어머니의 병을 간호하고 있었습니다. 이런 모자의 애정은 궁중생활에서는 도저히 맛볼 수 없는 것이었습니다. 야슈다라 비구니는 진정으로 행복을 느끼면서 깨끗하고 맑은 애정을 가슴 깊이 맛보았습니다.

그 뒤 병이 나았을 때 야슈다라 비구니는 가끔 찾아오는 라훌라를 격려하면서 일심으로 수행을 계속했습니다. 그러나 그처럼 정성스럽게 해주는 아들에 대해서는 못내 고맙게 생각했지만 다른 비구니들 앞에서는 그보다도 '수행하는 내가 이래서 될까' 하고 생각하지 않을 수 없었습니다.

마침 그때 막 새로 들어온 젊은 비구가 부처님께 여쭈었습니다.

"부처님이시여! 출가한 사람은 여성에 대해서 어떻게 행동해야 합니까?"

그러자 부처님께서는,

"만일 그 여자가 늙었거든 어머니로 보는 것이 좋다. 만일 그 여자가 젊었거든 누이동생으로 생각하는 것이 좋다. 만일 그 여자가 훨씬 젊었거든 딸이라고 보아야 한다"

고 말씀하셨습니다. 그리고 다시,

"너희 비구들이여! 여자를 대하는 것은 될 수 있는 대로 피하는 것이 좋다. 만일 피하기 어려운 경우에는 보지 않은 것처럼 하여, 말을 걸지 않는 것이 좋다. 말을 걸지 않을 수 없는 경우에는 깨끗한 마음으로 이야기하는 것이 좋다. 그리고 마음으로 맹세하라.

'나는 집을 떠난 깨끗한 사람이다. 저 진흙 속의 연꽃이 깨끗하고 아름답게 피는 것처럼, 내 비록 이 죄 많고 번뇌 많은 속세에 살고 있지만, 저 연꽃처럼 청정하게 때 없이 살자' 고.

너희 비구들이여, 여자의 아름다운 모습에 미혹되는 사람은, 출가의 법을 파괴한 사람이라고 생각하는 것이 좋다. 어쨌든 여자란 질투가 많고 허영심이 강하기 때문에 도를 성취하기가 어렵다. 너희 비구들이여, 오욕에 대해서는 굳은 결심을 가져야 한다"
고 말씀하셨습니다.

이 말씀을 얼핏 들은 라훌라는 어떻게 생각했는지, 그날부터 비구니들이 있는 곳에는 일절 가지 않았습니다. 그 때문에 어머니는 한때 쓸쓸하게 생각된 바도 없지 않았지만 그 뒤 얼마 안 되어 진리를 깨닫고 마음속으로 합장했습니다.

그로 말미암아 라훌라에 대한 부처님의 무거운 짐은, 다소 가벼워진 것도 같았습니다.

17

사랑에는 번민이 따른다

사랑 뒤에는 고통이, 그리고 슬픔과 걱정이
항상 뒤따른다는 부처님의 말씀으로서
자식에 대한 어버이의 사랑, 어버이에 대한 자식의 사랑 등
어떠한 종류의 사랑이든 뒤에는 번민이 붙어다닌다는 가르침.

이제 부처님의 교화의 지반은 남북 양쪽에 걸쳐 잡히게 되었습니다. 즉, 남쪽으로는 마가다 국의 라자그리하 성 밖에 있는 대숲절이 있어, 빔비사라 왕의 보호를 받고 있었습니다. 그리고 가까이 있는 영추산(靈鷲山)도 부처님의 설법의 영지(靈地)로서 기증을 받았습니다.

또 북쪽 코사라 국의 스라바스티 성 밖에는, 수다타 장자가 제타동산에 절을 세워 부처님을 모셨습니다. 그래서 이 두 근본 도량을 중심으로 부처님의 포교활동이 시작되었던 것입니다.

스라바스티 국의 푸라세나지트 왕은 부처님께 귀의한 뒤, 그 부인 '말리'와 함께 제타동산으로 부처님을 찾아와, 그 설법을 듣고 있었습니다.

어느 날의 일입니다. 스라바스티 성에 있는 '나리오카' 대신의 외아들이, 갑작스런 병으로 죽었습니다. 그 대신 부부의 슬픔은 말할 것도

180

없었습니다. 대신은 왕궁의 직무도 버리고, 그 부인은 식사도 하지 않았고 날마다 미친 듯이 아들의 무덤을 찾아가 울기만 했습니다. 왕은 그것을 가엾게 여겨 어떻게 해서든 저들에게 부처님의 설법을 들려주어, 마음을 진정시키려고 생각했습니다. 그래서 어느 날은 그들을 데리고 부처님께 나아갔습니다. 그 사정을 들으신 부처님은 대신 부부에게 이렇게 설법하셨습니다.

"그대들이 슬퍼하는 것은 무리가 아니다. 그러나 언제까지나 그렇게 슬퍼하고만 있어서는, 아들이 부처가 되지 못한다. 나리오카여, 사람은 항상 사랑 때문에 걱정하고, 사랑 때문에 슬퍼하고, 사랑 때문에 괴로워하고, 사랑 때문에 탄식하고, 사랑 때문에 번민하는 것이다."

대신은 부처님의 말씀을 이해하지 못하고, 이상하다는 듯이 여쭈었습니다.

"부처님이시여! 사랑이 생기면 동시에 기쁨과 즐거움이 생기지 않습니까?"

"그렇지 않다. 사랑과 동시에 걱정이 생기는 것이다."

대신은 몇 번이나 되풀이해 여쭈어보았으나, 그 뜻을 이해할 수 없었습니다. 그는 머리를 흔들면서 생각해보았습니다.

'부처님께서 애욕은 고통의 근본이라고 말씀하셨다. 그러나 나는 그 말씀이 틀렸다고 생각한다. 사랑하는 것은 기쁨이요, 즐거움이다……'

이렇게 대신은 끝내 이해하지 못하고, 부처님 앞에서 물러나왔습니다.

푸라세나지트 왕도 이해하지 못한 채 왕궁으로 돌아와, 그 부인에게 물었습니다.

"고타마 붓다께서는 사랑은 걱정을 가져온다고 하셨는데, 당신은 어떻게 생각하는가?"

"진실로 부처님 말씀과 같습니다."

"뭐라고! 그와 같다고……?"

"예, 그렇습니다. 그러면 하나 여쭈어보겠습니다. 대왕이시여! 우리 외딸 '콩고'를 대왕은 사랑하십니까?"

"그야 물론이지. 눈에 넣어도 아프지 않을 만큼 사랑하고 있지."

"그 사랑하는 딸에게 무슨 사고라도 생긴다면, 대왕은 어떻게 하시겠습니까?"

"딸에게 사고가 생긴다……? 그때야 물론 나는 걱정하고 슬퍼하겠지."

"그러면 대왕님. 대왕님은 저를 사랑하고 계십니까?"

"그야 말할 것도 없지. 당신을 진정으로 사랑하고 있지 않은가?"

"그러면 제게 무슨 사고가 난다면 어떻게 하시겠습니까?"

"무슨 사고가 난다……? 말도 안 된다. 만일 그런 일이 있다면 나는 당장 죽을지도 모른다."

"그것 보세요. 사랑이 깊으면 깊을수록 괴로움도 슬픔도 큰 것이 아닙니까? 그 때문에 부처님께서 '사랑 때문에 걱정·슬픔·고통·번민이 생긴다'고 말씀하신 것이 아니겠습니까?"

"음! 그렇다. 확실히 그렇다. 부처님 말씀은 진실하여 조금도 잘못이 없구나!"

왕은 부인의 말을 듣고, 비로소 부처님이 하신 말씀의 뜻을 깨달을 수가 있었습니다. 그래서 곧 그 대신을 불러 이번에는 왕 자신이 사랑의 번민에 대해 설명해주었습니다.

"나리오카 대신이여, 나는 부처님의 말씀을 겨우 깨달았다. 부처님은 참으로 무자비하다고 생각했는데, 사실은 그렇지 않다. 눈앞의 일만

182

생각하는 우리에게는, 부처님의 그 너무나 넓고 큰 자비가 이해되지 않았던 것이다. 부처님 말씀과 같이, 언제나 슬퍼하고만 있어서는 아들이 부처가 되지 못할 것이다. 즉, 세상 사람들이 이런 잘못된 생각을 가지지 않도록 우리가 진실한 법을 깨닫는 것이, 죽은 아들에 대한 진정한 공양이 되는 것이다. 동시에 그 아들이 이 세상에 태어난 보람을 다하게 하는, 곧 부처님의 마음을 살리는 큰 공이 되지 않겠는가?"

그러나 그 대신은 끝내 그것을 이해할 수 없었습니다. 그때 그 대신은 친구의 아들이 역시 같은 병으로 누웠다는 말을 들었습니다. 그는 그 친구를 찾았습니다.

"무슨 일인가?"

"이상해. 오늘 아침까지도 씩씩하게 놀고 있었는데, 갑자기 이렇게 맥이 빠졌네."

"그래서는 안 되네. 내 아들도 꼭 그랬지. 빨리 의사를 불러 손을 써야 하네."

대신의 친구는 빨리 의사를 불러 물어보았습니다. 역시 대신이 말한 것처럼, 그대로 두면 그날로 죽을 것이었습니다. 그래서 아들의 목숨을 건진 그 친구는 대신을 찾아왔습니다.

"그대 덕택에 내 아들이 살았으니 확실히 그대는 생명의 은인이네. 뭐라고 감사의 말을 해야 좋을지 모르겠네. 의사의 말도 그대로 두었으면 그대 아들처럼 죽고 말았을 것이라고 했네. 참으로 무서운 병도 있네그려! 어쨌든 그대는 내 아들의 은인, 내 전 재산을 다 바쳐도 조금도 아깝지 않겠네."

이렇게 친구의 기쁨은 보통이 아니었습니다. 이 말을 들은 대신은, 남의 아들을 살렸다는 기쁨도 또한 적지 않음을 느꼈습니다. 그래서 대신은 생각했습니다.

'그렇다. 부처님의 말씀과 같이 "언제까지고 슬퍼하고만 있어서는 사랑하는 아들이 부처가 되지 않는다". 확실히 그렇다. "나와 같이 잘못된 길로 걷지 않도록 깨우치지 않으면 안 된다." 그래서 나는 남의 아들의 생명을 건졌다. 그것이 얼마나 큰 공덕이 되었는지 모른다.'

이렇게 비로소 정신이 돌아온 대신은, 왕궁으로 들어가 왕에게 아뢰었습니다.

"대왕이시여! 신은 참으로 어리석었습니다. 부처님의 말씀을 이제 겨우 깨달았습니다. 사랑에서 생기는 지옥과 같은 고통, 이제는 신이 가진 걱정과 슬픔, 괴로움과 번민은 반드시 저에게서 떠날 것입니다."

그리고 대신은 기쁨에 넘쳐, 부처님이 계시는 곳을 향해 합장했습니다.

18
참아야 한다, 참아야 한다,
그것이 효도니라

아버지를 죽인 본다타 왕을 찾아헤매던
초쇼 태자가 잠든 본다타 왕을 죽이려다가
"참아야 한다, 참아야 한다, 그것이 효도니라"라는 부왕의 유언을
떠올리고 복수를 포기함으로써 본다타 왕을 참회케 하는 이야기.

어느 날 부처님은 많은 비구들을 데리고 '완사' 국을 지나시다가 '코삼비' 성 밖에 있는 '쿠시라' 동산에 잠깐 동안 머물러 계셨습니다.

그때 '목켄다야' 라는 비구는 저녁식사를 마친 뒤, 과실을 식당 한구석에 두고 그냥 참선하러 가버렸습니다.

이튿날 아침 그 과실을 발견한 장로 비구들은

"아아! 이것은 얼마나 감사할 줄 모르는 짓인가? 어제 부처님께서 손수 주신 이 공양, 그것을 잊어버리고 가다니 참으로 황송한 일이다"

하고 떠들었습니다. 목켄다야가 그 잘못을 진심으로 사과하고 있을 때, '바다이' 와 '콤비리', '데바' 등 젊은 비구들은,

"그것은 고의로 한 것이 아니기 때문에 죄가 되지 않는다"

고 주장했습니다. 그러자 장로들은,

"비록 고의는 아니지만, 우리 교단의 계율은 음식을 감춰두는 것을

엄중히 금하고 있다. 더구나 부처님이 주시는 음식을 잊어버린다는 것은 용서할 수 없다. 솔직히 그 죄를 사과하도록 해야 한다"
고 주장했습니다.

　처음에 목켄다야는 스스로 그 잘못을 뉘우치고 있었으나, 젊은 비구들이 그것은 죄가 안 된다고 주장해주었기 때문에, 그도 이제는 그것은 죄가 아니라고 생각하게 되었습니다.

　이런 사소한 일로 장로들은 드디어 "목켄다야에게 근신을 명하자"고까지 주장했습니다. 그래서 끝내는 젊은 비구들과 서로 맞서게 되어, 여기서 교단의 불화가 시작되었습니다.

　이것을 아신 부처님은 먼저 목켄다야를 부르시어, 그 자세한 사정을 물으셨습니다.

　"부처님이시여, 제가 한 일은 죄가 아니라고 생각합니다. 그런데 저는 근신이란 처분을 받았습니다."

　부처님은 이 딱한 일을 가엾게 생각하시어,

　"아아, 비구들의 화합은 부서졌구나"
라고 탄식하시고, 곧 그런 처분을 내린 비구들에게 가셨습니다.

　"비구들이여, 어떠한 경우에도 사사로이 비구를 처벌해서는 안 된다. 비록 어쩌다가 잘못이 있더라도 그것을 캐지 말고, 서로 화합해 싸움이 없는 생활을 하지 않으면 안 된다"
고 훈계하셨습니다. 다시 젊은 비구들에게,

　"조금이라도 죄를 지었으면 반드시 참회하지 않으면 안 된다. 왜 '부지중에 범한 죄를 용서하소서'라고, 아침저녁으로 기도하지 않는가? 더구나 죄를 범했으면서도, 뒤에 와서는 죄가 아니라고 생각하게 되었다는 것은 큰 잘못이다. 그것 때문에 교단의 화합을 부수는 것은 불제

186

자로서 변명할 길이 없는 일이다. 너희들은 모두 뉘우치고 화합을 도모하지 않으면 안 된다"

하고 친절히 타이르신 뒤, 향실(부처님이 거처하시는 방)로 돌아가셨습니다.

부처님의 자비스러운 교화에도 불구하고, 두 파로 갈라진 비구들은 어느새 따로따로 수행하게 되었습니다. 그리고 입 밖에는 내지 않았지만, 마음속에서는 큰 싸움이 일어나고 있었습니다. 그래서 얼마 안 되어 불제자로서 어울리지 않는 논쟁이 일어났습니다. 여기서 부처님은 다시 양쪽 비구들을 불러모아 말씀하셨습니다.

"비구들이여, 불제자들 사이의 싸움은 좋지 않다. 서로 말과 행동을 삼가 수치스러운 싸움은 그만두어라. 비구들이여, 교단에 있어서는 아니 될 일은 그만두어라."

그때 어느 비구는,

"부처님이시여, 이 화합하지 못하는 것은 우리들의 책임입니다. 그러므로 이것은 우리가 처리하겠습니다. 간섭하지 말아주소서"

하면서, 부처님의 훈계를 거절했습니다. 그러나 어디까지나 자비스러운 부처님은, 이 비구들을 위해 알기 쉬운 옛날이야기를 하셨습니다.

"옛날 코사라 국에 '초주'라는 왕이 있었는데, 그에게는 '초쇼'라는 태자가 있었다. 그 이웃나라 '카시' 국에는 '본다타' 왕이 있어 국고도 넉넉할 뿐만 아니라 군사도 강해 해마다 이웃나라를 정복하고 있었다. 어느 날 본다타 왕은 아무 이유도 없이 초주 왕을 습격해, 그 나라를 빼앗으려고 쳐들어왔다. 초주 왕은 고요히 생각해보았다. 그는 '우리나라는 국토도 작고 방비도 없어, 한 번의 싸움도 곤란하다. 함부로 사람의 생명을 죽일 수는 없으니 모든 것을 그가 하는 대로 맡겨두자'라고 생각하고 왕비와 태자를 데리고 숲속으로 도망했다. 거기서 그들은 수행자로 변장하고 다른 나라로 갔다. 그래서 본다타 왕은 초주 왕의 나라까지 지배하게 되었다. 그러나 그는 나라를 빼앗았지만 초주 왕을 죽이기 전에는, 불안해서 견딜 수가 없었다. 그래서 그가 '초주 왕의 목을 가지고 오는 자에게는 땅을 준다'는 포령(布令)을 전국에 내리니 초주 왕은 드디어 잡히고 말았다.

그때 초쇼 태자는 나무꾼으로 변장해 그 난(難)을 면했다. 도중에 다행히도 그 부왕이 곁에 와서 위로했다. 부왕은,

'참아야 한다. 참아야 한다. 그것이 효도라 할 수 있다. 원한의 인과를 맺어서는 안 된다'

고 깨우쳐주었다. 태자는 그 아버지의 마음을 알고 울었다. 그래서 아버지의 죽음을 차마 볼 수 없어 숲속으로 들어가 숨어버렸다.

그 뒤로 몇 해가 지났다. 본다타 왕은 세월이 흐름에 따라, 초쇼 태자가 와서 복수라도 하지 않을까 하여 몹시 불안해했다. 그런데 태자는 그동안에 유명한 악사가 되었다. 그는 왕궁에 불려들어가 본다타 왕의 신임을 받게 되었다. 왕은 그를 시자로 두어 호신도(護身刀)까지 맡기게끔 되었다.

어느 날 왕은 사냥하러 나갔다가 길을 잃어 종자라고는 시자 혼자뿐이었다. 그는 갑자기 몸이 피로해져 시자의 무릎을 베고 누워 잠이 들어버렸다. 이때 태자는 문득 손으로 칼을 쥐어보았다. '이 왕은 아주 악한 왕이다. 죄 없는 내 부모를 죽이고 국토까지 빼앗았다. 더구나 지금 이 왕의 생명은 내 손 안에 있다. 원수를 갚을 때는 이때다.' 이렇게 생각한 태자는 가만히 칼집에서 칼을 빼었다. 그러나 그때, 태자의 가슴

에 떠오르는 애절한 속삭임이 있었다.

'참아야 한다, 참아야 한다. 그것이 효도라 할 수 있다. 원한은 원한으로 그치지 않는다. 원한은 원한이 없는 데서 그친다'
라는 아버지의 말씀이었다. 이 유훈(遺訓)을 생각하고, 태자는 다시 칼집에 칼을 꽂았다. 조금 있다가 왕은 잠을 깨었다. 무엇에 놀란 듯 벌떡 일어나 사방을 둘러보았다.

'왕이시여! 왜 그러십니까……?'

'시자여, 내가 조금 전에 잠들어 있을 때, 초쇼 태자가 칼을 빼어들고 내게 달려들었다. 그래서 놀라 일어났는데 누가 오지 않았는가?'

'왕이시여 안심하십시오. 그 초쇼는 바로 이 사람입니다.'

'무엇이?'

놀란 것도 무리가 아니었다. 왕은 얼른 뛰어일어나 뒤로 물러섰다. 그러나 칼을 태자에게 맡긴 채로 있어, 왕은 어쩔 줄을 몰랐다. 그때 태자는 조용히 말했다.

'왕이시여! 왕이 잠들어 있는 동안에, 나는 왕의 목을 베려고 칼을 뺐습니다. 그러나 왕이시여! 그때 나는 아버지가 남기신 말씀을 생각하고, 칼을 도로 꽂았습니다.'

'으음, 그대 아버지는 무슨 말을 남겼던가?'

'참아야 한다, 참아야 한다. 그것이 효도라 할 수 있다……'

'하아! 그래…… 그리고?'

'원한의 인과를 맺어서는 안 된다…… 즉 내가 만일 왕을 죽였다면 왕의 신하는 반드시 나를 죽일 것입니다. 그렇게 되면 내 신하는 또 왕의 신하를 죽이게 될 것입니다. 그러나 내가 왕을 용서하고, 또 왕도 나를 용서해 서로 참으면, 원한의 근본은 끊어질 것입니다. 그렇게 된다

면, 그때서야 비로소 나는 아버지의 가르침을 따른 진정한 효자가 될 수 있을 것입니다.'

이때 본다타 왕의 마음이 번쩍 트였다.

'아아! 나는 얼마나 죄 많은 사람인가. 나는 성자를 죽였다. 그대의 어머니도 죽였다. 내가 지은 죄는 만 번 죽어도 마땅하다.'

왕은 이렇게 말하고, 땅에 손을 짚고 깊이 사죄했다. 그래서 태자도 쾌히 그 죄를 용서하고, 두 사람은 손을 잡고 왕궁으로 돌아왔다. 그 뒤에 태자는 왕위를 물려받아 착한 정치를 행했다. 그래서 나라는 갈수록 부강하고 백성들은 평화롭고 행복하게 살았다……"

"비구들이여, 이와 같이 우리가 평화를 희구하는 것은 즐거운 일이다. 너희들도 이 인내와 사랑으로, 우리 교단의 평화를 영원히 유지하기 위해 힘쓰지 않으면 안 된다."

부처님은 이렇게 말씀하시고, 양쪽의 체면을 세워주면서 서로 화합하도록 지도했습니다. 그러나 그들은 부처님 앞에서만 화합하는 척하면서, 속으로는 여전히 반목하고 있었습니다.

그래서 부처님은, 다만 제자들의 자각에 맡기기로 결심하시고, 혼자 고요히 바이사알리의 북쪽을 향해 떠나셨습니다.

그래서 히말라야 산 기슭에 있는 '파시차' 촌에서 그리 멀지 않은 '살라' 쌍수(雙樹)로 들어가서, 고요히 혼자 지내기를 즐기고 계셨습니다.

바로 거기서 가까운 숲속에는, 아누룻다를 비롯해 몇 사람의 불제자가 평화로이 살고 있었습니다. 그들은 부처님이 가까이 계시는 줄 알고, 아누룻다가 공양을 가지고 찾아왔습니다.

"부처님이시여! 이번에는 포교하시러 혼자 나오셨습니까? 부디 우리

190

숲으로 오셔서 설법해주소서."

부처님은 잠자코 승낙하셨습니다. 얼마 뒤에 부처님은 그들이 있는 숲으로 가셨습니다. 아누룻다는 바리를 받고, 다른 제자들은 물을 길어 와 발을 씻기고, 자리를 준비하면서 제자로서의 정성을 다했습니다. 부처님은 이 정성 어린 시중을 못내 기뻐하셨습니다.

"비구들이여, 너희들은 평화롭게 수행하면서 다툼이 없구나. 스승과 마음이 하나가 되어 마치 물과 젖이 서로 어울리듯 화목하게 지내는 것은, 참으로 아름다운 생활이다"

하시고, 다시 계속해 설법하셨습니다. 부락 사람들 중에도 부처님의 법을 들으려 모여오는 사람이 많았습니다.

그런데 부처님이 쿠시라 동산을 떠나신 것을 아는 코사라 사람들은 "그것은 모두 저 비구들이 서로 다투어 화합하지 않았기 때문이다. 저런 비구들에게 우리는 일체 공양을 폐지하자" 하고, 그날부터 일체 음식의 공양을 끊어버렸습니다.

비구들은 지내기가 곤란해졌습니다. 비로소 정신이 돌아와, 마을 사람들에게 서로 화합하기로 맹세하고 진심으로 뉘우쳤습니다. 그러나 그들이 집집마다 행걸하러 돌아다녔지만 어느 누구도 상대해주지 않았습니다. 드디어 곤란해진 그들은 라자그리하 성 밖에 있는 대숲절로, 샤리푸타를 찾아가 울면서 호소했습니다.

이 사실을 들은 샤리푸타 장로는, 그들을 어떻게 대우하면 좋을지를 다른 비구들과 의논했습니다. 그리고 우선 밥을 먹인 뒤, 쿠시라 동산으로 돌려보냈습니다.

그때 부처님은 제타동산으로 돌아오셨습니다. 이것을 안 샤리푸타와 쿠시라 동산의 원로들은, 멀리 부처님을 찾아왔습니다. 그들은 화합하

지 못한 비구들의 그 뒤 사정을 여쭙고,

"부처님이시여, 저들을 어떻게 처리하면 좋겠습니까?"

라고 여쭈었습니다. 부처님은 먼저 샤리푸타에게 말씀하셨습니다.

"비구는 비구동지로서, 서로 화합하고 서로 도와야 한다. 결코 그 죄를 따지지 말고 잘 깨우쳐주는 것이 무엇보다 중요하다."

다음에 원로들에게는, 차별하지 말고 평등하게 공양해야 한다고 말씀하셨습니다.

그들은 이 자비스런 부처님의 마음에 감탄하면서, 그 뜻을 저 비구들에게 전했습니다. 비구들은 이젠 새삼스럽지만 대중 앞에서 저희들의 불화의 죄를 참회하고, 부처님의 지도를 따르겠다고 굳게 맹세했습니다. 그리고 샤리푸타 장로를 통해, 다시 부처님이 그곳에 오셔서 자기들을 지도해주시기를 탄원했습니다.

부처님은 그 말을 들으시고, 그들을 용서하는 뜻으로 쿠시라 동산으로 가셨습니다. 서로 싸우던 비구들은 오체를 땅에 던지고 과거의 잘못을 참회했습니다.

부처님은 자비스러운 눈으로,

"오오, 착하고 착하다. 다시는 그런 싸움의 물결을 일으켜서는 안 된다. 속세 사람들도 마음을 모아 서로 도우면서 공동생활을 하지 않느냐. 그런데 하물며 불도를 수행하는 불제자로서 서로 다투면서 야비한 언동을 한다는 것은 더욱 옳지 못하다. 부디 삼가지 않으면 안 된다"

고 간절히 타이르셨습니다. 그래서 쿠시라 동산은 다시 평화로운 교단으로 돌아오고, 대중들은 이 교단의 평화를 진정으로 축복했습니다.

19

깨끗한 자여! 좋은 길동무여!

천한 자기의 직업과 신분 때문에 공경하는 부처님 앞에
나서지도 못하고, 피해 다니는 니다이를 구제해 비구가 되게 하시고
조그마한 보시를 하고 있다고 교만해하는 푸라세나지트 왕을
설법으로 다스려 그 교만을 꺾은 이야기.

스라바스티 성 밖에 '니다이'라는 매우 가난한 사람이 살고 있었습니다. 머리는 길 대로 길었고, 먼지투성이인 몸에는 누더기를 걸쳤습니다. 그는 똥 치는 직업으로 그날그날을 살아가고 있었습니다.

어느 날 부처님이 포교하시러 이곳에 오셨을 때 이 소식을 들은 니다이는, 늘 부처님을 존경하고 있었던 터라, 매우 기뻐하면서 문득 생각했습니다.

'이런 더러운 몸으로 어떻게 여러 사람들과 함께 부처님을 맞이할 수 있겠는가? 지금 이런 신세가 된 것도, 전생에 착한 씨를 뿌리지 못하고 나쁜 일만 저지른 결과인지도 모른다. 오직 나만이 부처님께 가까이 나아가, 그 거룩한 모습을 뵈옵지 못하는 것이 진정 슬픈 일이다.'

이렇게 생각하면서, 니다이는 똥통을 메고 성 밖으로 나갔습니다. 문득 앞을 바라본 그는, 멀리서 오시는 부처님을 보았습니다. 깜짝 놀란

그는,

'이렇게 더러운 몸으로 부처님께 가까이 가는 것은, 내 죄를 더욱 더하는 것이다'

하고 급히 방향을 바꾸었습니다. 그런데 이게 웬일입니까? 그가 가는 곳에 또 부처님의 모습이 나타났습니다.

'이거 큰일이다?' 하고 그는 또 옆길로 도망쳤습니다.

대자대비하신 부처님은 어떤 사람도 버리지 않습니다. 니다이의 마음을 아신 부처님은, 신통력으로써 그 앞에 나타나신 것입니다. 그는 '앗' 하고 피하려 하다가, 그만 시궁창에 빠지고 말았습니다. 부처님은 스스로 팔을 뻗쳐 그를 끌어올렸습니다. 그리고

"깨끗한 자여! 좋은 길동무여!"

하고 조용히 말씀하셨습니다. 그는 땅에 꿇어앉아 합장했습니다. 부처님은 부드러운 말씀으로,

"깨끗한 자여, 그대는 출가할 생각이 없는가?"

라고 물으셨습니다. 그는 너무 황송해 조심스럽게 부처님께 여쭈었습니다.

"부처님이시여, 저같이 더럽고 미천한 몸으로 어떻게 출가할 수 있겠습니까?"

"깨끗한 자여, 그대 마음은 거룩하다. 비구가 되어 수행하라."

"부처님이시여, 제 평생에 이처럼 기쁜 일은 없습니다."

조금 뒤에 니다이는 몸을 씻고 법의를 입고 절로 들어갔습니다. 그가 출가했다는 소문이 거리에 퍼졌습니다.

"니다이 따위가 출가했다는 것은 당치도 않은 일이다. 그는 세상에서 가장 더러운 똥 치는 인부가 아닌가? 만일 보시회가 있을 때라도, 저

런 미천한 사람이 온다면 우리까지 더러워지겠구나"
라고 사람들은 떠들었습니다. 그런 소문이 어느새 푸라세나지트 왕의
귀에까지 들어갔습니다.

"그런 비천한 자가 있는 동안에는, 결코 저 교단에 재물을 희사하지
않으리라. 내가 곧 부처님께 나아가 말하리라."

왕은 곧 절에 들어갔습니다. 그때 니다이는 엄격한 수행을 쌓은 공이
있어, 이제는 진리를 깨치고 행(行)이 깨끗한 거룩한 성자가 되어 왕을
맞이했습니다.

합장한 그의 모습은 마치 후광이 비치는 듯 환했습니다. 그가 니다이
인 줄 모르는 왕은,

"거룩한 수행자여, 부처님에게 푸라세나지트 왕이 왔다고 연락해주
시오"
하고 정성껏 인사했습니다. 곧 부처님 앞에 나아간 왕은 그 거룩한 수
행자의 내력이 몹시 궁금했습니다.

"부처님이시여, 이제 나를 인도하던 그 비구는 어떤 분입니까? 진실
로 합장한 거룩한 그 모습에는 저절로 머리가 숙여졌습니다."

"왕이여, 그이는 지금 온 세상이 비천하다고 떠드는 니다이 비구입니
다."

왕은 너무 놀란 나머지 정신이 아찔했습니다. 그리고 그런 덕이 높은
사람을 비난한 죄를 진정으로 참회했습니다. 그때 부처님은 말씀하셨
습니다.

"왕이여, 일체중생은 다 내 아들입니다. 거기에는 빈부와 귀천의 구
별이 없습니다. 법을 구해 과거의 인연을 알고, 그것을 끊기 위해 수행
하는 마음이 귀한 것입니다. 왕이여, 누구나 마음은 더럽고, 인간의 행

동도 또한 더럽습니다. 이 더러움에 가득 찬 마음과 행동을 맑고 깨끗하게 하는 것이야말로 바른 법입니다. 그러므로 그 수행을 성취한 사람이 가장 거룩한 사람입니다. 왕이여, 니다이 비구는 그 어려운 수행을 성취하여 드디어 깨달음을 얻었습니다. 그래서 이제 본 바와 같이 그렇게 훌륭한 인격을 갖춘 것입니다. 본래의 직업이 문제가 아니라 그 사람의 마음의 지혜와 그 행동이 어떠한가가 문제인 것입니다. 왕이여, 왕도 이 도리를 깨닫고 수행하여, 좋은 정치를 베풀지 않겠습니까? 그렇게 하면 왕의 도는 더욱 열릴 것입니다."

교만이 하늘까지 닿았던 왕은, 그것을 매우 부끄럽게 여겼습니다. 그래서 부처님의 가르침을 깊이 믿고, 새삼스레 니다이 비구를 예배하고 공양한 뒤, 스라바스티 성으로 돌아갔습니다.

계급제도가 시끄러웠던 그 당시에 부처님의 이러한 특별한 행동이 스라바스티 사람들의 놀람과 존경을 더욱 불러일으킨 것입니다.

196

20
아난다의 여난_{女難}

어느 여름날, 행걸을 나갔다가 목이 말라 신분이 천한 여인으로부터
물을 얻어먹고는 유혹의 구렁텅이에 빠지게 된 아난다 비구가
부처님의 위력으로 말미암아 구제되고, 그 천족의 딸도 구제하는 이야기.

　아난다는 숫도다나 왕의 동생 '칸로본' 왕의 태자로서 얼굴이 매우
아름다워 많은 여성들의 유혹을 받았습니다. 그러나 그는 지조가 매우
굳었으며, 특히 불제자가 된 뒤로는 유혹에 지지 않고 더욱 힘써서 계
율을 지켰습니다.
　어느 여름날, 그는 제타동산의 절에서 행걸하러 나갔습니다. 날이 몹
시 더워서 목이 말라 어찌할 바를 몰랐습니다. 그러나 그가 그것을 참
고 절로 돌아가려고 거리에 나섰을 때, 길가에서 어떤 아름다운 처녀가
맑은 냇물을 긷고 있었습니다.
　그것을 본 아난다는 다행히 여겨 가까이 가서 물을 청했습니다. 그
말을 듣고 돌아본 처녀의 눈앞에는 세상에 드문 미남 비구가 서 있었습
니다. 처녀가 잠깐 동안 정신을 잃은 것도 무리가 아니었습니다.
　"나는 지금 몹시 목이 말라 있습니다. 물 한 그릇만 주십시오."

처녀는 부끄러운 듯 얼굴을 붉히며 말했습니다.

"저, 스님께서는 아난다 스님이 아니십니까?"

"그렇습니다."

"저는 신분이 천한 '찬달라'의 딸입니다. 저 같은 것이 물을 드리는 것은 너무나 황송한 일입니다."

"아니, 나는 집을 떠난 사마나의 신분입니다. 내게는 귀천의 구별이 없습니다. 물이나 주십시오. 나는 급히 가야 합니다."

처녀는 기뻐하면서 물을 떠서 먼저 아난다의 발밑에 쏟고 다시 손을 씻은 뒤, 정성스럽게 물을 떠 바쳤습니다. 아난다는 조금도 천하게 여기는 기색 없이 조심스럽게 그것을 받아 마셨습니다. 정신없이 바라보고 있던 그 처녀는, 아난다의 얼굴과 모습에 걷잡을 수 없이 마음이 끌려 그저 고맙고 황송하여 가슴이 울렁거렸습니다.

감사하다는 뜻을 표하고 떠나가는 아난다의 뒷모습을 바라보던 그녀는 '나같이 천한 여자에게 물을 받아 마시셨다. 아아, 얼마나 고마우신 분인가! 얼마나 고상한 사마나이신가…… 그리고 그 상냥스런 말씨. 나는 참으로 행복하구나!'라고 생각하며 감격했습니다.

그녀는 물동이를 이고 발걸음도 가볍게 집으로 돌아와 모든 사정을 그 어머니에게 전부 이야기했습니다. 그리고 이렇게 간청했습니다.

"어머님! 어떻게 하든지 저를 그이와 결혼시켜주십시오."

그 어머니는 갑작스런 청에 깜짝 놀랐으나, 곧이어 정색하며 훈계했습니다.

"너, 그게 무슨 말이냐? 아난다님은 국왕의 가정에 태어나신 분이고 온 세상이 존경하는 부처님의 제자다. 그런데 우리는 이런 비천한 찬달라 계급이 아니냐. 어떻게 그런 분과 결혼할 수 있겠냐?"

이런 훈계를 받은 그녀는 우선 단념했습니다. 그러나 어찌할 수 없는 연모의 정을 누를 수 없어, 그녀는 번민에 휩싸이고 말았습니다.

　'아난다 스님은 귀천의 구별이 없다고 말씀하셨다. 그분도 나를 가엾게 생각하는 것은 틀림없을 게다. 그렇다. 그분께서 또 물을 마시러 오실는지도 모른다.'

　이렇게 생각한 그녀는, 또 서둘러 물을 길러 나갔습니다. 그러나 아난다는 다시는 모습을 나타내지 않았습니다. 사랑에 불타는 그녀는 드디어 병석에 눕게 되었습니다. 그 어머니도 그토록 깊이 사모하는 가련한 딸을 보고는 단 한 번이라도 만나게 해주고 싶다고 긴 한숨을 쉬었습니다. 그래서 찬달라 족에 퍼져 있는 '마토기야' 신의 주술로 아난다를 불러와야겠다고 생각했습니다.

　"아가! 자 안심하고 일어나거라. 내가 주술을 부려 저 아난다님을 우리 집으로 불러올 것이니……"

　이렇게 딸을 위로한 뒤, 그녀는 목욕하고 열심히 주문을 외우면서 아난다가 오기를 기다렸고, 처녀도 자리에서 일어나 방을 깨끗하게 하고 목욕한 뒤 정성껏 화장하고 있었습니다.

　그때 절에 있던 아난다는 그 여자의 주문에 걸려 자기도 모르게 찬달라의 집으로 마음이 쏠렸습니다. 그래서 행걸하러 나선 그는 끝내 그녀의 집으로 끌려들어갔습니다. 처녀는 반가워하며 그 손을 잡고,

　"잘 오셨습니다. 자, 공양을 받으십시오"

하고 속삭였습니다. 그 어머니는 그를 딸의 방으로 인도했으며, 처녀는 그저 기쁨과 부끄러움으로 마음이 들떠 어쩔 줄을 몰랐습니다. 한편 그 어머니는 열심히 주문을 외우면서, 그 다음 행동을 빌고 있었습니다.

　조금 뒤 아난다는 방 안이 점점 어두워오는 것을 느꼈습니다. 그리고

주문의 힘에 묶여 조금도 몸을 움직일 수 없다는 것도 알 수 있었습니다. 어쩔 수 없이 그는 무서운 죄를 범할 처지에 놓여 있었습니다.

그때 문득 제정신으로 돌아온 그는 일심으로 부처님을 생각하게 되었습니다. 그런데 이게 웬일입니까? 한 줄기 광명이 비쳐와 그 주문의 힘을 눌러버린 것입니다.

그래서 그는 그 무서운 타락의 구렁텅이에서 벗어나 제타동산으로 돌아올 수 있었습니다.

처녀는 멍하니 서서 그의 뒷모습을 바라보다가, 입술을 깨물고 눈물을 흘렸습니다.

그날 밤은 어머니의 타이름으로 그럭저럭 보냈지만, 이튿날 아침 그리운 정을 누를 길이 없었던 그녀는 염치도 체면도 다 잊고 절을 찾았습니다. 그리고 절문 앞에서 몸을 숨기고, 아난다가 나오기만 기다리고 있었습니다.

이때 비구들이 행걸수행을 위해 법의를 입고, 바리를 들고 줄을 지어 나왔습니다. 그녀는 가만히 서서 한 사람 한 사람 살펴보았습니다. 그런 줄도 모르고 아난다는 두서너 비구와 함께 마지막으로 나와, 그녀의 집 방향과는 반대 방향으로 걸어가고 있었습니다. 그녀는 가슴을 조이면서 그 뒤를 쫓았습니다. 그래서 그가 혼자 되기를 기다려 그의 옷자락을 잡았습니다.

"아난다 스님, 저를 아내로 삼아주십시오. 아니, 당신은 제 남편입니다. 확실히 저의 남편입니다. 우리 집으로 가십시다. 저는 당신을 떠나서 살 수 없습니다."

이렇게 울면서 날뛰는 그녀를 어떻게 대하면 좋을지 몰라, 아난다는 바로 절로 돌아와버렸습니다. 그리고 이 사정을 전부 부처님께 여쭈었습니다. 부처님은 사랑을 받고 있는 아난다나 사랑을 주고 있는 처녀나, 모두 가엾게 생각되었습니다. 그때 처녀는 거리낌 없이 절로 들어와 무턱대고 부처님께 간청했습니다.

"부처님이시여, 저를 아난다 스님의 아내가 되게 해주십시오. 제발 소원이옵니다."

그녀는 이렇게 말하고 눈물을 흘리면서 합장하고 있었습니다. 부처님은 조용히 말씀하셨습니다.

"너는 그처럼 아난다를 사랑하고 있는가? 그러나 아난다의 아내가 되려면, 그만한 자격을 갖추어야 한다. 그 자격이란 수행인데, 너는 그 수행을 견디어낼 수 있겠는가?"

"예, 부처님이시여, 아난다의 아내가 될 수만 있다면 저는 어떠한 어려운 수행이라도 하겠습니다. 부디 저를 교단에 들어가도록 허락해주십시오."

"좋다. 그러면 너는 네 부모의 승낙을 얻어 부모와 같이 오너라."

그녀는 기뻐하면서, 부처님 앞을 물러나왔습니다. 그리고 빨리 집으로 돌아가 그 사정을 양친에게 이야기했습니다.

양친은 그 말을 듣고 한편으로는 몹시 놀라면서도 함께 기뻐하였습니다.

"오오, 그러냐. 네가 만일 부처님의 제자인 아난다의 아내가 될 수만 있다면, 우리도 집에 있으면서 신자로서 수행하겠다."

그래서 그들 부녀는 부처님께 나아가 예배하고, 부처님의 설법을 들었습니다. 그리고 그녀는 비구니들의 동산에 있는 '하다이' 비구니 밑에서 수행하게 되었습니다.

거기서 행동하는 법과 예절을 배우고, 교양을 높여 진실한 도를 구하면서 고결한 사랑에 사는, 세상에 드문 훌륭한 비구니가 되었습니다.

그런데 아난다는 '내가 부처님의 거룩하신 가르치심을 받으면서 여자의 유혹을 받은 것은 어딘가 내게 틈이 있었기 때문이다. 얼마나 천박한 인격인가?' 라고 생각하니 양심의 가책을 받지 않을 수 없었습니다.

"부처님이시여, 저는 항상 부처님 곁에서 가르치심을 받으면서도, 그것을 실행하지 못하여 이런 죄를 범한 것을 깊이 참회합니다."

이렇게 아난다는 부처님에게 참회하였고, 또 대중에게도 사과했습니다. 그리고 구도의 결심을 한층 더 굳게 다짐했습니다.

21
비구니절에 간 바보 판타카

어리석지만 열심히 수행해 해탈한 판타카 비구가 비구니절에
설법하러 가자, 판타카 비구가 미련한 것을 알고 있는
교만한 비구니들은 그를 멸시하였지만
뜻밖에도 거룩하고 훌륭한 설법을 듣고 크게 놀라
자기들의 잘못을 뉘우치고 더욱 수행에 힘썼다는 이야기.

　　제타동산 절에 '추다판타카' 라는, 미련하기로 유명한 비구가 있었
습니다. 그는 몇 번이고 앞의 글귀를 가르치고 나면 뒤의 것을 잊어버
리고, 뒤의 글귀를 가르치고 나면 앞의 것을 잊어버리는 형편이었습
니다.

　　어느 날 그의 형 '판타카' 비구는,

　　"동생아! 너는 불제자로 있으면서도 불법은 하나도 모른다. 너처럼
미련한 자와 이 교단에 함께 있으면, 내가 창피스러워 머리를 못 들겠
다. 너는 오늘부터 불도수행을 그만두고 집에 돌아가 부모님이나 도와
드려라"

하고, 절에서 쫓아내버렸습니다. 쫓겨난 그는 '나처럼 미련한 자가 집
에 간댔자 또 남의 비웃음만 살 것이다. 나는 왜 이처럼 미련할까?'하
고 생각하자, 그만 슬퍼져 마치 어린애처럼 큰 소리로 울었습니다. 길

가던 사람들이 그것을 보고 모두 웃었습니다. 그러나 일찍이 그의 정직한 마음을 알고 남몰래 동정한 사람은, 오직 자비심 많은 부처님뿐이었습니다.

부처님은 가만히 판타카의 손을 잡고 절로 데리고 오셨습니다.

"판타카야, 슬퍼할 것 없다"

하시고, 자리에 앉히셨습니다. 그리고 먼저 안심을 시키신 뒤, 조용히 이렇게 일러주셨습니다.

"판타카야, 고요히 염불해라…… 자기 힘으로는 아무것도 성취할 수 없다. 언제나 부처를 생각하고, 그런 다음에 다른 것을 배워라."

그러자 이상하리만큼 판타카의 머리는 맑아졌습니다.

"부처님이시여, 저는 왜 이처럼 어리석은 인간이 되었습니까! 저 같은 자도 언제든지 부처님의 제자로 있을 수 있겠습니까?"

"판타카야, 참으로 어리석은 사람은 어리석으면서도 그 어리석음을 스스로 깨닫지 못하는 사람을 말하는 것이다. 그런데 너는 그것을 알고 있다. 그러므로 너는 결코 어리석은 사람이 아니다."

자비에 넘친 부처님의 이 말씀은, 그에게 큰 자신을 갖게 했습니다. 조금 뒤에 부처님은 그에게 비 한 자루를 주시더니,

"먼지를 털고, 때를 없애자"

라는 글귀를 가르쳐주셨습니다. 이런 것이라면 아무리 우둔한 판타카라도 외울 수 있었습니다.

"먼지를 털고, 때를 없애자."

이 법구를 몇 번이나 되풀이해 외웠습니다. 비를 가지고 뜰을 쓸 때도 먼저,

"먼지를 털고, 때를 없애자"

하고 열심히 외웠습니다. 그리고 그 글귀의 뜻도 생각해보기 시작했습니다.

비구들도 그를 바보다, 천치다 하고 비웃었지만 말없이 실행하는 그의 앞에서는, 머리를 들지 못하게 되었습니다. 언제 어디서나 비와 걸레를 가지고 이 법구를 외우는 판타카였습니다.

이렇게 해서 오랜 시일을 보낸 그는 드디어 진리를 깨닫게 되었습니다.

"비를 들고 쓸 때에는 더러운 마음을 쓰는 것이다. 걸레로 닦을 때에는 때 묻은 내 마음을 닦는 것이다……"

그는 기쁜 얼굴로 부처님 앞에 꿇어앉았습니다.

"부처님이시여, 그 법구의 뜻을 알았습니다. 때라는 것은 미(迷)한 것입니다. 없앤다는 것은 지혜를 말한 것입니다. 비를 방편으로 삼아 미의 때를 없앤다는 것을 알았습니다."

"판타카야, 실로 그렇다."

부처님은 매우 기뻐하시면서 대중을 모았습니다.

"비구들이여, 진리를 깨닫는 것은 결코 학문을 머리에 넣는 것이 아니다. 아무리 조그마한 일이라도 그것을 실행하는 데 있다. 보라, 이 판타카는 입으로 말하는 것보다 몸으로 실행해서 이제 진리를 깨달은 것이다."

그래서 그는 교단의 비구들에게도, 또 마을 사람들에게도 존경을 받게 되었습니다. 그는 언제나 비와 걸레를 가지고,

"먼지를 털고, 때를 없애자"

라는 법구를 외우면서 더욱 마음을 닦았습니다.

어느 날 부처님은 그를 불러 비구니들의 절에 가서 설교하라고 하셨습니다. 그는 매우 당황해 어찌할 줄을 몰랐습니다.

"판타카야, 모든 것은 자기 힘으로 되는 것이 아니다. 오직 부처를 생각하면서 자기 체험을 살려 있는 그대로 말하는 것이다"
라고, 부처님은 말씀하셨습니다.

어쨌든 지금까지는 아무것도 몰랐기 때문에 바보라는 비웃음을 받아온 그가 아니었던가! 그러나 이제는 부처님의 자비스러운 가르치심을 받아 진리를 깨달은 것입니다.

그는 비록 말이 막히더라도 이 기쁨을 있는 그대로 털어놓아 법의 은혜를 갚으리라고, 굳게 결심했습니다.

그때 부처님의 의모 파티 비구니를 비롯하여 오백 명의 비구니는 다른 절에 있었기 때문에, 부처님은 매달 비구 한 사람씩을 차례로 보내어 설법하게 했던 것인데, 이번에는 판타카를 처음으로 보낸 것이었습니다.

비구니들의 절에서는 일찍부터 미련하기로 유명한 그가 온다는 소식을 듣고, 모두 놀랐습니다.

"내일은 판타카 비구가 설법하러 온다는데 게 한 구도 모르는 그가 어떻게 설법할 것인가…… 무엇이 잘못된 것이 아닐까? 만일 그것이 사실이라면 우리가 도로 설법해주자."

이렇게 말하면서, 비구니들은 속으로 웃었습니다.

이튿날 그는 부처님의 명령에 따라, 젊은 비구 하나를 데리고 비구니 절로 왔습니다. 업신여기는 마음으로 기다리고 있던 비구니들은, 그저 형식적으로 예배하고 서로 눈짓하면서 웃었습니다.

그러나 순직한 그는 오늘의 법사로서 그 의무를 다하기 위해, 일심으로 부처님을 염(念)하면서 강단으로 올라갔습니다.

"부처님께 지명을 받아 참으로 감격했습니다. 먼저 인간과 천상의 큰 도사(導師)이신 부처님께 깊이 감사를 드리는 바입니다…… 나는 무식하고 부족한 사람입니다. 그러나 부처님의 수호를 입어, 여기서 내가 얻은 체험을 말하려고 합니다."

지금까지 파견되어왔던 다른 비구들과는 달리, 진심으로 겸손한 판타카의 태도와 말에 모두들 새삼 놀랐습니다.

"여러분, 나는 천성이 미련하여 부끄러울 만큼 무식한 사람입니다. 그래서 다만 시 한 구절을 배웠을 뿐입니다. 이것도 오로지 부처님이 가르쳐주신 덕택으로 나는 깊이 감사를 드리고 있습니다. 겨우 외우고 있는 시 한 구절이란, '먼지를 털고 때를 없애자'라는 법구입니다. 이 '먼지'라는 것은 모든 욕심을 뜻하는 것입니다. 지혜로운 사람은 그 욕심을 없앱니다. 만일 그것을 없애지 않으면 나쁜 인연이 생겨, 남에게도 해를 끼치고 자기도 불행하게 되는 것입니다. 그리고 '때'라는 것은 미(迷)를 뜻하는 것으로서, 없앤다는 것은 깨닫는다는 것입니다."

그는 아무런 고통도 없이 '탐욕'과 '성냄'과 '어리석음'의 삼독(三毒)에 대해, 장시간 동안 설법했습니다. 그리고 끝으로 "한 가지 법구라도 그것을 참으로 알고 바르게 실행하면 반드시 도를 이룰 것입니다"하고 끝을 맺었습니다. 그리고 비구니들의 절을 떠나왔습니다.

비구니들은 큰 감명을 받았습니다. 마음속으로 '미련한 사람'이라고 비웃었던 자기들의 죄를 뉘우쳤습니다. 지금까지 그들의 학문은 매달 법사를 보내주신 부처님께 감사할 생각은 하지 않고, 다만 부처님의 법을 보다 많이 들으려고만 한, 귀의 학문이었고 법문을 외우기만 하는 수행이었습니다.

'학문은 반드시 많이 아는 것만을 필요로 하지 않는다. 그것을 실행하는 것이 더욱 중요하다'고 비로소 깨달은 비구니들은, 지금까지의 교만한 생각을 버리고 조그마한 일이라도 먼저 실행하자고 서로 맹세했습니다.

22

천하제일의 기바 의사

인도 제일의 명의 기바가 부처님의 병을 보게 된 인연을 계기로
인술의 참길을 깨우쳐 부처님께 귀의하고
사회구제사업에 크게 공헌한 이야기.

    라자그리하 성에 인도에서 제일 유명하다는 '기바' 라는 의사가 있었
습니다. 그는 소년 시절부터 의사가 되려고 결심하여 바라나시 국에서
의학을 공부했습니다. 그때 북인도에 '타카실라' 라는 나라가 있었는
데, 거기에는 '힝카라' 라는 유명한 의사가 있었습니다. 기바는 멀리 유
학의 길을 떠나 힝카라 밑에서, 십 년 동안 외과수술의 어려운 기술을
배웠습니다.

    어느 날 스승 힝카라는,

    "이 타카실라 국 내 어디서든지 의약에 쓰이지 않는 풀을 캐어오라"
고 기바에게 명령했습니다.

    기바는 곧 산과 들로 돌아다니면서 찾아보았으나, 그런 풀을 발견하
기는 그리 쉬운 일이 아니었습니다. 그것은 어떤 잡초라도 다 약초로
쓰였기 때문입니다.

또 약초가 아닌 풀이라도 그것은 독초로서 쓰였습니다. 그래서 아무데도 쓸데가 없는 풀은 없다는 사실을 발견한 그는 끝내 빈 바구니로 돌아왔습니다.

"스승님, 저는 의약에 쓸데없는 풀을 찾지 못했습니다. 어떤 풀이라도 다 쓸데가 있었습니다."

이 말을 들은 스승은, 손뼉을 치면서 칭찬했습니다.

"너는 이제 내 곁을 떠나도 좋다. 너는 벌써 의술을 졸업했다. 나는 지금 인도에서 제일가는 의사라 불리고 있다. 내가 죽은 뒤에 그 뒤를 이을 사람은 바로 너다."

기바는 스승의 은혜에 깊이 감사하고, 스승을 떠나 고향인 마가다 국으로 돌아왔습니다. 고향에서 차차 기술을 보인 그는, 드디어 국왕의 시의(侍醫)가 되어 깊은 신임을 받게 되었습니다.

그때 라자그리하 성 밖에 있는 대숲절로 포교하러 나가 계시던 부처님이 이질에 걸리셨습니다. 그래서 아난다에게,

"아난다야, 나는 지금 이질에 걸렸다. 빔비사라 왕에게 가서, 의사를 보내주었으면 좋겠다고 전하라"

고 말씀하셨습니다.

아난다는 놀라, 곧 왕에게 가서 그 사정을 아뢰었습니다. 왕은 기바를 곧 부처님께 보내었습니다.

기바는 삼가 부처님의 몸을 진찰하고, 그 삼십이상(三十二相)과 팔십종호(八十種好)의 거룩한 몸을 보고 매우 놀랐습니다.

기바는 먼저 스물아홉 종의 영약을 만들었습니다. 그러자 부처님은 그 냄새를 맡아보시고, 그 약종의 이름을 낱낱이 말씀하셨습니다. 그래서 그 유명한 의사가 또 한번 놀랐습니다.

210

"기바 의사여, 거기에 '아노바타(못)'의 연꽃풀을 더 넣어라. 그러면 보다 좋은 영약이 될 것이다."

부처님의 이 말씀에 기바는 세번째로 놀랐습니다. 명령대로 연꽃풀을 더 넣어 약을 만들었습니다. 부처님은 그 약을 잡수시고 곧 나으셨습니다. 부처님은 그동안에 "육체의 병보다 마음의 병, 즉 번뇌야말로 큰 병이다" 하시고, 기바를 위해 설법하셨습니다.

기바는 크게 감동하여 왕궁으로 돌아가, 빔비사라 왕에게 아뢰었습니다.

"왕이시여! 고타마 붓다는 참으로 큰 의왕(醫王)인 동시에 큰 약사(藥師)이셨습니다. 부처님은 제게 '병의 근원을 알거든 그 병에 따라 약을 써라. 그 병의 증상이 어떠하든지 그 근본을 치료하라'고 여러 가지로 설법하셨습니다. 그리고 저도 모르는 약을 자세히 가르쳐주셨습니다. 그리고 또 '의사는 먼저 자비심으로써 환자를 돌보아야 하고, 조금이라도 돈을 벌 생각을 해서는 안 된다. 나는 그대를 위해 병을 고치는 비결을 말했다. 그대가 그것으로써 병으로 고통받는 사람들을 구해준다면, 끝없는 과보를 얻을 것이다'라고 말씀해주셨습니다."

왕은 이 말을 듣고 매우 기뻐하시면서,

"기바여, 그대는 참으로 좋은 비법을 배웠다. 지금부터 그대는 성안과 시골이나 도시를 두루 돌아다니면서, 병으로 고생하는 사람들을 위해 힘을 다하라"고 하셨습니다.

이렇게 재정의 원조까지 얻은 기바는 많은 사람들을 병에서 구제해주었습니다.

그리고 그는 다시 부처님의 법을 받들어 사람들을 지도하면서, 절에 병원이나 약방을 벌여 사회구제사업에 큰 성과를 거두었습니다.

23

마음의 눈을 뜬 아누룻다

수도를 포기하고 환속을 결심했던 부처님의 사촌동생
아누룻다가 크게 분발하여 밤잠도 자지 않고 수행을 계속하다
그만 눈이 멀었지만, 그 대신 모든 것을 자유자재로 볼 수 있는
'하늘눈'을 얻고 십대 제자가 되는 이야기.

부처님의 종제(從弟)인 아누룻다는, 다른 여섯 제자와 함께 집을 떠나 수행했습니다. 그러나 원래 몸이 약해 방에만 틀어박혀 있었습니다.

어느 날 제타동산의 광장에서 부처님이 설법하고 계실 때, 그는 졸고 있었습니다. 더구나 꿈까지 꾸는 듯 깊은 잠에 들었습니다. 부처님은 조용히,

"아누룻다야, 아누룻다야!"

하고 아무도 모르게 설법하는 도중에 부르셨습니다. 깜짝 놀란 아누룻다는 정신이 돌아왔습니다. 부처님은 설법을 계속하셨습니다. 그는 다신 졸지 않겠다고 정신을 차리고 있었지만, 졸음은 한없이 몰려와 부처님의 소리가 점점 멀어지며 어느새 또 잠들고 말았습니다.

"아누룻다, 아누룻다!"

부처님은 이렇게 두 번 소리쳐 깨우셨습니다.

조금 뒤에 설법이 끝났습니다. 부처님은 아누룻다를 부르시고,

"아누룻다야, 너는 출가한 뒤로 신심이 견고하여 잘 수행해왔다. 그런데 오늘 설법 때는 졸았으니 웬일인가?"

하고 물으셨습니다.

아누룻다는 꿇어앉아 합장하고,

"부처님이시여, 저는……"

이렇게 말을 시작하자, 부처님은 자리에서 일어나 다른 제자들을 데리고 절로 돌아가셨습니다.

제자들에게 이런 태도를 보이신 것은 이번이 처음이었습니다. 부처님께서 지금까지 감정을 나타내어 행동하신 일은 한 번도 없었습니다. 그래서 다른 제자들까지 아누룻다가 파문이나 당하지 않을까 하고 걱정할 지경이었습니다.

혼자 남은 아누룻다는 두 손을 땅에 짚고 눈물을 흘리면서 울었습니다. 그때 장로 샤리푸타가 가까이 와서 위로했습니다.

"벗이여, 그대는 부처님에게 좋은 공덕을 받았다. 자비심이 많으신 부처님께서 그렇게까지 하시는 것은, 참으로 좋은 일이라고 생각한다. 즉, 그대에게는 크게 할 일이 있다. 그러므로 남에 대해서나, 친족에 대해서나 구별을 버리려고 마음을 쓰시는 것이다. 우리 서로 격려하여, 게으른 마음을 버리고 노력하지 않겠는가?"

"존자여, 잘 깨우쳐주셨습니다. 사실은 도저히 공부가 되지 않아 차라리 이 교단을 떠나버릴까 하고, 몇 번이나 생각해보던 참이었습니다. 그 때문에 그만 게으른 마음이 생겼던 것입니다. 그러나 지금부터는 기필코 정진하겠습니다."

그 뒤로 아누룻다는 자기 방에 들어앉아 '진리를 깨닫기 전에는, 비

록 이 눈이 뭉개지더라도 자지 않으리라' 하고 맹세했습니다. 그래서 그때부터는 밤에도 자지 않고 수행을 계속하다가 드디어 두 눈을 앓게 되었습니다. 이것을 아신 부처님은 '곤란한 사람이다. 어릴 때부터 병약한 몸으로, 거기에다 고집이 세어 한번 마음먹으면 고칠 줄 모르는 성질…… 그러므로 너무 지나친 것도 좋지 못한 일이다' 생각하시고, 가끔 아누룻다의 방에 몸소 가시어 조용히 타일러주셨습니다. 그때마다 아누룻다는

"부처님이시여! 저는 이미 모든 것을 부처님께 맹세했기 때문에, 이제 그것을 어길 수가 없습니다"
하고, 끝까지 버티었습니다.

어느 날 부처님은 저 유명한 기바 의사를 불러 아누룻다의 눈병을 보게 하셨습니다.

"잠만 자면 낫겠습니다"
하고 기바는 말했습니다. 부처님은 그때도 친절하신 말씨로,

"아누룻다여, 잠을 자라. 모든 중생은 밥을 먹어야 산다. 밥을 먹지 않으면 죽는다. 그와 같이, 잠은 눈의 밥이다. 잠을 자야 눈이 산다. 잠을 자라"
고 타일렀습니다. 그러나 아누룻다는 고집을 부려 한잠도 자지 않았습니다. 그래서 드디어 눈이 멀어버렸습니다.

부처님은 어떻게 해서든지 그가 도를 깨치게 해주려고 생각하셨습니다. 장님이 된 그가 가엾어서 견딜 수 없었기 때문입니다.

어느 날의 일입니다. 아누룻다는 떨어진 법의를 기우려고 했지만 바늘구멍에 실을 꿸 수가 없어 매우 곤란을 당하고 있었습니다. 그때 부처님은 그에게서 바늘과 실을 받아 손수 법의를 꿰매주셨습니다. 그래

214

서 고집 센 아누룻다도 완전히 감동되어, 보이지 않는 눈에서 눈물이 흘렀습니다.

그 뒤로 부처님은 그를 위해 늘 설법해주셨습니다. 그래서 육안을 잃은 그도, 고집이 꺾이어 드디어 도를 깨칠 수 있게 되었습니다. 그것은 부처님의 자비가 아누룻다의 마음 밑바닥에까지 배어들었기 때문입니다. 그래서 아누룻다의 마음의 눈은 육안으로는 볼 수 없는 모든 것을 자유자재로 볼 수 있는 힘, 곧 세상의 모든 고락과 원근(遠近)을 꿰뚫어 볼 수 있는 '이상한 힘'을 얻을 수 있었습니다.

이 아누룻다는 뒷날 부처님의 십대 제자의 한 사람으로 꼽히어, 하늘눈(天眼)으로 제일가는 아누룻다 그 사람이 되었습니다.

24
인과 因果 는 돌고 돈다

결혼에 네 번이나 실패한 연꽃이란 여인이
어머니와 남편과 딸, 그리고 세상에서 버림받아
밤거리의 여인으로까지 전락해버린 것을 부처님께서 구제하여
그 여인으로 하여금 지혜 제일의 비구니가 되게 하신 이야기.

북인도의 타카실라 성 밑에 대대로 큰 장자(長者)의 외딸로서, 얼굴이 매우 아름다운 여자가 있었습니다. 그녀는 이름을 '연꽃'이라 했습니다. 그 아버지는 일찍 딸을 결혼시킨 뒤 세상을 떠났습니다. 그녀는 결혼한 후 딸 하나를 낳고 행복한 나날을 보내고 있었습니다.

그런데 과부가 된 그 어머니는 아직 젊어 빈방의 고적함을 견디지 못해, 남몰래 그 사위와 관계를 맺었습니다. 이 사실을 안 연꽃은 화가 치밀어,

"이 짐승 같은 놈! 어디 이런 일이 있어. 에이! 차라리 내 자식을 죽여버리자"

하고, 그 딸을 사내에게 메어쳤습니다. 젖먹이는 머리가 깨져 이마에서 피를 흘렸지만, 다행히 죽지는 않았습니다. 그녀는 그길로 집을 나가고 말았습니다.

고향을 등진 그녀는 사방을 헤매다가, 중인도의 바라나시 성에 도착했습니다. 그녀는 거기에서 상처한 어떤 상인의 후처로 들어갔습니다. 다행히 남편에게 사랑을 받은 그녀는, 집안을 잘 다스리면서 평화로이 십 년을 보냈습니다. 그러나 그들에게는 아이가 없어 쓸쓸했습니다. 어느 날 그 남편이 물었습니다.

　"여보, 우리 양녀를 하나 들이고 싶은데, 당신은 어떻게 생각하오?"

　"예, 좋은 일입니다. 실은 나도 그렇게 생각하고 있었습니다. 그러나 그것은 가까운 곳에서보다 아주 먼 곳에서, 당신 마음에 드는 아이를 골라오도록 합시다"

하고, 연꽃은 말했습니다. 그래서 사내는 장삿길을 떠날 때마다 그런 여자아이를 찾아보았습니다. 마침 그때, 물건의 주문을 맡기 위해 타카실라 성으로 갔습니다. 그곳이 아내의 고향인 줄은 모르고 그는 한 아름다운 소녀를 발견했습니다. 들리는 말에 의하면, 그녀는 어릴 때부터 양친 곁을 떠나 남의 집 하녀로 있다는 것이었습니다. 그는 얼른 그 소녀를 데리고 왔습니다. 말할 것 없이 그의 아내 연꽃은 기쁘게 그 소녀를 맞아 매우 사랑했습니다.

　어느 날 연꽃은 그 소녀의 머리를 빗기다가 지금까지 몰랐던 그 소녀의 이마에 있는 흉터를 발견했습니다.

　"아니! 왜 이런 큰 흉터가 생겼을까?"

　"예, 나는 잘 기억하지 못하지만 내가 젖먹이 때, 우리 부모가 싸움을 하여 어머니가 나를 아버지 발밑에 메어쳤다는 것입니다. 그때 머리를 다쳤다고 근처 사람들에게 들었습니다."

　이 소녀는 바로 연꽃이 낳은 딸이었습니다. 그녀는 못내 놀랐지만 사랑하는 딸을 버리고 왔고, 더구나 죽이려고 메어쳐 상처까지 나게 한 그 딸에게, 내가 바로 네 어미라고는 말할 수 없었습니다.

"아 그래, 그러면 네 부모는?"

"예, 그날로 어머니는 집을 떠났답니다. 나도 곧 남의 집에 맡겨졌습니다. 그래서 나는 부모의 얼굴도 모르고, 또 그 주소도 모릅니다."

"가여워라. 그 대신 내가 네 어머니가 되었으니, 지금부터는 내가 한껏 사랑해주마."

이렇게 말할 뿐, 자기 신분은 밝히지 않고 며칠을 지냈습니다.

오랫동안 아이를 길러보지 못한 그 상인에게도, 이 소녀는 큰 기쁨이 되었습니다. 그래서 가끔 장삿길을 떠날 때에는 언제나 딸을 데리고 가서 심부름도 시키고 구경도 시켜주면서 즐겁게 해주었습니다.

그녀는 그 양부모의 사랑 밑에서 더욱 아름다워졌습니다. 그래서 미인이라는 평판이 높았습니다. 그러나 그러한 운명의 여자에게는 반드시 색정(色情)의 인연이 따라다니는 것으로서, 그녀는 어느새 넘어서는 안 될 담을 넘어, 그 양부의 애정에 끌리게 되었습니다.

"아아, 얼마나 무서운 일인가. 이 딸은 바로 내가 낳은 딸이다. 나는 이전에는 내 생모에게 남편을 빼앗겼더니, 이제는 또 딸에게 남편을 빼앗겼구나!"

이 사실을 안 연꽃은 또 미칠 듯한 분노를 느꼈습니다. 그녀의 가슴에는 온갖 생각이 가득해 어쩔 줄을 몰랐습니다.

그녀는 한 남자의 아내로서의 도리를 다하려고 노력해왔습니다. 그러나 처음에는 생모의 불륜을 미워해 딸과 남편을 버리고 집을 떠나고, 다음에는 딸에게 남편을 빼앗기는 악한 인연을 만나게 된 것입니다. 그래서 약한 여자인 그녀는, 이 집에 있을 수 없어 죽음을 찾아 숲속으로 들어갔습니다.

세상을 원망하고 사람을 저주한 그녀는, 드디어 나뭇가지에 줄을 매고 목을 걸려고 했습니다.

"조금만 기다려라. 왜 그런 어리석은 짓을 하는가?"

라고 말하며, 그녀를 안아준 사람은 이 산에 드나드는 나무꾼이었습니다.

"그렇게 급하게 서둘 것 없어. 자, 어디 죽지 않으면 안 될 이유나 들어보자."

그 나무꾼의 따뜻한 말씨에, 그녀도 곁에 있는 나뭇등걸에 걸터앉았습니다.

"예, 참으로 부끄러운 일입니다. 사실은……"

그녀는 자신의 출생부터 시작해서 현재까지의 경과를 자세히 이야기했습니다.

"이처럼 죄 많은 여자입니다. 지금부터 앞으로 어떻게 하면 좋을는지……"

"호오! 그래서 죽으려고 한 것이구나. 사실은 나도 삼 년 전에 아내가 달아나버렸지. 나무꾼 아내의 구차한 생활보다 호화로운 생활이 탐이 나 젖먹이를 둔 채, 그 정부와 함께 어디론가 달아나버렸지. 그래서 말이지만 나도 한때는 죽으려고 생각했었지. 그러나 귀여운 아들의 얼굴을 보자 그럴 수도 없고 해서 모든 것을 단념하고, 지금은 아이 기르는 것으로 즐거움을 삼고 살아가는 거요."

마음씨가 좋은 나무꾼은 눈에 눈물이 돌면서 이렇게 이야기했습니다.

인연은 인연을 부르는 것이라 이 두 사람은 서로 동정한 끝에, 그녀는 또 그의 후처로 들어갔습니다.

지금까지의 장자의 생활과는 다른 그날그날의 구차한 생활이었지만,

그 순진한 사내의 깊은 애정에 싸여 그녀도 진심으로 남편을 사랑해 섬겼습니다. 그리고 다섯 살 난 아기의 새어머니로서, 친자식 이상의 애정을 쏟으면서 아기를 길렀습니다. 어느새 그 힘쓴 보람이 있어, 그들은 매우 풍족한 생활을 하게 되었습니다. 세월이 흘러 어느덧 그 아기도 어른이 되어 집안일을 도왔고 부모에게는 세상에 둘도 없는 효자로서 근처의 칭찬거리가 되었습니다.

"여보, 당신 덕택에 우리 집이 이만큼 되었소. 이제 저애도 저만큼 자랐으니까 결혼을 시켜야 하지 않겠소?"

아내의 동의를 얻은 아버지는, 곧 사방으로 처녀를 구했습니다. 마침 산을 넘어 바라나시 성 밑에 아름다운 처녀가 있다는 말을 듣고, 그는 아들을 데리고 찾아가보았습니다.

그 집은 그 거리에서도 훌륭한 상인으로서, 아무리 청해도 듣지 않을 것 같았습니다. 그렇다고 이제 와서 단념할 수도 없고 해서 그 주인을 만나보았더니 그 주인과 딸은 이 사내의 모습을 아래위로 훑어보았습니다. 그리고 두 부자의 순직하고 튼튼해 보이는 인물을 보고 저만하면 딸을 주어도 고생은 시키지 않으리라 생각했습니다.

"잘 알겠습니다. 내 딸은 이 시가의 제일가는 미인으로……"

그리고 많은 돈을 요구하는 것이었습니다. 두 부자는 뜻밖에도 너무나 많은 돈을 요구하자 놀랐습니다. 그러나 사랑하는 아들을 위해 그 요구에 응할 것을 약속하고, 집으로 돌아와 아내에게 그 사정을 말했습니다.

"그 처녀는 꼭 당신을 젊게 한 얼굴과 같고, 그 처녀의 어머니는 꼭 당신 얼굴 그대로……"

"바라나시…… 무역상……?"

남편의 말을 근거로 할 때, 아무리 생각해도 자기 딸이 첩이 되어 낳은 딸이라 생각되었지만, 저렇게 기뻐하는 부자의 모습을 보고는 자기 혼자 끝까지 반대할 수는 없었고, 더욱이 아직 확실히 알기 전인 만큼 그대로 동의해줄 수밖에 없었습니다.

그리고 그 말이 있은 뒤로, 그녀는 마음속으론 언제나 우울했지만 밖으로는 애써 명랑한 표정을 꾸미고 있었습니다. 그후 얼마 안 되어

"부모에 대한 효자로서 평판이 높은, 저 나무꾼 아들이 아내를 맞아온다. 더구나 그 처녀는 바라나시에 사는 큰 무역상의 딸, 그리고 절세의 미인……"

이 소문은 그 조그마한 부락의 이야깃거리가 되었고, 또 그것은 곧 사방에 퍼졌습니다. 그리고 어느새 그날이 다가왔습니다. 나팔과 피리를 불면서 아름답고 화려한 일행이 들어왔고, 부락 사람들은 신부를 보려고 야단들이었습니다.

아름다운 옷으로 장식한 신부는, 흰 코끼리를 타고 꽃에 싸여 마치 하늘 아가씨처럼 아름다웠습니다. 그때 연꽃 부인은 불안스러워 견딜 수가 없었습니다.

'혹시나 내 딸이 낳은 딸이 아닐까. 만일 그렇다면……?'

이렇게 생각하면서 사람들 틈에 끼어 가만히 보았습니다. 가까이 오는 신부를 아래위로 훑어보고, 또 같이 오는 그 부모에게 눈을 옮겼습니다. 그 순간 그녀는 아찔하여 숨도 쉬지 못하고 멈춰 서고 말았습니다.

아! 얼마나 얄궂은 운명인가…… 그의 양친이야말로 과거의 남편이요, 딸이었습니다. 그 둘 사이에서 난 딸을 이제 내가 기른 아들의 신부로 맞이한다는 것은…… 그녀가 입도 열지 못하고 그 자리에 서버

린 것도 무리가 아니었습니다. 누가 그녀의 심정을 헤아릴 수 있겠습니까!

어쨌든 신부의 행렬은 이 나무꾼 집에 도착했습니다.

"부디 잘 부탁합니다."

이렇게 형식적인 인사가 끝난 뒤, 곧 축하잔치로 들어갔습니다. 양쪽의 기쁨은 너무나 컸고, 모든 손님에게는 술과 안주가 나왔습니다. 그래서 잔치는 밤이 깊도록 계속됐습니다. 그러나 가장 중요한 지위에 있는 연꽃 부인이 없어진 것은 아무도 몰랐습니다.

그때 그녀는 마치 미친 사람처럼 정신없이, 아무 목표도 없이 밤새껏 걸었습니다. 마침내 마음과 몸이 피로할 대로 피로해진 그녀는, 어느 돌집 안에 들어가 쉬다가 그만 잠이 들었습니다. 얼마쯤 자다가 그녀는 문득 잠이 깨었습니다.

"오오, 정신이 돌아왔는가?"

하는 소리가 났습니다. 그녀는 깜짝 놀랐습니다. 설마 이런 굴속에 사람이 있으리라고는 생각하지 못했기 때문입니다. 더구나 그녀가 일어나는 것을 기다려 그 사내는 빙글빙글 웃지 않겠습니까!

"뭐 그리 놀랄 것은 없지 않은가? 오히려 놀란 것은 나다. 이 돌집은 내 집이다. 아침 일찍 거리에 나가 밥을 먹고 돌아와보았더니, 내가 없는 동안에 네가 들어와 자고 있지 않겠는가. 나는 그때 몹시 놀랐었다. 밤이 되어도 일어나지 않기에 그대로 두고 나는 생각했다. 설마 누가 떠맡긴 아내도 아니겠고, 하늘에서 내려왔는지 땅에서 솟아났는지는 모르지만, 어쨌든 보지 못한 얼굴이 아닌가."

"미안합니다."

"아니, 그저 놀랐다고 말했을 뿐이다. 이 동굴은 낮에도 시원하고, 밤에는 독충은커녕 뱀 한 마리도 들어오지 않는 곳이다. 아마 상관없다면 푹 쉬어가는 것도 좋다. 에헤헷……"

이렇게 무슨 뜻이 있는 듯한 웃음을 듣고, 그녀는 각오를 굳게 했습니다.

'아무렇건 죄 많은 여자…… 앞으로도 아무 희망이 없는 생활이고……'

자포자기한 그녀는, 드디어 그 사내의 아내가 되었습니다.

이렇게 정조관념을 완전히 버린 그녀는, 네번째로 마음에도 없는 남자에게 몸을 맡긴 채, 비참한 나날을 보내고 있었습니다. 그러나 이 생활도 오래 계속되지 못하고, 어느 날 그녀는 남자의 눈을 속여 살그머니 그곳에서 도망쳐나왔습니다. 이제 갈 곳 없는 그녀는 거리의 창녀가 되어, 한 걸음 한 걸음 윤락의 밑바닥으로 빠져들어갔습니다.

제타동산이 멀지 않은 스라바스티 성 동산 속으로, 그녀는 자주 헤매었습니다. 풍만한 육체의 소유자인 그녀의 모습은 저절로 애교를 띠어, 많은 사내들이 그녀의 유혹에 빠져들어갔습니다.

"호오, 과연. 저 여자가 그 평판 높은 여자로구나!"

"그렇습니다. 그런데 이상한 것은, 저 여자는 도대체 어디서 왔다가 어디로 가는지 그 정체를 모른다는 것입니다."

"글쎄, 그렇다고 여우가 변한 것은 아니겠지."

"그런데 내 생각으로는, 저 여자는 틀림없이 어떤 양반집 과부든가, 혹은 남편이 오랜 병으로 누워 있어 고독함을 견디지 못해 슬며시 빠져나온 여자가 아닐까?"

"그럴지도 모르지. 어쨌든 가엾은 여자야."

"그렇구말구요. 우리도 아직 불법을 잘 모르지만 우리와 함께 신자가 되어 부처님의 가르침을 받아, 인연과 인과의 법칙을 듣게 하면 어떨까요?"

"그렇다. 이 이상 더 우리 자손에게 악한 인연을 남기고 싶지는 않으니까 말이다."

그녀는 그저 이런 이야기를 무심히 들었습니다.

'아아, 나는 얼마나 나쁜 여자인가?'

갑자기 이렇게 정신이 돌아온 그녀는, 혼자 나무 밑에 앉아 생각했습니다.

'그때 어머니가 내 남편을 빼앗지만 않았어도, 나는 이렇게 되지 않았을 것이라고 원망한 마음이 먼저 잘못이다…… 그때 죽이려고 메어쳤던 아무 죄도 없는 그 어린것이 자라나 내 두번째 남편의 첩이 된 얄미움! 이렇게 어머니를 원망하고 남편을 원망하고 딸을 원망하며 다시 집을 나왔다…… 다음에는 그 다정한 남편 밑에서 '이번이야말로' 하고 정성스럽게 섬겨왔는데, 그 아들의 신부가 얄궂게도 내가 낳은 딸의 딸이었다. 이것은 얼마나 무서운 악업의 인과일까? 그래서 마음에도 없는 네번째 남편을 얻었으나 그 야비한 모습, 거기에 싫증이 나고 자포자기하게 된 나는, 드디어 남편의 눈을 속이고 몰래 빠져나와 이렇게 된 것이다. 나는 이 세상에서 제일 나쁜 여자였다. 이 이상 더 죄를 지을 수는 없다……'

뉘우침과 한숨 섞인 눈물이 걷잡을 수 없이 그녀의 뺨에 흘러내렸습니다. 그때였습니다.

"오오 부처님이시다! 부처님이시다! 우리들의 인간과 천상의 스승, 부처님이시다."

이렇게 여럿이 부르짖는 소리에 깜짝 놀란 그녀는, 조심조심 그쪽을

224

바라보았습니다.

처음으로 보는 성자의 거룩한 모습. 대중들은 땅에 꿇어앉아 예배했습니다. 그녀도 대중 속에 들어가 예배했습니다. 그저 고맙고 몸과 마음이 깨끗해지는 듯 생각되어, 언제까지고 머리를 숙인 채 있었습니다. 조금 있다가 부처님은,

"목갈라나여, 저 여자를 구제하라"

하시면서, 대중 속에 있는 그녀를 가리키시고 지나가셨습니다.

생각지도 않은 부처님의 그 말씀에, 그녀는 놀랐습니다. 그때 목갈라나는 가까이 와, 그녀의 얼굴을 들여다보았습니다. 그리고 그녀가 과거에 무서운 체험을 지닌 여자라는 것을 알았습니다. 그는 또 부처님께서 그녀에게 자비를 베푸신 것은, 이미 그녀의 마음속에 본선(本善)이 돌아오려는 빛이 있었기 때문이라 생각하고, 새삼스럽게 부처님의 마음에 감동되었습니다.

"존자시여, 저는 무서운 인과에 휘말려 있는 죄 많은 여자입니다."

"실망하지 말라. 어떠한 과거를 가지고 있는 사람이라도, 구제받지 못하는 사람은 없는 것이다. 어떤 더러운 냇물이라도 한번 큰 바다에 들어가면 바다는 그 물을 깨끗하게 만들듯이, 우리 스승 부처님의 가르치심은 어떠한 더러운 사람의 마음이라도 깨끗이 씻어 깨달음의 도를 얻게 하시는 것이다. 벌써 그대는 여러 사람들을 만나 온갖 고뇌를 겪고, 지금 여기서 진실로 참회하는 마음을 일으키게 되었다. 지금 곧 출가하라. 그러면 진실한 법을 얻을 수 있을 것이다."

그래서 그녀는 목갈라나에게 이끌려, 비구니들의 동산으로 들어가게 되었습니다.

그래서 그녀는 수행의 공을 쌓아, 비구니 중에서 지혜가 제일이라는 칭찬을 받았습니다. 그리고 악한 인연에 휘말려 있는 친족들을 교화하고, 또 많은 사람들을 구제할 수 있었습니다.

25

육신을 죽이더라도 법신을 보라

비록 사람이 죽어 육체는 썩어 없어져도
부처님의 가르침만은 영원히 남게 되는 것이니,
목숨을 걸고라도 계율을 지키는 것이
참도를 닦는 길임을 가르치신 이야기.

코사라 국의 깊은 산중에 두 비구가 살고 있었습니다. 그들은 부처님의 직속 제자가 아니고 카샤파의 제자였기 때문에, 아직 한 번도 부처님을 뵙지 못했습니다. 그래서 그들은 자기들의 교주인 부처님을 뵈려고 늘 염원하고 있었습니다.

그들은 서로 의논하고 산을 내려와, 부처님이 계시는 스라바스티 국으로 멀리 찾아갔습니다.

때는 마침 뙤약볕이 내리쬐는 한여름이었고 길은 멀었지만, 부처님을 뵙고 싶은 마음을 지팡이로 하여 전심전력 길을 걸었습니다.

어느 날은 넓은 들판으로 들어섰기 때문에 행걸할 집도 없었습니다. 한 방울의 물도 얻을 수 없는 괴로운 여행을 계속하는 그들에게, 태양은 사정없이 내리쬐었습니다. 그들은 목이 말라 금세라도 죽을 것만 같았습니다. 그들은 문득, 아주 적은 물이 담긴 웅덩이 하나를 발견했는데, 그 물 속에는 많은 물고기들이 놀고 있었습니다. 더구나 그 얼마 되지 않는 물은 그들의 생명수였습니다.

부처님의 가르침에는 "어떠한 작은 생명이라도 그것을 빼앗는 것은 용납되지 않는다"고 했습니다.

분명히 그 물을 먹는다는 것은, 얼마 안 되는 물로 겨우 살아가는 고기들의 생명을 끊는 것이었습니다. 그러나 목이 말라 금세라도 죽을 듯한 그들에게 그 물은 참으로 필요한 것이었습니다. 그들은 잠깐 동안 서로 이야기하면서도 마음속으로는 매우 괴로워했습니다.

"비록 작은 생명들을 죽이더라도, 또 부처님의 계율을 어기더라도 부처님을 뵈옵고 싶은 우리 소원은 버릴 수 없다. 그러므로 나는 이 물을 먹고 생명을 이어, 부처님을 뵈오러 가고 싶다"
하고, 한 비구가 그 물을 먹었습니다. 그러자 다른 비구는,

"아니, 그것은 안 된다. 내 생명이 죽는 한이 있더라도, 비록 부처님을 뵈올 수 없더라도 부처님의 계율을 어기면서까지, 이 물을 먹어서는 안 된다"
하고, 그대로 괴로운 여행을 계속했습니다. 그러나 끝내 그 물을 먹지 않은 비구는, 드디어 도중에서 쓰러지고 말았습니다. 물을 마신 비구는 곧 기운을 차려 부처님을 뵈올 수 있는 스라바스티 국에 도착했습니다.

부처님은 멀리서 이 비구를 보시고, 법의를 벗고 황금빛 살을 드러내시어, 그 비구에게 말씀하셨습니다.

"그대는 부처님의 보신(報身), 곧 이 육신을 보러 왔는가? 얼마 안 가면 죽어 없어질 이 몸뚱이는 많은 더러운 물질로 되어 있는 것이다. 그 더러운 몸뚱이를 보려고 일부러 멀리 왔는가? 이 무정한 현신(現身)을 보았댔자 무슨 이익이 있는가? 그대는 왜 부처님의 육신(멸하는 부처)

만 보고, 부처님이 말씀하신 법은 보려고 하지 않는가? 비구여, 법 가운데에는 깨끗한 상주(常住)의 법신이 있다. 너와 함께 오던 그 비구는 법을 완전히 본 것이다. 그리고 부처님의 법신을 볼 수 있었다."

그때 도중에서 죽었어야 할 비구가 왕성한 원기로 도착했습니다. 그는 정성스럽게 부처님께 예배했습니다.

목이 말라 쓰러졌던 이 비구는 곧 죽을 것만 같았습니다. 그때 모든 부처님과 모든 하늘의 착한 신들은, 이 비구를 위해 화신(化身)의 사람을 보내어 그 비구를 보호해주었던 것입니다. 물을 먹고 온 비구는 그를 보고 놀랐습니다.

"벗이여, 나를 용서하라. 부처님이시여, 참회하나이다. 그리고 저는 틀린 생각을 가지고 있었습니다. 저는 부처님의 법신보다도 오히려 부처님의 육신을 뵙는 것을 더 기대했었습니다. 그래서 저는 부처님의 가르침을 지키지 않고, 작은 생명을 빼앗으면서까지 살려고 한 어리석은 사람이었습니다. 더구나 쓰러진 벗을 돌보지 않고 내버려둔 죄, 부디 용서해주소서"
하고, 진심으로 사죄하면서 울었습니다.

"착하구나 비구여, 너는 지금부터 법을 보기에 전심전력을 다하라. 내가 죽은 뒤에도 이 이치를 알아 내가 가르친 것을 잊지 말고 법을 잘 지켜라. 어디로 가든지 모든 부처님의 가르침을 몸으로 실행하라. 그렇게 하면, 내가 죽은 뒤에도 내 바른 법은 영원히 흘러퍼질 것이다."

부처님은 이렇게 명랑한 소리로 말씀하셨습니다.

26

일곱 가지 아내의 비유

친정의 부와 세력, 그리고 자신의 미모를 과신한 나머지
시부모와 남편을 우습게 여기는 옥야 부인을 보고
부처님께서 참된 여자란 "얼굴이 예쁜 것만이 아니고
그에 앞서 마음과 행동이 아름다워야 한다"고 가르치시자
옥야 부인이 크게 깨닫고 어진 아내가 되는 이야기.

제타동산에 절을 세운 수다타 장자는, '옥야(玉耶)'라는 며느리를 맞았습니다. 이 며느리는 친정의 부와 권력을 자랑하고, 또 미인이라는 것을 믿어 매우 교만했습니다. 그래서 남편과 시어머니를 섬길 생각은 않고 도리어 업신여기는 태도였습니다.

"내 며느리가 집에 들어온 지 어언 칠 년, 그러나 아직까지도 자식을 낳지 못하니 손자의 얼굴을 바라보는 재미도 없다. 이렇게 된 것은 모두 며느리가 제 남편을 섬기지 않고 부처님을 믿지 않으며 그 법을 따르지 않기 때문이 아닌가?"

하고, 장자 부부는 밤낮 괴로워하고 있었습니다.

어느 날 며느리는 남편이 나간 사이에,

"어머님, 사실인즉……"

하면서, 사흘 전부터의 그 고통을 호소했습니다. 그것은 배에 부스럼

이 나서 그것이 점점 부어올라, 걸음도 걸을 수 없이 아프다는 것이었습니다.

"그거 안됐구나. 빨리 치료해야 한다. 만일 독기가 몸속으로 들어가 죽기라도 한다면, 그야말로 우리들은 사돈네를 대할 면목이 없을 것이 아니냐"

하고, 시어머니는 말했습니다. 그녀도 또한 생명에 관계된다는 말을 듣자, 어떻게 하면 좋을지 몰라 그만 울음을 터뜨렸습니다.

그때 장자가 집에 돌아와 이 말을 듣고 한참 생각했습니다.

"잘 알겠다. 그런데 그렇게 되기까지는 어떤 원인이 있을 것이다. 그것을 잘 알아 수술하는 것이 좋으리라고 생각하는데, 어떠냐? 어쨌든 먼저 부처님에게 여쭈어보자."

이렇게 말하고 장자는, 급히 부처님께 나아가 애원했습니다.

부처님은 그 말을 들으시고, 많은 제자들을 데리고 장자의 집으로 가셨습니다.

온 집안 사람들이 다 나와 부처님을 맞이했지만, 그녀만은 혼자 방 안에 들어앉아 있었습니다. 그래서 남편과 시부모가 제발 나가 부처님을 뵈옵고 그 교화를 받으라고 재촉했을 때에야 비로소 그녀는 마지못해 부처님 앞에 나왔습니다. 그런데 부처님을 한번 뵈옵자, 지금까지의 교만은 사라지고 곧 그 자리에 엎드렸습니다. 부처님은 자비스런 얼굴로 조용히 말씀하셨습니다.

"아직 아들을 낳지 못하는 것, 그것은 얼굴만이 여자이지 아직 진정한 여자가 되어 있지 않기 때문이다. 옥야 부인이여! 얼굴이 아름답다 해서 교만해서는 안 된다. 얼굴과 모습이 아름다운 것은, 마음과 행동이 아름다운 뒤에라야 비로소 사랑과 존경을 받는 것이다. 그것을 참으로 아름다운 사람이라 한다. 얼굴이 예쁜 여자는 어리석은 사람을 유혹할 수는 있지만, 유혹을 받지 않는 사람의 존경을 받을 수는 없는 것이다. 사람의 노리개가 되기에는 적당하지만 훌륭한 인간이 되기에는 적당하지 않다."

일찍이 누구에게도 부드러워질 줄 모르던 그녀도, 부처님의 가르침에는 감동되어 하나하나 수긍했습니다.

"옥야 부인이여, 여자에게는 일곱 가지 아내가 있다. 그대는 아직 그것을 모를 것이다."

"부처님이시여! 부디 자세히 가르쳐주소서"
하고, 겸손한 마음으로 여쭈었습니다.

"그러면 자세히 들어보아라. 그리고 그대가 그 일곱 가지 아내 중에 어디에 속하는가를 잘 생각해보라.

옥야 부인이여, 첫째는 '사람을 죽이는 아내'다. 그것은 더러운 마음을 가지고 남편에 대한 사랑이 없고 남편을 업신여기며, 정절을 지키지 못하는 여자다. 곧, 아내가 권력이 세면 남편은 모든 것을 참고, 아무 말도 하지 못하게 된다. 그러면 그것을 자랑으로 여겨 마음대로 행동하게 된다.

남편은 '아무리 말해보아야 쓸데없다'고 생각하고, 혹은 단념하고 혹은 참는다. 그 참는 마음이 쌓이고 쌓여, 드디어는 폭발하고야 말 것이다. 그러나 그것도 양친이나 남 앞에서 참는 일이 많다. 그 때문에 남편은 알지도 못하는 사이에 그 목숨을 단축시키고 있는 것이다. 그러므로 그것을 '사람을 죽이는 아내'라 하는 것이다."

부처님의 설법을 처음으로 듣는 옥야 부인은 눈물을 흘리고 있었습니다. 부처님의 설법은 계속되었습니다.

"옥야 부인이여, 둘째는 '도둑과 같은 아내' 다. 그것은 남편의 재산을 자유로이 쓰고, 남편의 하는 일을 이해하지 못하며, 남편이 번 재산을 슬그머니 숨겨두는 아내, 그것을 '도둑과 같은 아내' 라 한다. 그것은 욕심꾸러기로서 끝내는 숨길 수 없는 뉘우침이 되는 것이다. 그리고 그것은 더러운 부스럼이 되어 몸에 나타나는 것이다."

그때 그녀는 "앗" 하고 부처님의 얼굴을 보았습니다. 그러나 부처님의 그 자비롭고 원만하신 얼굴을 보자 그녀는 "와" 하고 울면서 쓰러졌습니다. 잠시 후 그녀는 울먹이며 자신의 잘못을 뉘우쳤습니다.

"저는 나쁜 여자였습니다. 저는 지금 그것을 참회합니다. 부디 너그럽게 용서해주소서. 저는 어리석은 생각을 가지고 있었습니다."

이렇게 말한 그녀는 지금까지 목숨처럼 소중하게 여겨 몸에 숨겨 가지고 있었던 '비밀의 보물' 을 부처님 앞에 내놓았습니다. 그리고 다시 남편과 시부모에게도 깊이 사과하였습니다. 그런데 웬일입니까? 그때 그녀의 배에 생긴 부스럼이 저절로 툭 터져 고름이 쏟아져나왔습니다. 그러자 그녀는 놀라움과 기쁨으로 얼룩진 목소리로 외쳤습니다.

"부처님이시여, 참회의 고마움과 공덕의 고마움을 이제야 알았습니다. 이제 제게선 고통이 떠났습니다. 또 다음을 말씀해주소서."

그녀는 자기 옷에 고름이 번져나오는 것도 모르고, 열심히 법을 구했습니다.

"옥야 부인이여, 셋째는 '주인과 같은 아내' 다. 게을러 일하기를 싫어하고, 말이 거칠며, 남편을 부리려는 여자는 주인과 같은 아내다. 이상의 '사람을 죽이는 아내' '도둑과 같은 아내' '주인과 같은 아내' 는 그 행실이 나쁘고 공경하는 마음이 없는 여자로서 일찍 과부가 되기 쉽다. 그녀들은 후생에도 좋은 갚음이 있을 수 없고, 금생에서는 지옥과 같은 생활을 하지 않으면 안 된다.

그리고 넷째는 '어머니와 같은 아내'다. 항상 남편을 사랑하고, 어머니가 자식을 대하는 것처럼 남편을 보호하며 주인이 모은 재산을 지키는 것은, 어머니와 같은 아내다.

그 다음 다섯째는 '누이동생과 같은 아내'다. 남편을 섬기기에 정성을 다하고 자매와 같은 마음, 친족과 같은 정을 가지고 부끄러워할 줄 아는 마음으로 주인을 섬기는 여자는 누이동생과 같은 아내다.

옥야 부인이여! 여섯째는 '친구와 같은 아내'다. 남편이 직장에서 일을 마치고 피로해 돌아왔을 때, 남편을 반가이 맞이하기를 마치 오랫동안 만나지 못한 친구를 만난 것처럼 하고, 정절을 지키며, 바른 행동으로 남편을 존경하는 여자가 친구와 같은 아내다.

마지막 일곱번째는 '종과 같은 아내'다. 남편에 대해서나 시부모에 대해서나 진정으로 섬기고, 또 친척이나 남편의 친구에 대해서는 예의를 잃지 않고, 추위와 더위에 대해서도 안부를 묻는다. 항상 더러움이 없는 마음으로 모든 것을 참고, 성낸 얼굴을 보이지 않으며, 웃는 얼굴로 사람을 대하며 끊임없이 남을 위해 착한 공덕을 쌓는 여자는 종과 같은 여자다. 종이란 말로 그렇게 표현한 것이요, 사실은 가장 교양이 있는 여자를 말하는 것이다.

이상의 '어머니와 같은 아내' '누이동생과 같은 아내' '친구와 같은 아내' '종과 같은 아내'는 행실이 아름답고 몸을 잘 단속하며 살기 때문에, 현세에서는 의복·음식·침구에 고통이 없고, 내생에는 반드시 그 복의 갚음을 받을 것이다."

부처님은 옥야 부인을 위해, 이렇게 일곱 가지 아내에 대해서 아주 쉽게 말씀하셨습니다. 끝까지 조용히, 또 열심으로 듣고 있던 옥야는,

"부처님이시여! 저는 지금부터 처음의 세 가지 아내의 마음을 버리고, 뒤의 네 가지 아내의 마음을 갖겠습니다. 아니, 최후의 '종과 같은 아내'가 되도록 맹세코 노력하겠습니다"
하고 부처님 앞에 엎드려, 양친과 남편에게 진심으로 맹세하고 정성을 바쳤습니다.

그래서 수다타 장자의 집은 물질적으로도 넉넉할 뿐 아니라, 사람들이 모두 부러워할 만큼 평화롭고 안락한 가정이 되었습니다.

그 뒤로 삼 년, 다시 기쁨이 찾아왔습니다. 그것은 삼 년 전에 부처님께서,
"옥야 부인이여! 아직 아기가 없는 것은, 얼굴만 여자이지 진정한 여자가 되어 있지 못했기 때문이다"
하는 말씀을 듣고 난 뒤, 이제까지 그녀가 부처님의 그 말씀대로 실행한 결과가 나타난 것입니다. 그래서 여기 결혼한 지 십 년 만에 비로소 아기(여아, 그 다음도 여아, 셋째가 남아)를 얻었던 것입니다.

옥야 부인은 부처님 앞에 나아가 '나는 여자다'라는 행복을 진정으로 맛볼 수 있었습니다.

27

라홀라의 장난을 교정케 한 비유

부처님의 어린 아들 라홀라 비구가 내방객이나 주위 사람들을
골탕 먹이고는 좋아하자 부처님께서 엄한 부성애로 타일러
후일 부처님의 십대 제자의 한 사람이 될 소지를 만들어주시는 이야기.

라홀라는 아버지인 부처님의 자애 속에서 규칙적인 생활을 계속하고
있었습니다. 그러나 역시 소년다운 장난이 있어 가끔 사람을 속였습니다.

부처님께 귀의하는 손님이 있어, 라홀라에게 부처님이 계시는 곳을
물으면, 그는 장난 삼아 부처님이 대숲절에 계실 때에는 '기자쿠타' 산
에 가셨다 하고, 기자쿠타 산에 가셨을 때에는 제타동산 절에 계신다고
대답했습니다. 사실은 바로 가까이 계셔도 이렇게 헛걸음을 시키고, 그
는 기뻐했습니다.

이런 일이 드디어 부처님 귀에 들어갔습니다. 부처님께서는 이것은
'그냥 둘 수 없다' 하시고 걱정하셨습니다. 어느 날 부처님은 라홀라의
방으로 가셨습니다.

아버지인 부처님을 반갑게 맞이한 그는, 대야에 물을 가져와 부처님
의 발을 씻겨드렸습니다.

"라훌라여, 이 물을 먹을 수 있다고 생각하느냐?"

"아닙니다. 먹을 수 없습니다."

"왜 먹을 수 없느냐?"

"이 물은 원래는 맑았습니다만 지금은 발을 씻으셔서 더럽습니다."

"그러냐. 생각하면 너도 이 물과 같으니라. 너는 국왕의 손자로 태어나, 세속의 영화를 얻을 수 있는 지위를 버리고 출가한 사람이다. 그러나 몸은 출가하였으나 수행하기에 힘쓰지 않고 입을 삼감이 없다. 삼독의 때를 가슴에 간직하고 있는 사람은, 마치 이 더러운 물과 같으니라."

라훌라는 머리를 푹 숙였습니다.

"라훌라야, 이 물을 버려라."

그는 아버지의 명령에 따라 물을 버렸습니다.

그때 부처님은,

"너는 이 대야에 밥을 담을 수 있다고 생각하느냐?"

고 물으셨습니다.

"담을 수 없습니다."

"어째서 담을 수 없느냐?"

"그것은 더러운 물이 담겼던 것이기 때문입니다."

"그렇다. 너는 출가해 있으면서 거짓을 말해, 가슴에는 진실이 없고 마음에는 도를 닦을 생각이 없다. 네 마음은 마치 더러운 물을 담은 그릇과 같아서, 이제 깨끗한 일을 할 수 없다."

이렇게 말씀하시고, 부처님은 대야를 차버렸습니다. 대야는 데굴데굴 굴러가다가 멈췄습니다. 라훌라는 참으로 놀랐습니다.

부처님의 얼굴을 올려다 바라보았을 때, 그는 그처럼 엄한 아버지의 얼굴을 일찍이 뵌 적이 없었습니다.

"너는 이 대야가 깨지지나 않을까 하고 걱정되지 않느냐?"

"아닙니다. 이것은 값진 것이 아니기 때문에 별로 마음에 걸리지 않습니다."

"라훌라여, 너의 나이 벌써 열여섯 살이다. 조금은 생각이 있을 것이다. 출가한 사마나가 되어 아직 행(行)도 닦지 못하고, 거짓을 말해 남을 괴롭히면 너는 사람들에게 사랑을 받지 못하고, 지자(智者)에게도 아낌을 받지 못할 것이다. 그래서 죽을 때까지 도를 깨치지 못하고 언제나 고통을 받아, 이 대야처럼 업신여겨질 것이다."

"아버지시여, 지금까지의 잘못을 용서해주소서."

라훌라는 이렇게 엄한 훈계를 받고 진심으로 회개하고 지금부터는 삼가야겠다고 맹세했습니다.

그 뒤로 부처님은 라훌라로 하여금 도를 깨치도록 하기 위해, 아주 엄중한 수행을 시키셨습니다. 그 길은 몹시 험악해, 자칫하면 쓰러지기 쉬운 그의 마음에 채찍질을 더해가면서, 소년 라훌라는 정진에 정진을 거듭했습니다. 그 수행하는 모습을 보고, 그의 득도(得度)의 스승인 샤리푸타는 부처님께 여쭈었습니다.

"부처님이시여, 라훌라는 계를 잘 지켜 조금도 범하지 않습니다. 다만 초조해하는 마음이 아직 번뇌에서 벗어나지 못하고 있습니다."

"샤리푸타여, 계를 지켜 몸을 닦으면, 끝내는 도를 얻어 모든 번뇌가 없어질 것이다"

라고 부처님은 말씀하셨습니다. 그리고 라훌라가 한 걸음도 물러나지 않고 한결같이 나아간다면, 반드시 도를 깨칠 것이라 생각하시고, 그날이 오기를 기다리고 계셨습니다.

28
라훌라의 인욕과 해탈

라훌라 비구가 스승 샤리푸타를 따라 행걸수행에 나갔다가
불량배에게 폭행과 모욕을 당하지만, 인욕으로 이를 극복하고 더욱 분발하여
후일 부처님의 십대 제자 중에서 금계(禁戒)로 제일인자가 되는 이야기.

라훌라는 샤리푸타를 따라 수행 정진을 계속하고 있었습니다.

어느 날 아침에 라훌라는 샤리푸타와 함께 라자그리하 성 밑 거리로
행걸의 수행을 나갔습니다. 그 도중에 어떤 키 큰 사내가 길 한복판에
딱 막아서서,

"야, 사마나여, 내 공양을 고맙게 받아라"

하고 큰 소리로 외치면서 샤리푸타가 들고 있는 쇠바리에 큰 돌을 던져
넣었습니다. 쇠바리는 땅에 떨어져 산산이 부서졌습니다.

"하하하, 그 꼴이 정말 좋구나"

하고, 사나이는 크게 웃었습니다.

샤리푸타 곁에 섰던 라훌라는 깜짝 놀라 그 악한의 얼굴을 물끄러미
쳐다보았습니다.

"요 새끼중놈은 왜 건방지게 남의 얼굴을 쳐다봐!"

사나이는 큰 주먹으로, 샤리푸타가 말리는 손도 물리치고, 라홀라의 머리를 갈겼습니다. 피가 흘러 라홀라의 얼굴을 붉게 물들였지만, 라홀라는 이를 악물고 꾹 참고 있었습니다. 그 사내는 무어라고 욕질을 하면서 가버렸습니다. 잠깐 동안에 일어난 일인 만큼 샤리푸타는 그저 멍하니 있을 뿐이었습니다. 조금 있다가 샤리푸타는 라홀라를 위로하면서 고요히 말했습니다.

"라홀라여, 잘 참고 있었습니다. 적어도 불제자가 된 사람은, 어떠한 일이 있어도 성내는 마음을 일으켜서는 안 됩니다. 겉만이 아니라 마음속에서 말입니다. 우리 부처님께서는 언제나 욕됨을 참는 것처럼 좋은 행은 없다고 말씀하셨습니다. 나도 그 가르치심을 따라 '인욕(忍辱)'을 보배로 삼고 있습니다. 그것은 큰 용기를 필요로 하는 것입니다. 불도를 바르게 지켜 수행하는 자에게 악행을 하는 자는, 횃불을 들고 큰 바람을 거슬러가는 것과 같아서 반드시 그 몸을 불태울 것입니다. 부디 라홀라여, 상대자를 원망하지 말고, 그 욕을 견디어 참아주십시오."

라홀라는 조용히 머리를 끄덕이고, 냇가로 가서 얼굴의 피를 씻었습니다. 이때 그 가련한 모습을 보고 있는 샤리푸타의 마음은 몹시 아팠습니다.

라홀라는 겨우 참고 있었습니다. 금세라도 울음이 터질 듯한 것을 이를 악물고 참고 있는 것입니다. 허락만 된다면 곧 어머니 곁으로 달려가고 싶었으나 그것도 잠깐 동안의 생각이었습니다. 바로 눈앞에 아버지인 부처님의 자비스러운 모습이 나타나 다정하게 손으로 머리를 쓰다듬어주시는 것같이 생각되었기 때문입니다.

잠시 후 라홀라는 말했습니다.

"스승이시여, 저는 이 상처가 아파옴에 따라, 오랫동안 고통받는 사람의 일을 생각하게 됩니다. 왜 이 세상에는 악한 사람이 있게 되는 것입니까?

실로 이 세상은 더러운 일이 많은 곳입니다. 그러나 저는 성내지 않습니다. 부처님께서 저에게 큰 자비의 마음을 가르쳐주셨습니다. 악한 자가 아무리 미친 듯 사나워도, 불제자는 성내는 마음을 참고 높은 덕을 쌓아야 하는 것입니다. 그러나 어리석은 사람은 도리어 그것을 업신여깁니다. 그래서는 악은 언제까지고 끝나지 않습니다. 우리들이 아무리 부처님의 가르치심을 말해도, 그들은 조금도 거기에 귀를 기울이려고 하지 않습니다. 부처님이 아무리 정성을 다해 설법하셔도, 그런 악한 사람에게는 아무런 효과도 없다고 생각합니다."

샤리푸타는 라홀라를 데리고 부처님께 나아가, 이 사정을 전부 여쭈었습니다. 부처님은 라홀라를 부르셨습니다.

"라홀라야, 너는 참으로 잘 참았다. 불도를 수행하는 데 있어서는 견디어 참는 것이 제일이니라."

여기서 부처님은 라홀라를 위해, 인욕에 대해 자상하게 말씀해주셨습니다. 이와 같이 라홀라는 국왕의 손자로 태어났으면서도, 어릴 때부터 온갖 고난의 길을 걸었던 것입니다. 그것은 어른 비구들도 따르지 못할 수행 정진이었습니다.

이제 라홀라는 스무 살이 되었습니다. 라홀라는 비상한 힘으로 '무상(無想)'을 관찰하고, '수식관(數息觀)'으로 들어가 다시 '자비심'으로 나아갔습니다. 그래서 드디어 '해탈'을 얻었습니다.

샤리푸타는 자기 일처럼 기뻐하면서, 부처님께 나아가 여쭈었습니다.

"우리 라홀라가 이제 번뇌를 끊고, 드디어 해탈을 얻었습니다."

부처님은,

"착하고 착하구나. 우리 제자 중에서 라훌라 비구는 금계(禁戒)로 제일이다"

하시고, 칭찬해주셨습니다.

그래서 밀행(蜜行) 제일의 라훌라는, 뒤에 부처님의 십대 제자의 한 사람으로 꼽히게 되었습니다.

29
사모師母의 연정을 물리친 아힌사카

남을 저주하면 그 저주의 대가가 자기에게로 꼭 돌아온다는 것을
제자에게 훈계해오던 스승이 도리어 자기 아내의 모함을 곧이듣고
자기의 내제자(內弟子) 아힌사카를 저주하다
그 저주의 대가를 새로 낳은 아들에게서 발견하고는
부처님께 참회하고 구원을 받는다는 이야기.

스라바스티 성 밑에 약 오백 명의 제자와 신자를 가진, 매우 유식한 브라흐만이 있었습니다. 그의 첫째 제자는 '아힌사카'라는 총명한 청년으로서, 힘도 세고 성질이 착할 뿐만 아니라 매우 아름다운 남자였습니다.

그의 스승은 그의 높은 천분(天分)을 지극히 사랑하여, 특히 내제자로서 대우하여 마치 그림자가 형체를 따르는 것처럼 언제나 그를 데리고 있었습니다.

그런데 그 스승의 아내는 다정하게 대해주는 아힌사카에 대해, 옳지 못한 줄은 알면서도 어쩔 수 없는 연정을 품고 있었습니다. 그러나 아힌사카는 언제나 스승과 같이 있었기 때문에, 단둘이 말할 기회가 없어, 그녀는 그저 혼자 가슴만 태우고 있었습니다.

어느 날 그 스승은 많은 제자들을 데리고 멀리 나가게 되었습니다.

"아내여! 나는 약 삼 개월 동안 포교하러 나가야 하는데, 그대는 혼자서 집안일을 처리할 수 있겠는가?"

"예, 이번 포교계획은 참으로 훌륭하신 일이기는 하나 여자로서 혼자 집을 지킨다는 것은 너무 허전한 일입니다. 그리고 신자들이 찾아올 때에는 일일이 거절한다는 것도 너무 미안한 일이 아닙니까. 그러니 저 아힌사카를 집에 있게 하여, 뒷일을 부탁하는 것이 어떻겠습니까?"

아내의 말이 그럴듯하다고 생각한 그는, 아힌사카에게 집을 지키라고 명령했습니다. 그래서 아힌사카는 스승의 명령을 삼가 받아들였습니다. 마음속으로 기뻐한 사람은 물론 스승의 아내였습니다. 그녀는 신이 나서, 그 남편과 제자들을 시원스럽게 전송했습니다.

"아힌사카여, 오늘부터 그대는 당분간 이 집의 주인이오. 그러니 무엇이나 하고 싶은 대로 하시오. 물론 나도 어떠한 명령이라도 복종하겠어요."

그녀는 이 지조가 견고한 청년을 유혹하기 시작했습니다. 곱게 화장한 얼굴로 애교를 떨면서 자주 청년의 방을 찾아갔습니다. 그러나 아힌사카는 목석처럼 움직이지 않았습니다.

그러나 불타오르는 애욕의 정을 견디다 못한 그녀는 어느 날 밤에 마침내 그 속마음을 하소연했습니다. 아힌사카는 이 너무나 뜻밖의 말에 놀랐습니다.

"스승은 아버지와 같습니다. 그러므로 스승의 부인은 어머니와 같은 것입니다. 의리에 맞지 않는 일을 나는 할 수 없습니다"
하고 무릎을 꿇고 말했습니다. 그러나 그녀는, 내가 만일 스승의 아내라는 권위로 억누른다면 그는 내 말을 거역하지 못하리라 생각하고, 그 방에 들어가 하나밖에 없는 문을 잠그고 자리에 앉았습니다.

그러나 단연히 거절하는 그의 꿋꿋한 태도에 요염한 그녀도 부끄러워졌습니다. 만일 남편이 돌아와 이 사실을 알게 된다면 어떻게 될 것인가 생각하자, 그녀는 자기의 너무나 천박하고 비루한 행동이 뉘우쳐져 그만 눈물을 흘렸습니다.

조용히 흔들리는 등불빛에 한동안 침묵이 흘렀습니다. 엎드린 채 가만히 흔들리는 여자의 머리카락에 아힌사카는 무슨 생각을 했는지 등불을 '혹' 하고 불어 꺼버렸습니다. 갑자기 깜깜해진 방 안에서 그녀는 '앗' 소리를 지르려 하다가 다시금 소리를 삼켰습니다. 그리고 아무것도 거리낌 없이 손을 내밀어 그를 더듬었습니다. 그러나 그때 아힌사카는 숨을 죽이고 일어서서, 벽을 타고 나가 도망쳐버렸습니다. 조금 뒤에 그녀는 소리를 질러보았지만 아무 대답도 들리지 않았습니다.

"이놈! 이 얄미운 아힌사카놈!"

비로소 정신이 돌아온 그녀는 생각대로 하지 못한 원통함과 함께, 화가 머리끝까지 치밀어올랐습니다. 이른바 사랑이 넘쳐 미움으로 변했던 것입니다.

"이 나쁜 놈, 등불을 꺼버리고…… 아주 점잖은 척 사람을 모욕해도 분수가 있지. 나쁜 놈! 여자의 앙갚음이 얼마나 무서운 것인가를 보여줄 테다!"

자기 방에 돌아온 그녀는 "구자(九字 : 남을 도움)는 그어도 십자(十字 : 남을 죽임)는 긋지 말라"고, 일찍이 그 남편이 제자들에게 가르쳐주던 말과 그때 기억한 '기도 바늘의 비법'이 생각났습니다. 그녀는 마침 밤중인 것을 다행으로 생각하고, 곧 아힌사카의 모습을 단숨에 그려 거기에 바늘을 꽂고, 저주의 십자를 걸었습니다.

그후 스승이 오랜 여행에서 돌아온다는 기별을 가지고 사람이 왔습니다. 그녀는 방에 들어가, 일부러 옷을 찢고 얼굴을 손톱으로 긁고, 밥도 먹지 않은 채 누워 있었습니다.

밤늦게 스승은 제자들을 데리고 돌아왔습니다. 그는 아내가 보이지 않는 것을 이상히 여겨 급히 아내의 방으로 갔습니다. 그 광경을 본 그는,

"대체 어떻게 된 일이오. 얼른 말해보시오"

하고, 놀라면서 물었습니다.

한동안 울고 난 그녀는 자신의 허물을 감추기 위해 거짓말을 하기 시작했습니다.

"사실은 당신이 가장 사랑하는 저 아힌사카가…… 당신이 떠나자 곧 제게 연정을 느껴…… 제가 그 말을 듣지 않으니까 때리고 차고 할퀴고…… 그 때문에 저는 보시는 바와 같이 이 꼴이 되었습니다. 저는 그런 고통을 받았지만, 이를 악물고 몸을 지켰습니다."

이렇게 그럴듯하게 거짓말로 꾸며대고 다시 울면서 호소했습니다. 아내의 말을 믿은 그는 매우 분개했습니다.

"음, 이 짐승 같은 놈! 갈가리 찢어 죽여도 시원치 않을 놈이다. 얼른 그놈을 잡아 이리 끌고 오너라"

하고 외쳤습니다. 그러나 아힌사카는 벌써 그 지방을 떠난 뒤였습니다.

"이놈! 벌써 달아났구나. 그러나 이 원수를 갚지 않고 어떻게 견딜 수 있어……! 내 비법을 써서 주문을 외워 죽이리라."

미칠 듯이 날뛰던 그는, 다음과 같은 주문을 생각했습니다.

"저 아힌사카의 마음을 어둡게 하소서. 악업의 죄를 범하게 하고, 붙잡혀 큰 형벌을 받게 하소서. 그리고 살아서는 지옥의 고통을 받게 하고, 죽어서는 무간지옥에 떨어지게 하소서."

"사람을 돕기 위해 구자를 긋더라도, 사람을 죽이기 위해 십자는 긋지 말라"고 제자들을 가르치던 이 스승 부부가, 청년 한 사람 때문에 생령(生靈)이 된 이 무서움, 그들은 이내 깊은 산중에 들어갔습니다.

"에잇! 에잇!"

한밤중에 울리는 소름 끼치는 소리였습니다. 인형을 세워놓고 던지는 날카로운 바늘은 기합 소리와 함께 그 급소를 맞혔습니다. 뒷날 그 원한이 자기들에게 돌아올 줄 알면서도, 이때만은 원한에 얽매여 앞뒤를 생각할 여유도 없이 악념에 가득 찬 기도를 올렸습니다.

그러나 그것도 날이 감에 따라 누그러졌습니다. 만원(滿願)의 날이 끝났을 무렵, 어느 날이었습니다. 그녀는 오랫동안 기다리던 기쁜 소식을 남편에게 알렸습니다.

"저 이번에 임신한 것 같습니다."

"그래, 그것은 경사스런 일이구려. 무엇보다 몸을 조심해야 돼……마침 아들이면 더욱 좋을 텐데……"

"예, 저도 그랬으면 하고 바라고 있습니다."

그들은 어느새 아힌사카의 일은 잊어버리고 앞으로 탄생할 아기에 대해서만 열중하고 있었습니다. 그 뒤에 산옥(産屋)을 짓고 거기로 옮겨간 그녀는 벌써 앓기 시작했습니다. 그녀는 제가 앓는 소리에 잠이 깰 때는, 이상한 그림자에 눌려 좀처럼 다시 잠들지 못했습니다.

그녀는 피할 수 없는 공포에 휘몰려 산실(産室)을 바꾸도록 하고, 남편을 곁에 있으라고 했습니다. 그런데 어느 날 밤 매우 기이한 일이 일어났습니다.

"여보, 일어나보세요."

"왜 그래?"

"아아! 놀랐어요. 방금 아힌사카가 내게 와서, 칼을 빼어들고 찌르려고 했습니다."

"무엇, 아힌사카가? 아아! ……나쁜 놈 같으니, 원한이 있다면 우리가 있지, 제놈이 도리어…… 나쁜 놈……"

그러나 그는 속으로 생각했습니다.

'그놈은 지금 무얼 하고 있을까? 내 주문 때문에 지금 생지옥의 고통을 받고 있을까? 그렇잖으면 죽어서 그 혼령이 오는 것일까?'

이렇게 생각하니, 또한 잠이 오지 않아 불안한 한밤을 보냈습니다.

한편 스승의 집에서 도망쳐나온 아힌사카는 맥없이 자기 집으로 돌아왔습니다. 풀이 죽은 그의 모습을 보고, 어머니는 몹시 걱정스럽게 물었습니다.

"아힌사카야, 너 이 밤중에 웬일이냐?"

"어머님, 아무것도 묻지 말아주십시오. 저는 지금 피곤합니다."

자리에 몸을 던진 그는, 그대로 깊은 잠에 빠져버렸습니다. 아무 사정도 모르는 그의 어머니는 걱정이 되어 견딜 수가 없었습니다.

'무슨 일이 생겼구나'

생각하고, 날이 밝기를 기다렸습니다.

그러나 깊은 잠에 빠진 아들은, 좀처럼 눈을 뜨지 않았습니다. 밝은 햇빛 앞에서 바라본 그 아들의 얼굴에는, 어딘가 공포의 빛이 떠돌고 있었습니다. 가끔 몸을 뒤치면서 괴로운 듯한 앓는 소리를 내었습니다. 저녁나절이 되어, 그는 겨우 눈을 떴습니다.

"아아, 배고파. 얼른 밥을 줘."

아주 다정하고 상냥하던 그 아들한테서 이렇게 거친 소리를 듣자, 그 어머니는 더욱 어쩔 줄을 몰랐습니다.

몇 그릇이나 먹으면 시원할는지 마치 무슨 신들린 사람 같았습니다.

아힌사카의 눈은 날카롭게 번쩍이고, 이마에는 푸른 힘줄이 나타나 있었습니다.

"너 그렇게 먹어도 괜찮겠느냐?"

곁에서 바라보고 있던 어머니는 조심스럽게 물었습니다. 비로소 그는 물끄러미 어머니를 바라보다가 다시 까닭 모를 소리를 중얼거렸습니다.

그렇습니다. 그는 완전히 생령에 걸려 있었던 것입니다. 저 브라흐만 부부의 무서운 기도의 바늘과 주문의 십자에 걸린 그는 "으흐흐" 하고 소름 끼치게 웃는가 하면, 때로는 이상한 소리를 지르면서 돌아다니기도 했습니다. 그러다가 마침 숨겨두었던 망부(亡父)의 칼을 발견한 그는, 어머니가 물 길러 나간 틈을 타서 밖으로 뛰쳐나갔습니다. 그는 거기서 어두컴컴한 산길을 마구 달려갔습니다.

그리고 시가 끝 네거리에 이르자 멈춰 섰습니다. 그는 거기서 칼을 빼들고 "에잇! 에잇!" 하면서 기합을 넣고, 공중에다 대고 휘둘렀습니다.

"으흐흐흐…… 자 보라, 이 칼로 백 명의 목을 칠 테다. 사람들의 열 손가락을 끊어, 천 개의 손가락으로 염주를 만들어 내 목걸이로 한단 말이야. 만원날의 새벽이 되면, 나는 천하제일의 큰 행자가 되는 것이야…… 핫핫핫……"

그는 공중을 흘겨보며 칼을 휘두르다가, 사람이 지나가기를 기다리고 숨어 있었습니다.

그때 저 브라흐만의 집에서는 산월이 가까워오자 그녀의 불안과 공포는 더욱 심해졌습니다. 그녀의 꿈에는 아힌사카가 칼을 빼어들고 달려들었습니다. 그때마다 그녀는 놀라 눈을 번쩍 뜨고 "아앗" 하고 소리를 질렀습니다.

"어떻게 된 일이야…… 아힌사카는 무슨 아힌사카야? 좀 진정을 해요. 그것은 단지 당신 마음이 약한 탓이야."

그는 이렇게 아내를 위로했지만 아내의 하는 짓에 마음은 저절로 어두워졌습니다.

주문을 외워서 아힌사카를 죽이려 했던 자기들에게 그 화가 도로 돌아오지나 않을까 생각하면, 그는 새삼스럽게 뉘우쳐졌습니다.

"아내여, 남을 저주하면 함정이 둘이야. 우리 회개하여 저 저주의 속박을 풀지 않겠는가?"

이렇게 말한 뒤 그는 기도의 바늘을 박아둔 산으로 들어갔습니다.

남편이 떠난 뒤 그녀는 아기를 낳느라고 몹시 고생을 했습니다. 그러나 사내아기를 낳았다는 말을 듣고, 그녀는 안심하고 깊은 잠에 떨어졌습니다.

주문의 결박을 풀고 돌아온 브라흐만은 갓난아기의 얼굴을 바라보고 놀랐습니다. 양쪽 눈꼬리와 입시울에 검은 사마귀만한 붉은 점이 있었습니다. 그는 다시 떨리는 손으로 아기를 싼 포대기를 풀어보았습니다. 두 팔, 두 다리, 가슴 등 기도의 바늘을 박은 그 자리가 모두 붉은 점으로 나타나 있었습니다.

'아아, 얼마나 무서운 죄의 갚음인가? 이대로 이 아이가 자라난다면, 이 붉은 점도 거기 따라 자랄 것이 아닌가!'

그는 긴 한숨을 내쉬었습니다.

이와 같이 그들 부부가 아힌사카를 죽이기 위해 바늘을 박은 것이 이제는 그 사랑하는 아기의 몸에 점이 되어 나타났다는 것은, 참으로 놀라운 일이었습니다.

'아아, 나는 얼마나 무서운 죄를 범했던가! '십자를 긋기보다 구자를 그어'고 제자들에게 가르친 내가…… 아아, 나는 어떻게 제자들과 신자들에게 얼굴을 들 수 있을까?'

그는 눈물을 흘리면서 흐느껴 울었습니다.

"아내여 용서하라. 이렇게 된 것도 모두 내 잘못이다."

아내 앞에 두 손을 짚는 남편을 바라본 그녀는, 가슴이 미어지는 것 같았습니다.

"아닙니다. 아닙니다. 용서를 빌어야 할 사람은 바로 저입니다. 참으로 저는 나쁜 여자입니다. 당신을 이처럼 고통의 구렁으로 몰아넣은 것은 바로 저의 야비한 생각이었습니다. 사실은……"

그녀는 더이상 마음의 고통을 참을 수 없어, 그동안에 일어난 아힌사카와의 관계를 참회와 함께 전부 고백했습니다.

"부디 용서해주십시오. 이제 전부 고백했습니다. 마음대로 처분해주십시오"

하고 눈물을 흘리면서 쓰러졌습니다.

아내의 이 뜻밖의 고백으로 비로소 사정을 안 그는, 다시 한번 가슴이 찢어지는 것 같았습니다.

"으음, 그랬던가……!"

오직 한숨만 지을 뿐이었습니다. 조금 있다가,

"나는 너를 용서한다. 그러나 하늘의 신은 우리를 용서하지 않을 것이다. 저 아힌사카는 깨끗한 몸으로 이 더러운 우리 집을 떠난 것이다. 그 바른 사람을 우리가 주문으로 죽이려 한들 어떻게 그 효험이 나타나겠는가? 그래서 모두 우리에게 되돌아오는 것이다. 그는 무사히 있을까? 그렇다. 우리는 그에게 용서를 빌어야 한다. 그를 찾아가 사과하자. 그의 집을 찾아가 그에게 또 그 어머니에게 진심으로 사과하자"

하고 그는 비장한 결심을 했습니다. 그래서 그들 부부는 갓난애를 데리고 떠났습니다.

그때 아힌사카는 네거리에 서 있었습니다. 핏발이 선 눈은 사납게 빛나고, 소름 끼치게 웃으면서 오가는 사람들을 기다리고 있었습니다.

아들을 걱정한 그 어머니는 그런 줄도 모르고 사방을 찾아다니다가, 거기서 아들을 보고 반가워하면서 가까이 갔습니다. 그 어머니를 바라본 그는 부리나케 달려와 한칼로 치려 했습니다. 그때 거기 나타나신 것은, 거룩한 부처님의 모습이었습니다.

부처님은 그 앞을 막아서서 그의 어머니를 피하게 하셨습니다.

"으음, 이 밉살스러운 중놈아, 거기 가만히 섰거라."

이번에는 부처님에게 달려들어 칼을 휘둘렀습니다만 그 칼은 허공을 베었을 뿐이었습니다. 아힌사카는 다시 칼을 사방으로 내둘렀지만 부처님은 사방으로 자재로이 피하셨습니다.

완전히 기운이 빠진 아힌사카는 이제 더 움직일 수가 없었습니다. 다만,

"이 중놈아, 거기 섰거라"

하고, 앉아서 소리쳤을 뿐이었습니다. 그때 부처님은,

"너야말로 꼼짝 말라, 나는 벌써부터 가만히 있지 않느냐?"

하고 조용히 말씀하셨습니다. 좀 이상하다고 생각한 아힌사카는,

"뭐, 가만히 서 있다? 걸어가면서 서 있다는 것은 무슨 말이냐? 나야

말로 가만히 있지 않느냐. 그런데 도리어 나더러 가만히 있으라는 말은
무슨 말이냐?"

하고 물었습니다. 부처님은 이제야 그를 구제할 때가 왔다고 생각하시
고, 빙그레 웃으시면서 말씀하셨습니다.

"나는 가거나 오거나 완전히 자유롭다. 그러나 너는 나쁜 스승의 그
릇된 도를 배워, 너의 착한 마음이 거꾸로 되어, 조용히 머물지 못하고
있지 않은가? 그래서 가만히 있으라고 한 것이다. 정신을 차려라 아힌
사카야!"

제 이름을 부르는 데에 그는 깜짝 놀라, 부처님의 얼굴을 물끄러미
바라보았습니다.

그때 부처님은 광명을 놓으시며 삼십이상을 나타내셨습니다. 아힌사
카는 부처님의 광명의 위의(威儀)를 바라보자, 어느새 사악한 마음은
구름처럼 사라지고 다시 본심으로 돌아왔습니다. 그는 이내 칼을 던져
버리고 부처님 앞에 엎드렸습니다.

"부처님이시여, 저의 죄를 용서해주소서."

스스로 죄를 뉘우치면서 애원했습니다.

지금까지 걱정하면서 바라보고 있던 그 어머니는 어느새 본심으로
돌아온 그 아들을 보자, 아들과 함께 땅에 엎드려 머리를 숙이고 합장
했습니다. 미혹의 꿈에서 깨어난 아힌사카는 조금 전까지의 자신의 행
동에 대해 몸서리를 칠 정도로 놀랐습니다.

"부처님이시여, 원하옵건대 저의 죄를 용서해주소서. 아무리 마음이
미쳤다 한들, 어떻게 어머니를 죽이려 하고, 또 부처님을 치려고 했겠
습니까! 어떻게 그런 마음이 생겼는지 저도 모릅니다. 저 스스로가 무
서워집니다. 부처님이시여, 저를 용서해주소서. 그리고 용서해주실 수

있거든 부디 제자로 삼아주십시오."

완전히 본정신으로 돌아온 그는, 땅에 이마를 비비면서 일심으로 애원했습니다.

"오오, 착하다. 아힌사카여, 네가 출가해 사마나가 되는 것을 허락한다."

부처님의 이 말씀에 곁에 있던 그 어머니도 기쁨의 눈물을 흘리면서 그저 머리를 숙일 뿐이었습니다.

그래서 그들 모자는 부처님과 함께 제타동산 절로 갔습니다. 거기서 다시 설법을 듣고 머리를 깎았습니다.

이제 그들에게는 모든 죄도, 번민도 사라지고 이에 법의 눈을 얻을 수 있었던 것입니다.

그런데 저 브라흐만 부부는 아힌사카를 만나 사과하려고 그 집을 찾아갔으나, 그 모자는 집에 없었습니다. 그 근처 사람들에게 물었으나 행방을 알지 못하고, 거기서 제타동산으로 부처님을 찾아갔습니다.

"오오! 여보, 참으로 훌륭한 절이오. 이것이 유명한 제타동산 절이구려. 나는 브라흐만의 법을 버리고 부처님의 제자가 되고 싶지만 처자가 있으면 허락하지 않는다지? 그러면 우선 아쉬운 대로 집에 있으면서 그 신자가 되어 우리 병신 아들을 위해서라도 남은 여생을 참회하면서 보내고 싶은데, 그대는 어떻게 생각하는가?"

절문 앞에서 이런 이야기를 하고 있을 때, 하늘눈(天眼)의 신통이 제일이라는 아누룻다 존자가 십여 명의 제자들과 함께 절로 돌아오고 있었습니다.

아누룻다는 눈은 비록 멀었지만 상대방의 마음이나 모습은 손으로 잡은 듯이 환하게 알고 있었습니다. 그래서 저 브라흐만 부부의 마음을 알고, 조용히 말을 걸었습니다.

브라흐만 스승은 꿇어앉아 말했습니다.

"존자여, 저는 참회합니다. 이것을 받아주십시오"
하고, 그동안의 모든 사정을 고백했습니다.

"존자여! 그래서 낳은 아들의 온몸에 붉은 점이 있습니다. 지금 아내와 함께 오면서 그 아기를 안고 왔습니다."

이렇게 말했을 때, 지금까지 자고 있던 아기가 갑자기 손발을 쭉 펴면서 무서운 경련을 일으켰습니다. 그 아들의 고통하는 모습을 본 브라흐만은,

"존자여! 부디 이 아기를 살려주십시오" 하며 애원했습니다.

"브라흐만이여! 걱정하지 마시오. 이 절에 와서 부처님의 말씀을 바르게만 행하면, 어떠한 일이라도 해결할 수 있습니다. 그런데 지금 그 아기가 여기까지 와서 그렇게 고통스러워하는 것은, 아직도 참회가 부족한 까닭입니다."

이렇게 말하고 장님인 아누룻다 존자는 그의 아내 쪽을 똑바로 바라보았습니다. 그 마음속을 뚫어보는 듯한 위력에 공포를 느낀 그 아내는 땅에 엎드려, 지금까지 아무에게도 말하지 않겠다고 생각했던 옛이야기를, 아기가 고통하는 꼴을 보자 말하지 않고는 견딜 수가 없었습니다.

"제가 처녀였을 때 어떤 청년과 깊은 사랑에 빠져 그 사이에 계집애를 낳았으나, 어떻게 처리할 길이 없어 그 계집애를 가만히 묻어버렸습니다. 그리고 그 청년이 울면서 말리는 것도 듣지 않고, 현재의 이 브라흐만에게 시집왔던 것입니다. 그러나 '그 청년의 마음은 과연 어떠했을까, 아마 나를 원망하고 있겠지……' 하는 것은 생각해본 일도 없었던 저였습니다. 그러나 지금에 와서 생각해보면……"

그녀는 비로소 이렇게 참회하고, 다시 울면서 땅에 쓰러졌습니다.

"부처님이시여! 부디 저의 죄를 용서해주소서. 그리고 존자여, 부디 저를 불쌍히 여기소서. 참으로 저는 죄 많은 여자입니다"

하고, 그 남편에게도 깊이 사과했습니다. 그러자 지금까지 괴로워하던 아기가 어느새 조용히 잠들었습니다. 그때 아누룻다 존자는,

"브라흐만의 아내여, 그대는 잘 참회했습니다. 부처님께서도 그것을 받아주신 것입니다. 그러나 당신은 눈에 보이지 않는, 죽인 아기의 영혼을 정성을 다해 성불시키지 않으면 안 됩니다. 그리고 그대가 범한 죄의 참회를 남에게도 말해 다시는 되풀이하지 않기를 맹세하십시오. 그리고 사람들을 바른 법으로 인도해 착한 공덕을 쌓아 악한 인연을 해결해가야 하는 것이오. 그러면 반드시 아기의 붉은 점도 없어질 것이오"

하고 타일렀습니다.

그 다음에 그들 부부는 부처님의 설법을 듣고, 다시 아힌사카에게 사과할 수 있었습니다.

뒷날, 그 아들의 붉은 점도 없어지고 또 그 아들만이 출가의 허락을 받았습니다.

제타동산에서 만난 세 주정꾼

30

부처님께서 새로 들어온 비구들을 데리고 산책하시던 중
우연히 만난 취한(醉漢) 세 사람을 두고
세 가지 인간 유형과 그들의 구원에 대해 비유하신 이야기.

제타동산의 절 뜰에는 어느새 봄이 찾아와 푸른 잔디는 아름답고 보드라운 양탄자가 깔려 있는 듯하고 새들은 즐겁게 노래하고 있었습니다. 부처님은 새로 들어온 비구들을 데리고 절 안에 있는 광장을 산책하고 계셨습니다.

이때 세 명의 주정꾼이 꽃밭 사이로 들어와 부처님을 잘 알아보지 못하고 그 앞을 막아섰습니다. 제일 앞에 섰던 사내는 부처님을 보자,

"앗"

하고 소리치는 동시에, 술기운이 일시에 깨어버렸습니다.

"죄송합니다"

하고, 그는 나무 사이를 빠져나가 달아나버렸습니다.

다음 사람도 부처님을 보고 놀랐지만 일부로 못 본 척,

"아이, 기분 좋다"

하고, 거짓으로 비틀거리면서 콧노래를 부르며 지나갔습니다.

뒤에 남은 자는 일부러 큰 소리를 지르면서,

"저게 다 뭐야! 도망치는 자식도 있고, 일부러 취한 척하는 자도 있고…… 나는 큰 주객이다. 누가 돈을 훔쳐가지고 먹은 것도 아닌데 무엇이 잘못이야…… 핫핫핫……"

하고 미친 듯 춤까지 추었습니다. 부처님은 잠자코 그곳을 지나가셨습니다. 젊은 비구들은 불쾌한 표정으로 부처님의 뒤를 따랐습니다. 문득 멈춰 서신 부처님은 비구들에게 말씀하셨습니다.

"비구들이여, 저 주정꾼 중에서 나무 사이로 도망친 최초의 사내는 죄를 죄인 줄 알고 부끄러워했기 때문에, 그자는 '상품'의 인간이다. 다음 사람은 죄를 죄라고 자각하지 못했다. 그러나 잘했다고 뽐내지도 않았기 때문에, 그자는 '중품'의 인간이다. 최후의 사내는 죄를 죄인 줄 알면서도 스스로 돌아보지 않고 즐겁게 욕설을 퍼부었다. 그는 구제할 수 없는 '하품'의 인간이다. 비구들이여, 상품과 중품은 다음날 구제될 희망이 있지만, 그 하품의 인간은 어찌할 수 없는 인간이다."

이렇게 말씀은 하셨지만 자비심이 많으신 부처님은, 언젠가는 저 하품의 인간도 구제될 수 있으리라고 마음속으로 생각하셨습니다.

잠깐 동안 말씀이 없으시다가 부처님께서는 다시 멈춰 서시면서 말씀을 이으셨습니다.

"비구들이여, '부끄러움'을 아는 것은 수행의 제일보에서 밟아야 할 단계다. 누구나 인간으로서 부끄러움을 모르는 자처럼 천한 사람은 없다. 비구들이여, 사람이 금수와 다르다는 것은 먼저 부끄러움을 알고 있기 때문이다."

부처님은 또 조용히 걷기 시작하셨습니다. 새로 들어온 젊은 비구들은 방금 주정꾼들이 지나간 쪽을 바라보고, 부처님의 말씀을 깊이 되새기고 있었습니다.

어느새 주정꾼들의 소리도 사라지고, 고요한 봄기운이 다시 돌아왔습니다. 그리고 하늘에는 오색구름이 나부끼며 새들은 즐겁게 노래하고 있었습니다.

부처님도 비구들도 이 평화로운 새소리에 귀를 기울였습니다.

"아아, 제타동산의 봄!"

이것이 극락세계라고, 젊은 비구들은 곰곰이 자기들의 행복을 생각하고 있었습니다.

31

부처님을 비방한 거짓 행자와 친차

부처님의 출현으로 보시를 잃게 된 거짓 행자와 이단자들이
부처님을 모함하고 자기들의 세력을 회복하려 음모를 꾸미다가,
도리어 자기들이 파놓은 함정에 빠져 비참한 최후를 마친다는 이야기.

인도에서는 3월, 4월, 5월의 이 삼 개월 동안은 불교도나 브라흐만 교
도나 다 같이 결혼(그 당시는 약탈결혼)을 금하고 있었습니다. 특히 불
교가 성하게 되면서부터는 그 신자들도 불제자와 같이 다음의 오계(五
戒)를 지켰습니다.

1. 산목숨을 죽이지 말라.
2. 남이 주지 않는 것은 빼앗지 말라.
3. 남의 여자를 범하지 말라.
4. 거짓을 말하지 말라.
5. 술을 마시지 말라.

이 다섯 가지는 부처님이 만드신 불교 계율의 초보입니다.

이 기간에 각각의 신자들은, 자기가 다니는 절만이 아니라 다른 절이나 혹은 동굴에도 공양한 물품을 가지고 예배하러 모이는 것입니다. 그리고 예배하러 들어가기 전에는, 먼저 우물이나 냇물에서 다섯 구멍(눈, 귀, 코 따위)을 씻어 몸을 깨끗이 한 뒤에, 글자 그대로 땅에 머리를 대고 예배하는 것이었습니다.

이 철에는 반드시 거짓 행자(行者)가 나타나, 얼굴이나 몸에 재를 바르고 삼단처럼 머리를 길게 늘여 마치 숲속에 들어가 고행한 것처럼 꾸몄습니다. 그리고 미리 동굴에 들어앉아 사람들의 공양을 기다리고 있었습니다.

그런데 부처님이 라자그리하에서 포교하신 뒤로는 벌써 사람들이 거짓 행자들에게는 눈도 돌리지 않고, 모두 제타동산의 절로 모여들었습니다. 그래서 거짓 행자들의 마음속에는 큰 불만이 쌓이게 되었습니다.

"벗이여, 저 고타마 사마나가 이곳에 나타난 뒤로는 우리에게 돌아오는 것이 전연 없지 않은가!"

"그래, 저 사마나가 나타난 뒤로는, 모든 사람의 신앙과 존경이 모두 저리로 쏠리고 그 많은 공양물도 모두 저 붓다의 교단에 모이지 않는가? 참으로 기분 나쁜 일이다."

이렇게 저 거짓 행자들은 서로 의논한 끝에 어떤 음모를 꾸미기로 했습니다. 그래서 어떤 행자의 딸 '친차'를 매수하기로 했습니다.

그런 지 며칠 뒤에 스라바스티 성과 제타동산의 사잇길에 그녀의 모습이 나타났습니다. 그리고 사람들이 제타동산의 절에서 내려올 시간이 되면 그녀는 절을 향해 가고, 사람들이 절로 올라갈 시간이 되면 그녀는 절에서 내려오는 것처럼 꾸몄습니다. 그리고 그녀는 간밤에 묵은 곳은 언제나 절에 있는 향실(香室 : 부처님이 계시는 방)이라고 소문을 퍼뜨렸습니다.

한편으로 거짓 행자들은 불교 교단의 풍기가 문란하다 하면서 세상에 추잡한 악평을 퍼뜨렸습니다.

몇 달이 지난 뒤, 그녀의 배는 자꾸 불러 마치 산월이 가까운 부인처럼 보였습니다. 그래서 사람들은 이상한 눈초리로 바라보게 되었습니다.

어느 날 그녀는 대중 앞에서 설법하시는 부처님 앞에 나아가 큰 소리로 외쳤습니다.

"고타마 붓다여, 당신은 사람들 앞에선 훌륭한 말씀을 하십니다. 그런데 왜 나를 위해서는 산옥 하나 지어주시지 않습니까…… 당신에게는 크게 보시할 사람도 많이 있을 것입니다. 재미는 실컷 보시고 왜 나를 보호해주시지 않습니까?"

라고 사나운 말을 마구 퍼부었습니다. 그때 거짓 행자들은 떼를 지어 신자인 척 꾸미고 대중 속에 들어가 떠들었습니다.

"하하하, 그렇구나! 그렇구나! 자, 이제 공양은 그만두자."

"그렇다, 그렇다. 자 우리는 모두 돌아가자. 역시 우리는 고행하는 행자에게로 가야 하는 것이다."

그런데 그때 갑자기 회오리바람이 일어나, 그녀의 옷을 불어젖혔습니다. 그러자 그녀의 배에 미리 넣어두었던 나무바가지가 땅에 떨어졌습니다. 그래서 그들의 음모는 여지없이 드러나고 말았습니다.

그녀는 거기 있을 수 없어 꾸짖고 욕하는 사람들 속을 빠져나와 도망치려 했습니다. 그러나 그 자리에서 설법을 듣고 있는 관리들이 거짓 행자들을 모조리 체포했습니다. 그들은 물론 엄벌을 받게 되었지만 부처님의 자비에 의해 용서를 받았습니다.

그러나 모든 부처님과 하늘은 그것을 용서하지 않았습니다. 얼마 뒤

에 불법을 비방한 죄는 무섭게 나타나, 저 거짓 행자 일동은 모두 생지
옥의 고통 속에서 번민하다가 죽었습니다.

32
흉악한 슈로나 국에 가는 설법 제일의 푸루나

부처님의 십대 제자 중에서 설법과 웅변으로 제일인자인
푸루나 존자가 인욕으로 순교에 이를 각오까지 하고
야만국 슈로나로 포교를 자원해 가서 성공하는 이야기.

　부처님의 십대 제자의 한 사람으로 꼽히는 '푸루나' 존자는, 누구보
다도 설법이 훌륭하여 설법 제일의 이름이 높았습니다. 그는 웅변만이
아니라, 신명을 아끼지 않고 법을 지키며 또 법을 펴기로 결심한 사람
이었습니다.

　그러므로 부처님을 대신해서 언제나 포교의 제일선에서 활동하신 분
입니다. 어느 날 존자는 부처님 앞에 나아가,

　"부처님이시여, 저는 지금부터 '슈로나' 국에 가서, 이 거룩한 법을
전하려고 합니다. 허락해주십시오"

라고 여쭈었습니다.

　"그것은 그리 쉬운 일이 아니다. 그 나라 사람들을 교화하기 위해서
는 상당한 용기가 필요하다. 푸루나여, 그대는 어떤 결심을 가지고 그
땅에 포교하려 하는가? 또 그대가 아무리 결심으로 포교하더라도, 그

사람들이 들어주지 않으면 어떻게 할 것인가?

"스승님이시여, 저는 입으로 설법하기보다 먼저 몸으로써 행하고 그들을 교화하겠습니다."

"만일 그 행동을 보고 웃는 사람이 있으면 어떻게 하겠는가?"

"예, 스승님이시여, 만일 남에게 웃음을 받으면, 나는 꾸중을 받지 않는 것을 고맙게 생각하겠습니다."

"그러면 만일 욕설을 퍼붓고 모욕을 준다면 어떻게 하겠는가?"

"스승님이시여, 그 나라 사람들이 저를 욕하는지도 모르겠습니다. 그러나 그들은 현명하고 다정한 사람들이기 때문에, 막대기나 돌로 치거나 때리지는 않을 것입니다."

"만일 그들이 돌이나 막대기로 치면 어떻게 하겠는가?"

"스승님이시여, 그때에는 칼로 치지 않는 것을 다행으로 생각하고 감사하겠습니다."

"그러면 만일 칼로 달려든다면 어떻게 하겠는가?"

"예, 그들이 칼을 들고 달려든다고 해도 저를 죽이려고는 하지 않을 것입니다."

"만일 죽을 만큼 큰 상처를 입었다면 어떻게 하겠는가?"

"예, 스승님이시여, 만일 그들이 저를 죽이려 한다면, 저는 이렇게 생각하겠습니다. 곧 '부처님의 거룩한 가르침을 펴기 위해 목숨을 버리는 것이다. 그러므로 법을 위해 생명을 바치는 이 기쁨은 어떤 것과도 바꿀 수 없는 것이다' 라고."

"오오, 착하고 착하도다. 너는 참으로 인욕을 잘 배워 알았다. 그대라면 슈로나 같은 흉악한 나라로 가더라도 사람들을 잘 교화해 지도할 수 있을 것이다.

푸루나여, 나는 네가 포교하러 가는 것을 허락한다. 지금부터 너는 그 나라에 가서 마음이 편치 않은 사람을 편안하게 하고, 구제되지 않은 사람을 구제하며, 아직 니르바나에 들어가지 못한 사람을 들어가게 하라."

푸루나는 부처님의 이 말씀을 듣고 새삼스럽게 부처님의 큰 자비에 감동했습니다. 그래서 더더욱 물러서지 않겠다고 결심했습니다.

부처님이 염려하신 바와 같이 슈로나 국은, 인도에서 가장 야만국으로서 몸이나 마음이 모두 거칠고 복장이나 쓰는 도구가 완전히 원시적이었습니다.

그들은 자기들의 독특한 활과 화살을 만들어 서로 싸우는 생활을 하고 있었습니다. 그런데 푸루나는 포교하기 위해 다만 혼자서 그런 나라로 떠났던 것입니다.

얼마 뒤에 부처님은 비구들을 모아놓고,

"저 슈로나 국은 서로 시기하고 질투하고 미워하는 마음으로 항상 서로 다투어 싸움이 그치지 않는, 참으로 어두운 나라다. 푸루나가 그 지방에 가면 인욕의 마음을 가지고 많은 사람들에게 도를 얻게 하겠지…… 그때에 부처의 지혜가 빛나고 자비의 큰 광명 속에서 신앙의 뿌리는 뻗어 환희의 꽃을 피우고, 그 나라는 갑자기 부처의 나라가 될 것이다"

라고 말씀하셨습니다.

부처님의 말씀과 같이 푸루나가 그곳에 가서부터는 야만적인 그들의 마음도 어느새 부처나 신의 마음이 되어 언제나 합장하는 모습으로 변했습니다.

결국 슈로나 국은 푸루나를 스승으로 모셨고, 거기에 훌륭한 부처님의 나라가 세워졌습니다.

33
구두쇠 여원 장자의 보시

처복 없는 구두쇠 여원 장자가 네번째로 맞은
젊은 아내의 부정에 회의를 느끼고 집을 나와 방랑하던 중,
모든 재물을 잃게 되고 절망 속에서 헤매다가
부처님의 제자 핀돌라 존자에 의해 구제된다는 이야기.

'하라나' 국에 '여원(如願)'이란 장자가 있었습니다. 그는 재산은 많았으나 세 번이나 상처한 일이 있는, 처복이 없는 사람이었습니다. 그래서 네번째 아내를 맞았을 때, 그는 벌써 상당히 늙어 있었습니다.

아직도 젊은 아내는 늙은 남편에 대한 불만이 있어 늘 말다툼이 끊이지 않았습니다. 어느새 그녀는 집안의 재산을 몰래 훔쳐내어 불의(不義)의 향락을 탐하고 있었습니다.

장자는 그것을 알고 고통과 번민 속에서 헤매다가 드디어 금은 보물을 가지고 정든 자기 집을 뛰쳐나와버렸습니다.

'이만한 보물이 있으면 모든 나라를 구경하면서 남은 여생을 나 혼자 즐겁게 지낼 수 있을 것이다.'

그는 이렇게 생각했습니다. 그것은 사실인즉 일종의 방랑이었습니다. 그는 도중에 한 사람의 브라흐만을 만났습니다. 그들은 갑자기 친

해져 그 밤을 같이 자고 이튿날도 동행이 되어 정처 없이 길을 떠났습니다.

상당히 멀리 갔다고 생각되었을 때, 그 브라흐만은 무슨 생각이 났는지 갑자기 발걸음을 멈추고 탄식했습니다.

"아아, 나는 나쁜 일을 했다. 나는 지금까지 남의 물건은 티끌 하나도 앗아본 일이 없었는데, 어젯밤에 묵은 집에서 풀잎 하나가 내 옷에 붙어왔다. 나는 이것을 그 집 주인에게 돌려주지 않으면 안 되겠다. 잠깐만 기다려주게. 내 곧 갔다올 터이니."

이렇게 말하고, 그 브라흐만은 어젯밤에 묵은 집으로 돌아갔습니다. 장자는 이 말을 듣고 진심으로 그 브라흐만을 존경하는 마음이 일어났습니다.

"과연 그렇다. 진실로 도를 닦는 브라흐만이다. 나는 저 사람의 제자가 되자."

그런데 그 브라흐만은 도중에 들판에 누워 실컷 낮잠을 자고 장자에게 돌아왔습니다.

"어휴, 너무 기다리게 해서 미안하다. 사실인즉 여관 주인도 놀라 '일부러 오게 해서 죄송합니다' 하고, 그만 이야기가 길어져서…… 나는 천성이 그래서 비록 나뭇잎 하나라도 돌려주지 않으면 마음에 걸려서…… 에헤헤…… 아, 이제 안심이다."

이렇게 해서 그는 완전히 장자의 신용을 얻게 되었습니다. 그런 줄도 모르는 장자는 그를 스승으로 모시고 다음 날 밤에도 한 여관에서 잤습니다.

이튿날 아침 장자는 목욕하기 위해 강으로 들어갈 때, 아무 의심도 없이 그 브라흐만에게 금과 은 따위의 보물을 맡겼습니다. 그러자 그는 재빨리 그것을 가지고 어디론가 도망쳐버렸습니다.

물에서 올라와 막대한 재물을 잃은 것을 안 장자는 얼빠진 사람처럼 힘없이 걸었습니다. 그때 한 사람의 수행자가 나타나,

"벌레들아, 위험하다! 위험하다! 조심하라!"

하면서 조용히 걸어왔습니다. 장자는 이상하게 생각하고 그 까닭을 물었습니다. 그는,

"나는 산목숨을 죽이지 않는다. 그래서 나는 벌레들을 밟아 죽이지 않기 위해 그런 소리를 하면서 걷고 있는 것이다"

라고 대답했습니다. 장자는 그 수행자의 너그럽고 깊은 인격을 흠모해 그 가르침을 받으려고 뒤를 따라갔습니다. 그래서 그날 밤은 그 수행자의 집에서 자게 되었습니다.

여원 장자는 딴채에 누워 있으면서 참으로 도를 닦는 사람을 만난 기쁨에 잠겨 있었습니다. 한밤중이 되어 떠들썩한 소리에 잠이 깨었습니다. 그는 이상하게 여겨 그 소리를 따라가보았더니 저 벌레도 죽이지 않는다던 거룩한 수행자가, 이제는 수행할 때 입던 옷도 벗어버리고 술에 취해 여자들을 데리고 희롱하고 있었습니다.

그 광경을 본 장자는 놀랍고 두려워 마음이 얼음처럼 차가워졌습니다. 능글맞은 자는 겉으로는 정직한 척하지만 속으로는 나쁜 생각을 가지고 있었던 것입니다.

"아아, 이 세상에는 믿을 만한 것이 하나도 없구나. 나를 구제할 참사람은 없을까?"

이렇게 부르짖으며, 장자는 그 밤으로 수행자의 집을 몰래 떠났습니다. 그러나 어딜 가도 음식을 얻지 못하여 피로해진 그는, 날이 저물어서야 겨우 인가를 찾을 수 있었습니다.

그 집이야말로 부처님의 제자 '핀돌라' 존자의 방사(房舍)였습니다. 그 집에서 사흘 동안 머문 뒤 겨우 안정했습니다.

"덕택으로…… 그동안 폐를 끼쳤습니다. 사실인즉……"

하고, 그동안에 겪은 사정을 전부 이야기했습니다. 그러자 핀돌라는 조용히 여원 장자를 타일렀습니다.

"여원이여, 결코 남을 원망해서는 안 됩니다. 그리고 도둑을 맞은 것이나 남에게 속은 것이나, 그 근본을 따지고 보면 모두 자기 마음에 있는 것입니다. 세 사람의 아내를 잃은 것이나, 또 지금의 아내가 불의의 짓을 하는 것이나, 다 어딘가 자기에게도 뉘우칠 만한 원인이 있었을 것입니다.

여원이여, 과거에 범한 자기의 죄를 전부 고백하지 않으면, 그 인연은 끊어지지 않고 어디로 가든지 반드시 따라다니는 것입니다. 더구나 죽어서 이별한 세 아내의 성불을 진심으로 빌지 않으면 안 됩니다. 당신은 그런 마음으로 공양한 일이 있습니까?"

이렇게 부드럽게, 그러나 엄숙하게 깨우쳐주는 말을 듣고 장자는 비로소 정신이 돌아와 과거를 모두 참회하기 시작했습니다.

그는 당대(當代)에 큰 부자가 되었지만, 또 당대에 금과 은의 보물을 잃어버릴 운명이었던 것입니다. 그는 천성이 인색하고 완고하여, 자비심이란 털끝만큼도 없는 사람이었습니다.

"존자여, 최초의 내 아내는 밥을 빌러 오는 사람에게 먹을 것을 잘 주었습니다. 나는 그것을 보기만 하면 그 벌로서, 가끔 아내에게 밥을 먹이지 말라고 명령했습니다. 그 때문이었던지 아내는 그것을 괴로워하다가 변사하고 말았습니다.

그래서 나는 두번째 아내를 맞이했습니다. 그도 또한 병으로 죽었습니다. 그런데 병든 아내에게 나는 아무런 약도 쓰지 않았습니다. 말하자면 죽었다고 생각해도 과언이 아니었습니다.

존자여, 세번째 아내는 나와 가장 오래 살았습니다. 그런데 어느 날 나는 창고를 조사해보고 재물이 없어진 것을 알았습니다. 그것은 아내가 조금씩 훔쳐내어 친정으로 보냈던 것입니다. 그때 나는 아무 생각 없이 아내를 마구 때렸습니다. 그것이 원인이 되어, 아내는 머리를 앓다가 그만 죽어버렸습니다.

존자여, 이 세상에 나만큼 죄 많은 사람이 있겠습니까……?"

장자는 이제 새삼스럽게 과거를 돌아보고 엉엉 울었습니다. 그래서 그는 과거에 지은 자기 죄를 진심으로 참회했습니다. 그때 핀돌라는,

"여원이여, 당신은 그 죄를 소멸시키기 위해 지금부터 부처님의 제자가 되어, 바른 보시를 행하지 않으면 안 됩니다"
라고 말했습니다.

"보시라니요? 어림도 없는 말입니다. 보시는 바와 같이 지금 제게는 아무것도 가진 것이 없습니다."

"그것은 나도 알고 있습니다. 자, 잘 들어보십시오. 꼭 재물을 주는 것만이 보시가 아닙니다. 먼저 당신은 바른 법을 깨달아, 그것을 남에게 나누어주는 것입니다. 그것은 '법보시(法布施)'라 해서 훌륭한 보시 행의 하나입니다."

그때 밖에는 비가 쏟아지고 있어서 이 방사의 주인 핀돌라는 댓잎으로 만든 바깥문을 걸기 위해 일어났습니다.

그것을 돕기 위해 장자가 따라 일어났을 때 문득 바깥에 어떤 수행자인 듯한 사람이 다 헤어진 부대를 허리에 감고 쪼그리고 앉아 있는 것이 눈에 띄었습니다.

"존자여, 저기 앉아 있는 사람을 보십시오. 가엾게도 비에 젖어 가지도 못하고 있습니다. 제가 가지고 있는 이 베는 우비도 되는 매우 편리한 것입니다. 이것을 저 수행자에게 건네주십시오."

이렇게 말하면서 자기가 가지고 있던 베를 존자에게 주었습니다.

"여원이여, 그것은 매우 거룩한 일입니다. 참 잘 생각한 일입니다. 그런 진실한 마음이 훌륭한 보시입니다."

이 말을 들은 그는 난생처음으로 보시한 기쁨에 큰 만족을 느꼈습니다. 존자는 삼가 그 베를 받아 한 번 예하고, 빗속에 쪼그리고 앉아 있는 그 나그네에게 가만히 덮어주었습니다. 그러자 그는 베를 쓴 채 잠자코 일어나 조용히 걸어갔습니다.

그것을 본 장자는 한마디 인사도 없이 떠나가는 것이 못내 괘씸하여, 방사에서 뛰어내려가 그 수행자의 뒤에서 큰 소리로 꾸짖었습니다.

"야앗! 어째서 남의 물건을 받고도 아무 말 없이 가느냐? 한마디 인사라도 있어야 할 것이 아니냐?"

"여원아⋯⋯"

여원은 깜짝 놀라, 자신의 이름을 알고 있는 그 수행자에게 물었습니다.

"응? 내 이름을 안다⋯⋯ 대체 너는 누구냐?"

"누구라도 좋다. 그대는 인사를 받기 위해 남에게 물건을 주느냐?"

이 말을 들은 여원은 아무 말도 못 하고 서 있을 수밖에 없었습니다. 그동안에 그 수행자는 어디론지 가버리고 말았습니다.

조금 뒤에 정신이 돌아온 장자는 방사로 돌아왔습니다. 핀돌라는 명하니 앉아 있는 장자에게 좀더 구체적으로 보시에 대해 설명해주었습니다.

"여원이여, 알았습니까? 남에게 물건을 주고 예를 받으면, 그것은 진정한 보시가 되지 않습니다. 사람들은 누구나 '나는 이렇게 했는데, 나는 저렇게 했는데' 하고, 자기가 한 행위를 남에게 보이고 싶어하는 것입니다. 당신이 많은 재물을 가지고 있으면서도 아내의 보시하는 마음을 막아, 아내를 죽여버린 것은 큰 죄입니다. 그래서 그 죄의 결과로 지금은 아무것도 가진 것이 없습니다. 그리고 앞으로 당신이 어느 들판에 혼자 외롭게 죽는다 한들 누구를 원망할 수 있겠습니까? 왜냐하면 지금까지는 너무 인색했기 때문입니다.

여원이여, 이를테면 우리의 몸뚱이를 두고 생각해보십시오. 먹고 싶은 것을 맘껏 먹고 내보내야 할 것은 내지 않고 있다면, 우리의 몸은 어떻게 될 것입니까? 반드시 몸은 고장을 일으켜 병이 되고 말 것임은, 너무나 명백한 일이 아니겠습니까? 그와 같이 내어야 할 것은 내어, 바른 보시 할 마음을 일으키지 않으면 안 될 것입니다."

이와 같이 여원을 위해 보시에 대해서 말해주었습니다.

34

인색한 누이와 동생의 보시

부자이면서도 지독하게 인색한 밧다이와 그 누이를,
부처님의 우두머리 제자들인 목갈라나, 카샤파, 아누룻다, 핀돌라 등
네 존자가 지혜를 써서 개심케 하고 부처님께 귀의시키는 이야기.

라자그리하 성 거리에 '밧다이'라는 부자가 있었습니다. 큰 창고에
는 곡식이 가득 차 있었지만 원래 인색한 성질이어서 거지가 오더라도
집 안에 들이지 않게 하기 위해, 일곱 겹 문에 문지기를 세워두었습니
다. 심지어 뜰에 새가 날아와 먹이를 쪼아 먹는 것까지도 문지기를 시
켜 쫓아버릴 정도의 사람이었습니다. 그의 누이인 '난다'도 또한 그러
해 남매는 세상에 나쁜 평판이 나 있었습니다.

어느 날 목갈라나와 카샤파, 아누룻다 그리고 핀돌라 등 네 사람이
한데 모여 서로 의논했습니다.

"어떻게 하든지 저 두 사람의 마음을 건져주어야겠다. 불·법·승(佛·
法·僧)의 삼보(三寶)에 귀의하도록 우리 스스로 지도하지 않겠는가?"

그래서 먼저 아누룻다가 밧다이 집에 가기로 했습니다. 밧다이는 안
방에서 아침을 먹고 있다가 뜻밖에 사마나가 나타났기 때문에 매우 놀

랐습니다. 할 수 없이 그는 아주 적은 음식을 아누룻다에게 주었습니다. 아누룻다가 떠난 뒤 그는 문지기를 불렀습니다.

"왜 그 사마나를 집 안에 들였느냐?"

"……예? 전연 몰랐습니다."

"이놈아, 다음부터는 주의해"

하고 호되게 나무랐습니다. 그러나 이내 다른 사마나가 또 안방 앞에 나타났습니다. 이번에는 카샤파가 왔습니다. 그는 할 수 없이 또 음식을 조금 주었습니다. 다시 문지기를 불러 꾸짖었습니다.

"사실인즉 들어가면 안 된다고 말하려 했지만 그만 말이 나오지 않아 저는 땅바닥에 꿇어앉아 합장하고 말았습니다. 그처럼 거룩한 모습이었습니다"

라고 문지기는 대답했습니다. 밧다이는 화가 잔뜩 나서,

"이놈아, 저 중은 요술을 부려 우리 집에 가만히 들어와 나를 귀찮게 하는 줄 모르느냐?"

하고 꾸짖었습니다. 그러자 그 아내는 밧다이를 만류했습니다.

"그렇게 욕하실 것이 아닙니다. 그분들은 다 저 거룩한 부처님의 제자가 아닙니까? 당신은 지금 그 존자들이 어떤 분이신지 아십니까?"

"아니, 나는 전연 모른다."

"최초에 나타나신 분은 원래 '드로노다나' 왕의 태자로서 집을 떠나 마음의 눈이 열려 하늘눈이 제일이라고 불리는, 아누룻다라는 유명한 존자이십니다."

"아아, 그러면 그분이 저 유명한 아누룻다 존자였구나"

하고, 밧다이는 눈이 둥그레졌습니다.

"다음에 나타나신 분은 아십니까?"

"아니, 그 사람도 모른다."

"다음 분은 지혜가 제일이라는 카샤파 존자십니다."

밧다이는 더욱 놀랐습니다.

"아아 그래. 그분이 카샤파 존자? 모두 다 높으신 이름은 들었지만 만나기는 오늘이 처음이야."

"그렇습니까? 그분들은 반드시 우리를 훌륭한 사람으로 만들어주시려고 그렇게 오신 것이라 생각합니다."

"무슨 소리야. 우리처럼 훌륭한 사람이 또 어디 있어? 우리는 지금까지 남의 물건을 훔친 일도 없고 또 남에게 폐를 끼친 일도 없다."

이렇게 이야기하고 있을 때 또 한 사람의 사마나가 나타났습니다.

"나는 부처님의 제자 목갈라나라는 사람이다."

이번에는 분명히 자기 이름까지 소개했습니다.

밧다이는 눈앞에 갑자기 나타난 목갈라나의 모습에 놀랐습니다.

"무슨 일이십니까?"

그는 존자의 이름을 듣고 존경하는 마음은 일어났으나, 보시하기는 아까워 일부러 퉁명스럽게 물었습니다.

"밧다이여, 그대는 조금 전에 아누룻다와 카샤파에게 보시했다. 그래서 나는 그 예로써 그대에게 법을 보시하러 왔다."

그는 하는 수 없어 존자를 위해 자리를 만들고, 비로소 설법을 들어보려는 생각이 났습니다.

"밧다이여, 우리의 스승이신 부처님은 법보시와 재물 보시를 말씀하셨다. 나는 지금 그대를 위해 제일의 법보시에 대해서 부처님의 가르침을 말하려 한다. 그런데 그 법보시에는 다섯 가지가 있다."

다섯 가지가 있다는 말을 듣고 밧다이는 속으로 놀랐습니다. 그것은 대체 나에 대해서 어떤 보시를 하라는 것일까 하고 곧 불안해진 까닭입니다.

"밧다이여, 다섯 가지 큰 보시란 무엇인가? 첫째는 '산목숨을 죽이지 말라', 둘째는 '남의 물건을 도둑질하지 말라', 셋째는 '남의 여자를 범하지 말라', 넷째는 '거짓을 말하지 말라', 그리고 다섯째는 '술을 마시지 말라'이다. 사람은 항상 이 다섯 가지를 닦으면서 평생을 지내지 않으면 안 된다"

고 말했습니다. 밧다이는 이 말을 듣고 완전히 안심했습니다. 왜냐하면 첫째 그는 생물을 죽인 일이 없다고 생각했기 때문에, 첫째 보시는 훌륭히 행하고 있었기 때문입니다.

다음으로 그는 상당한 재산을 가지고 있기 때문에 남의 물건을 훔칠 필요도 없고 또 훔친 일도 없습니다. 그러므로 그것은 둘째의 보시를 행한 증거였습니다.

다음으로 그는 아내를 사랑하고 있었습니다. 그러므로 남의 여자에게 마음을 둔 일이 없기 때문에 셋째 보시도 행하고 있었습니다.

네번째로 그는 어릴 때부터 거짓말할 줄 모르는 인간이어서, 언제나 바른 말만 하고 있었습니다. 그것은 넷째 보시를 행하는 것이었습니다.

최후로 그는 술을 먹을 줄 몰랐습니다. 그러므로 다섯째 보시도 틀림없이 행하고 있었습니다. '부처님의 가르침이란 내게 얼마나 적합한 것인가'라고 생각하고, 매우 기뻐했습니다. 그리고 그는 다음부터는 그 오계를 지키겠다고 맹세했습니다. 그리고 존자를 초대해 스스로 음식을 내오고 다시 설법을 들었습니다.

그런데 완전히 법열경(法悅境)에 들어간 밧다이는 존자에게 법의(法衣)가 될 만한 것을 보시하고 싶은 생각이 들었습니다. 그래서 창고에 들어가 이것저것 골라보았습니다.

그러나 아직 인색한 마음이 완전히 없어지지 않은 그는, 될 수 있는 대로 값싼 것을 찾았습니다만 손에 잡히는 것은 매우 훌륭한 것뿐이었습니다. 이것으로 할까, 저것으로 할까 망설이고 있을 때,

'남에게 물건을 보시할 때 아끼는 마음이 있어서는 진정한 보시가 되지 않는다. 네가 보시하고 싶은 그대로 하라……'

하고, 그의 귓가에 속삭이는 소리가 들렸습니다. 그래서 그는 가장 상품인 베를 세 필쯤 들고 창고에서 나왔습니다.

"목갈라나 존자여, 이 베 세 필로써 아누룻다 존자 그리고 카샤파 존자와 각각 한 필씩 나누어 써주십시오."

"나는 이 법윗감을 받은 것을 기쁘게 생각하지 않는다. 다만 그대가 보시할 마음을 일으킨 것이 기쁘다. 밧다이여, 너는 그 마음을 잊지 말고 다른 사람에게 두루 이 마음을 넓혀서 행하라. 동정심으로 행하는 보시는 남을 기쁘게 할 뿐 아니라, 자기 자신도 깨끗하게 하는 것이 된다. 밧다이여, 좋은 밭에서 많이 거두는 것처럼 그대의 그 보시하는 마음에는 온갖 행복의 결과가 있을 것이다."

이때 밧다이의 마음에 광명이 비쳐들었습니다.

"아아, 나는 이제 구제되었다."

그는 난생처음으로 느끼는 기쁨에 눈물을 흘리면서 존자 앞에 엎드려 합장했습니다.

"그런데 이번에는 그대 누이의 차례다."

존자는 이렇게 혼자 말하고, 조용히 일어나 떠났습니다.

이번에는 핀돌라 존자가 밧다이의 누이 난다를 구제할 차례입니다. 어느 날 난다가 떡을 만들고 있을 때, 핀돌라 존자가 그 앞에 불쑥 나타

났습니다. 존자를 보자 그녀는 퉁명스럽게 말했습니다.

"뭐야, 그대는 이 떡이 먹고 싶다는 말인가? 어림도 없다. 금방 만든 이 떡을 어떻게 보시해⋯⋯?"

그러나 존자는 잠자코 서 있었습니다.

"흥, 설령 그대가 내 두 눈깔을 도려내더라도 보시 따위는 할 수 없어" 하면서 존자의 얼굴을 물끄러미 바라보고 있는 동안에,

'잘못하면 이 사마나는 내 눈을 뺄지도 몰라'

하는 생각이 문득 들었습니다. 존자의 얼굴을 보면 볼수록 무서워졌습니다.

"아아, 내가 잘못했다. 제발 그 무서운 얼굴은 하지 말아다오" 하고, 그녀는 만들고 있던 떡 가운데서 제일 작은 것을 가려냈습니다. 그러나 떡들은 모두 한데 붙어 좀처럼 떨어지지 않았습니다. 그녀는 몹시 초조해져서,

"아아, 귀찮은 중님, 당신은 그처럼 이 떡이 먹고 싶은가?" 하고 외쳤습니다.

그때 핀돌라 존자는 비로소 입을 열었습니다.

"난다여, 자기 마음을 척도로 남의 마음을 재서는 안 된다. 나는 떡을 바라지 않는다. 그대에게 이야기를 들려주고 싶다."

"그것은 무슨 이야기입니까?"

"이 세상에서 제일 좋은 이야기다. 곧 그 떡을 가지고 내 방사로 오너라."

난다는 마지못해 떡을 가지고 존자를 따라 카샤파 존자들이 거처하는 방사로 갔습니다.

"벗들이여, 이 여자는 탐욕이 많아 동정심이라고는 조금도 없는 여

자다. 어떻게 하든지 부처님의 법으로써, 이 가엾은 여자의 마음을 열어주어야겠다."

핀돌라 존자는 목갈라나와 카샤파 존자에게 이렇게 말했습니다. 그러자 아누룻다는 난다에게 부드럽게 명령했습니다.

"난다여, 그 떡을 여기 이 비구들에게 공양하시오."

그녀는 마지못해 떡을 조금 공양했습니다.

"난다여, 좀더 공양하시오."

그녀는 역시 조금 내놓았습니다. 이렇게 세 번 되풀이한 다음 아누룻다 존자는,

"그 남은 떡은 전부 불쌍한 사람들에게 나눠주시오"

라고 말했습니다. 그녀는 또 조금 내놓으면서,

"그러면 이것을 드리십시오"

하고 핀돌라 존자에게 주었습니다. 그러자 카샤파는 엄숙한 소리로 말했습니다.

"네가 아끼고 있는 그 떡을 보라. 그것은 떡이 아니요, 탐욕의 불꽃이다. 불타오르는 욕심의 불꽃이다. 잘 봐라."

이 말에 놀란 그녀는 곧 그녀가 안고 있는 떡을 보았습니다. 그것은 전부 불꽃이 되어 타고 있었습니다. 지금이라도 곧 몸을 태울 듯한 맹렬한 불꽃이었습니다. 그녀는 "앗" 하고 소리를 지르면서 떡을 전부 내던졌습니다.

"부디 용서해주십시오"

하고 울면서 쓰러졌습니다. 그때 그 동생인 밧다이 장자가 그의 아내를 데리고 그곳에 나타났습니다. 그 누이 난다는 그때부터 새로 태어난 듯 모두 함께 설법을 듣고 싶어했습니다.

280

제일 장로 카샤파는 육 '바라밀'에 대해서 말씀하셨습니다.

"첫째, 탐욕이 많은 자에게는 '보시'의 마음을 일으키고,

둘째, 교만이 많은 자에게는 '지계(持戒)'의 마음을 일으키고,

셋째, 성내는 마음이 많은 자에게는 '인욕'의 마음을 일으키고,

넷째, 게으름이 많은 자에게는 '정진'의 마음을 일으키고,

다섯째, 산란한 마음이 있는 자에게는 '선정'의 마음을 일으키고,

여섯째, 어리석음이 많은 자에게는 '지혜'의 마음을 일으켜라"

하고 말했습니다. 그리고 다시,

"이 '보시'라는 것은 즐겁게 주는 것으로서, 여기에는 물질을 보시하는 재시(財施), 중생을 구제하기 위해 법을 설하는 법시(法施), 내 몸을 보시하는 무외시(無畏施) 또는 신시(身施)가 있다.

이 세 가지를 한꺼번에 행해야 비로소 완전한 보시가 되는 것이다. 그러나 세상에는 물질적으로 가난한 사람이 많다. 그런 사람은 아쉬운 대로 자기 몸으로써, 남을 위하고 세상을 위해 즐겁게 노력하는 것이 훌륭한 시행이 되는 것이다.

다음에 '지계'라는 것은, 부처님이 정하신 계율을 지켜 악행을 고치게 하고 몸과 마음을 함께 청정하게 하는 것이다.

셋째로 '인욕'이라는 것은, 성내는 마음을 일으키지 않고 모든 것에 대해 견디어 참는 것이다. 여기에도 '생인(生忍)'과 '법인(法忍)'이 있다. 생인이란 사람에 대해서 참는 것이요, 법인이란 물(物)에 대해서 참는 것이다.

넷째로 '정진'이라는 것은, 순수한 마음으로 도중에서 물러나거나 타락하지 않고 진리의 길로 나아가는 것이다.

다섯째로 '선정'이라는 것은, 마음을 고요히 해 안락하고 자재한 경

지에 들어가는 것이다.

마지막으로 '지혜'라는 것은, 사물을 바르게 보는 힘이다. 마음에 미혹이 있어 사물을 바로 보지 못할 때에는 사물의 실상(實相)을 모른다. 모든 법의 실상을 참으로 아는 것이 지혜다."

이렇게 육 바라밀에 대해서 말했습니다. 그때 난다도 진심으로 보시하고 싶은 마음이 일어났습니다. 그래서 동생 밧다이 장자와 함께 불교에 귀의하여 훌륭한 우파사카(남신도)와 우파시카(여신도)가 되었습니다.

35
은혜를 악으로 갚은 데바의 전생 이야기

부처님을 배반하고 교단을 분열시킨 데바다타는
전생에 부처이신 적정왕(寂靜王)으로부터 받은 생명의 은혜를
배반하여 비참한 죽음을 맞았다는 이야기.

부처님의 종제인 '데바다타'는 여섯 왕자와 함께 출가해 수행, 정진하고 있었습니다. 그러나 그는 남의 지도를 받기 싫어하는 자존심이 너무 강해 좀처럼 진리를 깨칠 수 없었습니다. 그래서 부처님은,

"데바여, 너는 너 자신을 닦아 무아(無我)의 경지에 들어가기는 불가능하다. 왜냐하면 깨달음을 얻는다는 것은 그리 쉬운 일이 아니다. 너는 도를 깨치기보다도 집에 돌아가 보시의 공덕을 쌓는 편이 낫다"

고 말씀하셨습니다. 그는 이 말씀을 듣자, 부처님과 교단을 떠나 멀리 떨어진 암자에 들어가 혼자 일심으로 수행을 계속했습니다.

'아직 그 누구도 얻지 못한 것을 얻었다'고 생각한 그는, 자기가 법주(法主)가 되어 대중을 교화할 날도 멀지 않았다고 생각하고 있었습니다.

그래서 그는 부처님에 대해 여러 가지 악평을 사방에 퍼뜨렸습니다.

제2부 부처님의 행적과 깨우침 283

그 소문은 곧 불제자들의 귀에도 들어갔습니다.

부처님의 시자인 아난다는 어느 날 부처님께 이렇게 여쭈었습니다.

"부처님이시여, 요즘 데바는 바른 법을 비방하면서 우리 교단을 파괴하려고 계획하고 있습니다. 그는 왜 부처님께 원한을 품고 있는 것입니까……?"

그 질문에 부처님은 기자쿠타 산 강당에 많은 제자들을 모아놓고, 옛날이야기를 하셨습니다.

"비구들이여, 옛날 '적정성(寂靜城)'에 '적정'이라는 왕이 있었다. 그는 자비심이 많아 백성들 사랑하기를, 마치 어머니가 젖먹이를 사랑하듯 했다. 보시하는 마음이 많아 수행자에게는 물론 병으로 고생하는 사람에게도, 고독한 자나 빈곤한 자에게도 즐겁게 보시하여 위로해주었다……"

왕은 매일의 일과로서 아침 일찍 일어나 목욕하고는 곧 늙은 양친 방으로 가서,

"밤새 안녕히 주무셨습니까?"

하고 아침 문안을 드리는 것을 잊지 않았습니다. 다음에는 성내에 있는 병원을 한 바퀴 돌면서 병자를 위로하고 그리고 정사를 보았습니다. 이렇게 자비심 많은 왕은 온 나라 안의 병자를 위해, 빈곤한 자는 성내로 불러들여 의사를 붙여주었기 때문에, 날마다 성문에는 수많은 병자들이 모여들었습니다.

어느 날 어떤 다 죽어가는 늙은 거지가 찾아왔습니다.

"너도 병자냐?"

"대왕님, 제 병은 고치지 못하는 병이라고 어떤 의사도 상대해주지

않습니다. 그리고 가난해서 약도 쓰지 못하고 있습니다."

그는 곧 숨이 끊어질 듯 괴로워하면서 이렇게 대답하는 것이었습니다. 그러나 그의 눈에는 어딘지 모르게 살기가 깊이 담겨 있었습니다.

"그것은 정말 가여운 일이로다. 내가 맡아 치료해주리라."

왕은 이렇게 말하고, 우선 그를 병상에 눕혔습니다. 그리고 대신들에게 명령했습니다.

"전국의 의사들을 불러모아라."

전국에서 모여든 의사들은 그를 진찰해보고는 모두 머리를 저으면서 물러갔습니다.

"어떻게 된 일이냐? 아무도 고칠 수 없다는 것이냐?"

"예, 황송하옵니다만 벌써 다 죽게 되어 도저히 치료할 수가 없습니다."

"벌써 다 죽게 되었어? 그러나 그대로 두기는 가엾지 않으냐? 만일 누구라도 치료할 수 있다면 상금은 얼마라도 주겠다. 무슨 방법이 없겠는가?"
라고 왕은 말했습니다.

"그러시다면 여럿이 의논해서 다시 여쭙겠습니다."

의사들은 모두 한방에 모여 상의했습니다. 그중에서 제일 노련한 의사가 왕 앞에 나와 엎드려 말했습니다.

"지금 저희들이 상의해보았습니다만, 저 병자의 병은 고치기 어려운 병입니다. 더구나 치료에 쓸 약을 구할 길이 없습니다. 그래서 황공하오나 맡을 수가 없습니다. 부디 용서해주시기 바랍니다."

"손에 넣을 수 없다는 약은 어떤 약이냐? 적어도 일국의 왕으로서, 한 사람의 병자도 구하지 못한다면 이 왕위도 신명도 아무 소용이 없지 않느냐……?"

"예, 그러시다면 죄송하오나 말씀드리겠습니다. 그 약만은 금이나 은 따위의 보물로도 살 수 없는 것입니다. 왜냐하면 그것은 평생에 한 번도 성낸 일이 없는 사람의 피를 받아 그것으로 죽을 끓여 먹여야 나을 수 있을 것입니다. 그러나 아무리 이 세상이 넓다 한들 그런 사람이 어디 있겠습니까? 그러기에 지극히 어렵다는 것입니다."

이 말을 듣고 왕도 과연 그러하리라고 생각했습니다. 사람을 살린다는 것은 지극히 훌륭한 행동이다…… 사람을 살리기 위해 자기를 희생한다는 것은 거룩한 일이다…… 지금까지 한 번도 성낸 일이 없는 왕은 자기 자신을 돌아보았습니다.

"적어도 일국의 왕으로서 한 사람의 병자도 구하지 못한다는 것은 얼마나 무정한 일인가"

하고 마음속으로 매우 슬퍼했습니다.

"어떤 성인이라도 일생에 한 번도 성낸 일이 없는 사람은 없을 것입니다."

그 의사는 다시 말했습니다. 그러나 자비심이 많은 왕은,

"아니, 없지 않다. 있다"

라고 잘라 말했습니다.

일생에 한 번도 성낸 일이 없는 사람은, 바로 왕 자신이라는 것을 왕은 잘 알고 있었습니다. 이에 왕은 거룩한 각오를 했습니다. 자기의 피를 뽑아 저 병자에게 주자는 결심이었습니다. 그러나 왕은 '나 혼자만의 상상이나 신용으로서는 위험하다. 항상 나와 같이 있던 주위 사람들의 승인을 받자'고 생각했습니다. 그래서 먼저 제일 늙은 유모를 불렀습니다.

"유모여, 내가 어릴 때부터 성낸 일이 없었는가? 거리낌 없이 말해다오."

"대왕님의 일은 이 유모가 잘 알고 있습니다. 대왕님은 참으로 희한한 분으로서, 내 젖을 처음 빠시던 때로부터 아직 한 번도 성내신 일이 없으셨습니다."

왕은 또 양친의 방에 가서 물어보았습니다. 그 양친도 또,

"너는 매우 얌전해서 한 번도 성낸 일이 없었다"

고 말씀하셨습니다.

또 가까운 일가들에게도 물어보았으나 대답은 같았습니다.

"그러면 내 생각이 틀림없다. 나는 저 불쌍한 병자를 살릴 수 있다."

그래서 왕은 다시 의사들을 불러 자비에 빛나는 명랑한 얼굴로 말했습니다.

"저 병자를 살리기 위해 내 몸 다섯 곳에 침을 꽂아 피를 뽑아라."

"그것은 너무 황송한 일이옵니다. 저 거지 병자의 하잘것없는 생명을 구하기 위해 대왕님의 육체에 침을 꽂는다는 것은 너무나 황송스럽고 죄송한 일이옵니다"

라고 의사들은 말했습니다.

자비심이 많은 왕은 세 번이나 말했습니다만 어느 의사도 나오지 않았습니다. 그래서 일각을 다투는 생명을 위해, 왕은 손수 자기 몸에 침을 꽂아 피를 그릇에 받았습니다.

"그대들의 말과 같이 이 피로 죽을 끓여 저 병자에게 주라. 반드시 낫게 될 것이다."

왕은 피그릇을 의사에게 주었습니다.

거룩한 왕의 마음에 감동하고, 황송스러움에 감격의 눈물을 흘리면

서, 의사들은 그 거룩한 피로 죽을 끓여 병자에게 주었습니다.

왕이 친히 병자를 문병했을 때 그 병자는,

"대왕님이시여, 대왕님의 덕택으로 병은 조금 나았습니다. 부디 자비를 베푸시어 제 목숨을 꼭 살려주소서"

하고 애걸했습니다.

이와 같이 하여 왕은 날마다 병자에게 필요한 만큼의 피를 뽑아주었습니다. 이렇게 되자 의사들도 대왕의 몸에서 피를 뽑지 않을 수 없었습니다.

이 거룩한 소문은 곧 전국에 퍼졌습니다. 백성들은 그렇잖아도 대왕님의 어진 정치를 찬탄하고 있던 때라, 자기 몸을 버려 남을 구해주시는 대왕의 건강을 걱정하지 않을 수 없었습니다.

대왕의 피는 그 병자의 병이 나을 때까지 날마다 뽑히지 않으면 안 되었습니다. 이 사정을 안 백성들은,

"대왕님의 마음씨는 참으로 황송스럽다. 그러나 그 때문에 만일 대왕님께 무슨 일이라도 생긴다면 우리에게 얼마나 불행한 일인가!"

하고, 전국의 대표자들이 모여 상의한 끝에 왕에게 간해서 만류하도록 했습니다.

그러나 왕은 이 말을 듣고,

"그대들의 뜻은 고맙지만 착한 일을 위해 버린 목숨이라 결코 아까울 것이 없다"

하고 굳게 거절했습니다. 그리고 피를 뽑은 지 육 개월이 되었습니다.

그 때문에 왕의 몸은 쇠약해져 아주 기력이 없어졌습니다. 한편 병자의 병은 차도는 있었지만, 원체 고치기 어려운 죽을병이라 그리 쉽게 낫지는 않았습니다. 그래서 날마다 피를 뽑지 않을 수 없는 왕은, 이제

는 기거하기에도 자유롭지 못한 몸이 되어 그만 병상에 누워버렸습니다. 대신들과 의사들은 걱정한 나머지 그만두시라고 간청했습니다.

"아니다. 나의 건강은 염려하지 말라. 그보다도 저 병자의 병은 아직 낫지 않았는가?"

하고, 여전히 손수 피를 뽑았습니다.

이 광경을 본 모든 부처님과 하늘의 착한 신들은 왕을 찬탄하고, 왕의 몸에 감로의 법비를 내리셨습니다. 그러자 새로운 피가 왕의 몸속에 넘쳐 왕의 얼굴빛이 붉어지면서 생기를 회복했습니다. 깊은 잠에 빠졌던 왕이 눈을 뜨자, 그 곁에는 왕의 어머니가 근심스러운 듯 지켜보고 있었습니다.

"오오, 이제 깨었구나. 몸은 좀 어떠냐?"

하면서 자비로운 얼굴로 물었습니다.

"예, 저는 지금 이상한 꿈을 꾸었습니다. 하늘에는 오색구름이 나부끼고 미묘한 음악 소리가 나더니 모든 하늘의 신들이 제 몸의 털구멍으로 약을 넣어주었습니다. 그래서 저는 기운을 차린 것 같습니다."

"그것은 너의 정성에 신들이 감동해 지켜주신 것이다."

그래서 왕의 몸은 날로 회복되었습니다. 동시에 그 병자도 완전히 나았습니다.

왕은 자기의 자비가 성취된 것을 매우 기뻐했습니다. 그리고 다시 저 사내를 가난에서 구해주려고 생각했습니다. 그래서 그에게 넓고 좋은 땅을 주고, 훌륭한 집도 지어주는 동시에 또 하인까지 붙여주었습니다.

목숨도 살아났고 또 토지와 집을 얻어 가난에서 벗어난 그 사내는 감사의 눈물을 흘렸습니다. 그로부터 몇 해가 지났습니다.

참으로 인간이란 천박한 것입니다. 그러한 어려운 병을 고치고, 토지와 가옥까지 얻어 일생을 다 바쳐도 모을 수 없는 큰 재산을 주신 생명의 은인인 대왕에게 목숨이라도 바치려고 생각했던 그가, 지금에 와서는 그런 생각조차 하지 않게 되었습니다.

그뿐 아니라 자기에게 그만한 가치가 있었기 때문에 왕이 그런 행동까지 했다고 생각하게 되었던 것입니다. 그래서 그는,

"나는 저 유명한 적정왕이 주는 육 개월 동안의 피를 받아먹고, 그 고치기 어려운 병을 고친 사람이다. 그뿐 아니라 토지와 가옥, 그 위에 하인까지 얻은 사람이다"

하고 누구에게나 뽐내어 자랑했습니다. 이 소문은 다른 나라에까지 퍼졌습니다. 그러나 누가 보아도 그 사내는 그처럼 덕이 높은 인간으로는 보이지 않았기 때문에, 다른 나라 사람들은 왕의 높은 인격과 큰 자비를 모르고 모두 이상하게 생각했습니다.

"글쎄 그자에게 무슨 가치가 있었기에 적어도 일국의 왕으로서 그런 일을 했을까?"

이런 소문은 그 사내의 귀에도 들어갔습니다. 그때 그 사내의 두 눈에 깊이 잠겨 있던 살기가 갑자기 빛나기 시작했습니다.

"아니, 저 왕에게 어떻게 그런 자비가 있었겠는가? 사실은 그 왕 자신에게 나쁜 피가 고여 있었던 것이다. 그대로 두면 생명을 보존하기 어려웠기 때문에 병자인 나에게 그 피를 뽑아주어 자기 생명을 유지한 것이다. 그래서 그 은혜를 갚기 위해 내게 토지와 가옥을 준 것이다. 그것은 결코 자비가 아니다."

이런 나쁜 소리를 하면서 돌아다니게 되었습니다.

이런 내용의 이야기를 하시고, 부처님은 잠깐 동안 잠자코 계시다가

말씀을 이으셨습니다.

"비구들이여, 악한 업은 역시 천지에 차는 것이다…… 하늘의 감로로 왕의 피를 보충했던 신들은 '얼마나 은혜를 모르는 나쁜 놈인가' 하고, 이에 천벌을 그 사내에게 내리게 되었다.

즉, 왕에게서 얻은 토지는 갑자기 큰 소리를 내며 갈라지고, 집에는 불이 나 어느새 전 재산을 태워버렸다. 모처럼 대왕의 피를 받아 회복했던 그의 몸은, 다시 불쌍한 병자가 되었던 것이다.

비구들이여, 그래서 그 사내는 사람들의 천대를 받아 거기서 살지도 못하고 그 병든 불쌍한 몸을 이끌고 괴로운 나그넷길을 떠나게 된 것이다.

비구들이여, 사람들은 이와 같이 제가 지은 선악의 업을 따라 돌고 도는 것이다……

비구들이여, 그때의 그 적정왕은 곧 나이고 그 병자는 저 데바이다.

비구들이여, 이와 같이 저 데바는 현세뿐만 아니라 전생에서도 내게 원한을 품다가 드디어 나를 죽이려 한 것이다.

비구들이여, 저 데바는 오백 년 전부터 지금까지 착한 마음을 일으키지 않고 있다."

부처님은 이와 같이 아난다의 물음에 대답하면서 대중들에게 말씀하셨습니다.

36
교만해진 데바다타의 배반

부처님의 후계자로 교단을 인수하려다 실패한 데바는
새로이 교단을 조직하고 스스로 부처라 일컬으며
새로운 계율을 선포하고 교세를 넓혀나가지만
결국 실패하고 만다는 이야기.

라자그리하 성의 빔비사라 왕과 그 왕비 '바이데히' 부인은 부처님의 독실한 신자였습니다. 그의 왕자 '아자타사투'가 십육 세 되던 해의 봄, 태자의 위치에 나아가는 식을 올렸을 때 그 전도가 촉망되는 왕자에게, 데바다타가 좋지 못한 야심을 품게 되었습니다.

그는 어떻게 하든지 태자를 자기의 외호자로 만들어, 그 힘으로 교단을 세울 계획이었습니다. 그래서 그는 태자의 주의를 끌기 위해, 어느 날 코끼리를 타고 돌아다니면서 묘한 기술을 보이기도 하고, 또 그 다음 날은 말을 타고 돌아다니면서 신기한 기술을 보이기도 했습니다.

젊은 태자는 높은 다락 위에서 그것을 바라보고 데바의 기술에 깊이 감동되어, 태자 스스로 그의 손을 잡아 자기 방으로 안내했습니다.

"그대의 코끼리 부리는 기술과 말 부리는 기술은 참으로 비범합니다. 나는 오늘부터 당신의 지도를 받아 그 기술을 배우고 싶습니다"

하고, 스승에 대한 예로써 가르침을 청했습니다. 데바는 속으로 만족해 웃었습니다. 그러나 짐짓 난처한 듯한 태도를 보이면서 천천히 대답했습니다.

"왕명이시니 할 수 없습니다. 무도칠예(武道七藝)는 말할 것 없고 병법(兵法) 전반과 치국평천하(治國平天下)의 법에 이르기까지 모두 가르쳐드리겠습니다"

하고, 그날부터 데바는 태자의 스승이 되었습니다.

천하를 탐하는 그는 정성을 다해 태자를 섬겼으므로 드디어 태자의 신임을 얻었습니다. 그래서 새로 절을 세우게 되었습니다. 그의 명성은 천하에 떨쳐져 제자 되기를 희망하는 사람이 날로 많아졌습니다.

그의 세력이 성해짐에 따라 부처님의 교단에서도 그 밑으로 들어가는 자가 생기게 되었습니다. 어느 날 부처님은 라자그리하 거리로 행걸하러 나가셨습니다. 그날 데바도 많은 제자들을 거느리고 그 거리로 행걸하러 나왔습니다.

부처님은 멀리서 그들을 바라보시고 곧 그 거리를 떠나시려 하셨습니다. 그때 아난다는 이상하게 생각하고 부처님께 여쭈었습니다.

"부처님이시여! 왜 이 거리를 떠나시려 하십니까?"

"아난다야, 저기서 걸어오는 사람들은 데바의 일행이다. 그래서 나는 데바를 피하고자 하는 것이다."

"부처님이시여! 어찌해서 데바를 두려워하십니까?"

"아니, 두려워하는 것이 아니다. 악한 사람을 만나서는 안 된다."

"그러면 저 사람을 떠나게 하면 되지 않습니까?"

"그를 떠나게 할 것도 없다. 당분간은 제 마음대로 하게 하는 것이 좋다."

"그러나 부처님, 이 거리는 부처님께서 교화하시는 거리입니다. 더구나 데바는 부처님의 제자가 아닙니까?"

그때 부처님은 조용히 아난다를 타이르셨습니다.

"아난다야, 어리석은 사람을 만나는 것은 피해야 한다. 어리석은 사람과 접촉해서는 안 되며, 쓸데없는 이론을 주고받아서도 안 된다. 아난다야, 어리석은 사람은 스스로 악을 행하고 바른 가르침을 배반하며 그릇된 생각을 더해가는 것이다.

아난다야, 지금 데바는 좋은 자리와 재물을 얻어, 그 마음이 잔뜩 교만해지고 있다. 사나운 개는 때리면 때릴수록 사나워지는 법이다."

부처님은 아난다를 데리고 다음 거리 쪽으로 돌아가셨습니다.

돌아가시는 길에서 부처님은 아난다에게 데바는 바른 법을 배반하고 있지만, 그 심정을 생각하면 참으로 불쌍하다고 몇 번이나 되풀이해 말씀하셨습니다.

데바는 부처님의 교단에 대항할 목적으로 아자타사투 태자의 힘을 입어 절을 세운 것입니다. 그리고 이번에는 부처님을 대신하여, 불교 교단을 통리해볼 야심으로 일부러 심복하는 제자들을 데리고 부처님께 나아갔습니다.

"부처님이시여! 부처님께선 이제 연세가 많으셔서 이 큰 교단을 통치하시려면 몸에 지장이 많으실 것입니다. 뭐라 해도 저희들에게는 참으로 귀중하신 몸이십니다. 그러므로 대중을 위해 몸소 설법하시는 것은 괴로우신 일입니다. 부처님이시여! 저는 부족한 사람이지만 오늘부터 제가 부처님을 대신하여 설법하고, 부처님의 가르침을 펴겠습니다. 지금부터 부처님께서는 선정을 닦으시면서 법락(法樂)에 계시기를 간절히 바라는 바입니다"

하고 그는 능글맞게, 그러나 정성스러운 듯이 말했습니다. 이에 대하여 부처님은,

"데바여! 나는 샤리푸타나 목갈라나와 같이 지혜 있고 행이 깨끗한 큰 아라한에게도, 아직 통리나 설법을 맡기지 않고 있다. 하물며 너처럼 명리를 탐해 남의 침을 빠는 사람에게 어떻게 대중을 맡길 수 있겠는가?"

하고, 잘라 말하셨습니다.

그 말씀에는 야심가인 데바도 대답할 말이 없어 풀이 죽어 물러갔습니다. 그러나 마음속으로는 깊은 원한을 품고 복수를 다짐했습니다.

'이 고타마 중놈아! 대중 앞에서 내 얼굴에 똥칠을 했겠다. 어디 두고 보자……'

지금까지 그가 교단에 대해서 불평을 품은 것은, 샤리푸타나 목갈라나 같은 수제자들이 자기를 멸시한다는 것이었습니다. 그런데 이제 부처님마저 자기를 멸시한다는 것을 비로소 안 그는, 그 원한이 더욱 커졌습니다.

어느 날 그는 그의 심복 제자 '코카리'와 '칸다', '데샤'와 '삼문다타' 등 네 사람을 불러,

"친애하는 제자들이여! 제군들도 아는 바와 같이 나는 고타마에게 아니꼬운 모욕을 당했다. 이렇게 된 이상 우리는 하나로 뭉쳐 복수하지 않으면 안 된다. 다행히 내게는 저 아자타사투 태자의 큰 후원이 있다. 장차 태자가 국왕이 되면, 천하는 내 것이나 같다. 제군은 이때에 신도를 모으기에 한층 더 힘쓰지 않으면 안 된다"

라고 말했습니다. 그때 삼문다타가 데바에게 물었습니다.

"스승님, 그러면 어떤 방법으로 신도들을 지도하면 좋겠습니까?"

"저 고타마 교단은 요즘 규율이 문란해졌다. 우리 교단에서는 다섯 가지 규칙을 정해, 그것을 저 고타마의 제자와 신도들에게 들려주어라. 즉,

첫째, 숲속에 살고, 성 밑 거리에 살아서는 안 된다.

둘째, 집집마다 밥을 빌고, 초대하는 공양을 받아서는 안 된다.

셋째, 한평생 거친 옷을 입고, 고운 옷을 입어서는 안 된다.

넷째, 생선이나 육미를 먹어서는 안 된다.

다섯째, 나무 밑에서 수행하고, 집 안에서 수행해서는 안 된다.

이 다섯 가지 법을 신도들에게 외쳐주어라. '우리는 이렇게 지키고 이렇게 실행한다'고 말이다.

그리고 새로 된 비구들에게는 '이 다섯 가지를 실행하면 도를 빨리 깨친다'고 일러주어라. 또 장로 비구들에게는 '너희들이 숭배하는 고타마는 이미 늙어 곧 죽을 것이다. 그러므로 너희들을 지도하고 보호하지 못할 것이다. 먼저 현재의 이익을 얻고자 하면 그 뜻을 달성하기 위하여 우리 교단으로 들어오라'고 선전하는 것이 좋다."

여기서 심복 제자 네 사람은 데바의 제안에 찬성하고, 불교 교단의 파괴를 꾀했던 것입니다.

그래서 라자그리하의 서남쪽으로 십이 리쯤 떨어진 곳에 험한 봉우리로 병풍을 친 듯한 '가야산' 꼭대기에 지은 새 절에서 데바는 다섯 가지 계율로 신도들을 모으기 시작했습니다. 먼저 삼문다타가 부처님 제자들에게 가서 이렇게 선전했습니다.

"여러 비구들이여! 우리 데바 부처님의 이름은 지금 온 천하에 떨치고, 그 교의도 충실하다. 이번에도 새로운 계율을 정했다. 그 다섯 가지를 지키면 반드시 도를 깨칠 것이다…… 어쨌든 현세의 이익을 얻고자

하면 곧 우리 데바 부처님의 교단으로 들어오라."

그러자 새로 된 비구들은 부처님의 교단에서 떠나 데바 교단으로 들어갔습니다.

다음에 코카리는 장로 비구들에게 가서 말했습니다.

"우리 데바 부처님은, 여러분이 아는 바와 같이 지금 아침 해가 하늘에 떠오르는 것처럼 그 이름은 천하를 울려, 곧 전륜성왕(轉輪聖王)의 지위에 오를 것이다. 그런데 그대들이 숭배하는 고타마 붓다는 지금 나이도 늙어 오래지 않아 죽을 것이다. 그때에 너희들은 길거리에서 방황하게 될 것이다. 지금이라도 생각이 있는 자는 곧 우리 교단으로 들어오라. 데바 부처님은 진실로 자비심이 많으신 어른이라, 넓으신 아량으로 너희들을 맞아주실 것이다."

이렇게 코카리도 또 다섯 가지 법을 말했습니다. 약 육십 명의 장로들 중에는 이 말을 옳게 여기는 자도 있고, 혹은 반신반의하기도 해 서로 논란이 벌어졌습니다.

이때 아난다는 자리에서 일어나,

"우리 스승 부처님은 처음에 말할 수 없는 고행을 하시다가 그 무의미한 것을 깨달으셨소. 그래서 내 육체로 향한 칼을 마음으로 돌려 드디어 도를 깨치셨소. 진실로 우리 부처님은 어디까지나 '마음의 수행'에 전심전력을 다하셨소.

우리 교단에서는 가끔 계율을 부수는 사람이 있어, 그 때문에 처음에는 많은 계율을 벌여놓으셨던 것이오. 그러나 그 참뜻은 함부로 사람의 행위를 속박하려는 것이 아니라, 그것에 의해 '마음의 때'를 없애려 하는 것이라고 역설하셨소. 따라서 지금 코카리의 말이나 또 데바의 다섯 가지 계율만이 참된 부처님의 가르침의 전부라고 말할 수는 없을 것이오.

여러분, 굳은 믿음을 가진 분은 빨리 자리에서 일어나, 각각 자기 처소로 돌아가시오"

하고 자리에서 일어났습니다. 그러나 코카리의 말을 믿고, 데바의 교단으로 들어간 자도 적지 않았습니다.

이 소문을 들으신 부처님의 현실에 대한 견해는 참으로 원만했습니다.

"이 다섯 가지 법을 지키려고 하는 자가 있다면 그것을 방해하지는 않는다. 그러나 반드시 그것만을 지키라는 것이 아니다. 도를 닦는 자의 목적은 '마음의 때'를 없애는 데 있다. 의식주와 같은 것은 그 지역의 풍습도 있을 것이고, 또 체질에도 관계되는 것이다. 따라서 나무 밑에 있건, 방 안에 있건, 고운 옷을 입건, 그것을 입지 않건, 집집마다 구걸을 하건, 초대공양을 받건 그것을 구속할 필요는 없다. 다만 의식주에 집착하여 거기에 빠지지 않는 한, 모두가 자유롭게 이루어져도 좋을 것이다. 그러나 규칙을 너무 엄하게 하고 이에 집착하면 도리어 바른 도의 방해가 될 것이다"

라고 말씀하셨습니다.

37

건다의 비행

데바의 제자 건다가 자기네 교세를 넓힐 겸
부처님의 교단을 파괴하려고, 부처님 교단의 외호자 중
가장 유력한 파타나 장자의 부인을 꾀려다
장자의 독실한 믿음 때문에 실패한 이야기.

데바는 가야산에 있으면서 부처님을 배반하고 새 종교를 선전하는 데 열중하고 있었습니다. 그래서 자기가 세운 다섯 가지 계율을 기치로 삼아 부처님의 교단에 파고들어 대중을 끌려고, 있는 지혜를 다 짜내고 있었습니다.

그래서 데바의 도당들은 갖은 수단을 다 써서 신도를 모았습니다. 그 중에서도 데바의 제자 '건다'는 부처님 교단의 외호자로 가장 유력한 '파타나' 장자의 부인을 찾아갔습니다.

"부인이 고타마의 가르침을 믿으면서도 아직 도를 깨치지 못한 것은 벌써 교단 그 자체에 어떤 힘이 없다는 것을 깨닫지 못합니까? 힘이 없는 교단에 많은 보시를 한다고 해서 구제를 받을 방법이 있는 건 아니지 않습니까?"

"아닙니다, 우리들은 신분이 아주 낮은 남녀에 이르기까지 다 구제를 받고 있습니다."

"그것은 부인이 말하는 것과 같이 일시적으로는 구제를 받을지 모릅니다. 그러나 부인은 부부 사이에 아직 아들을 얻지 못했다는 번민을 가지고 있지 않습니까? 우리 교단에서는 바른 법을 행하기 때문에 믿는 사람은 모두 소원을 성취하고 있습니다. 결과가 없는 신앙은 그만두는 것이 좋다고 생각합니다. 어쨌든 한번 속는 셈 치고 우리 교단에 나오시지 않겠습니까?"

그래서 드디어 장자 부인은 데바의 신자가 되어 날마다 나가게 되었습니다. 그런데 장자는 부인의 태도를 이상히 여겨 부인에게 물어보았습니다.

"당신은 그처럼 부처님을 믿고 내게 숨기면서까지 보시할 마음을 가지고 있었는데, 요즈음은 무슨 까닭인지 우리 교단에는 전혀 나오지도 않으니 어디 다른 곳에 마음이 끌린 게 아닌가?"

"예, 언젠가는 말씀을 드리려고 생각하고 있었습니다. 사실 저는 데바 부처님의 교단에……"

"무엇! 데바 교단? 이 벌받을 년아!"

장자는 그만 부인의 뺨을 때렸습니다.

"그래 생각해보라. 오늘의 우리 행복이 누구 덕택이냐? 다 부처님의 가르침에 의한 것이 아니냐? 더구나 너는 그처럼 허약한 몸으로부터 구제를 받았는데도 그 은혜를 잊어버리고 다른 교단으로 달아나다니 그게 옳은 일이냐?"

"예, 옳은 말씀이십니다. 제가 잠깐 생각을 잘못하여 참으로 죄송합니다"

하고 부인은 진심으로 사과했습니다. 그러나 한편 데바 교단에서는 장자의 부인이 나오지 않게 되자, 건다로 하여금 다시 장자가 없는 틈을 타서 부인을 찾아가게 했습니다.

"무슨 일이십니까? 자비심이 많으신 데바 부처님은 당신을 딸처럼 사랑하여 진심으로 구제하려고 생각하고 계십니다."

"예, 그 말씀은 고맙습니다. 그러나 저는 부처님의 가르침으로 말미암아 오랜 병도 낫고 오늘의 행복도 얻었습니다."

"그 사실은 나도 잘 알고 있습니다. 그러나 그것은 일시적인 것이요, 당신이 바라는 아들은 아직 얻지 못하지 않았습니까?"

젊은 여자로서 이런 말을 들을 때는 역시 아들에 대한 집착에서 벗어날 수 없어, 망설이지 않을 수 없었습니다.

"그러나 저는 그것을 인연이라 생각해 단념하고 있습니다."

"그것은 올바른 태도가 아닙니다. 부인의 그 단념하는 마음은 우리 교를 배반하는 마음으로서, 그래서는 영원히 구제를 받지 못할 것입니다."

건다는 가장 유력한 파타나 장자의 부인을 끌어들이면, 그 끈에 의해 신자가 불어나리라 생각하고 마음에도 없는 말로 꾀었습니다.

"늘 그 말이 그 말입니다. 다만 나는 여자로서의 의무를 다하지 못한 부인을 가엾다고 생각하는 것뿐입니다."

이렇게 말하고 건다는 일어섰습니다. 그러자 부인은 그만 판단이 흐려지고 말았습니다.

"조금 기다려주십시오. 만일 그렇다면 내 소원은 꼭 이루어지겠습니까?"

"물론이죠. 그러나 당신은 굳게 결심하여 그 소원이 성취될 때까지 흔들려서는 안 됩니다."

드디어 부인은 크게 결심했습니다. 한결같이 남편을 사랑하기 때문에, 또 아들을 얻어 남편의 기뻐하는 모습을 보기 위해 그만 꾐에 빠졌습니다. 그래서 부인은 다른 곳에 가는 것처럼 꾸미고 다시 데바 교단에 나가게 되었습니다.

어느 날 '시가라'라는 장자의 친구가 와서 파타나에게 말했습니다.

"파타나여, 나는 내 안사람을 때려죽이려고 하는데…… 그년이 좀처럼 돌아오지 않는단 말이야."

"대체 갑자기 그게 무슨 소리인가?"

"아니 도저히 참을 수 없어. 사실은 그년이 요즘 데바 교단에 들어갔는데, 소문을 들으니 그 제자인지 신자인지는 몰라도 한데 어울려 밤이면 같이 자고 낮에는 신자를 모으면서 돌아다닌다고……"

"그래! 그것 참 곤란하구나. 요즈음 데바는 부처님의 교단을 파괴할 목적으로 부처님의 교리는 모두 사법이라고 비방하면서 부처님의 제자를 빼앗고…… 다시 신자를 끌어모아 스스로 법주라고 일컬어, 불교와 정반대되는 사법을 선전하고 있다네."

"파타나여, 이러한 사정은 나만의 경우가 아니라네. 다른 사람의 부인들도 헤매고 있다네. 이것은 분명히 가정의 평화를 파괴하는 것이라고 생각하네."

"벗이여, 자네 말이 옳네. 그러나 좀 기다리게. 그보다 먼저 자네에게 할 말이 있네. 자네는 왜 그처럼 권하는데 불교를 믿지 않는가? 만일 불교를 믿었다면 아마 그런 불행한 일은 없었을 것이네. 단 한 번이라도 좋으니 내일은 우리 함께 부처님의 설법을 들으러 가지 않겠는가?"

그래서 그 친구는 함께 가기로 약속하고 돌아갔습니다.

이 이야기를 옆방에서 듣고 있던 장자의 부인은 잘못하면 자기도 그런 꼴을 당하지나 않을까 생각하자 갑자기 두려워졌습니다. 비록 깊이 들어가지는 않았지만, 주인도 모르게 데바 교단에 들어간 것이 후회되어 견딜 수 없었습니다.

이튿날 아침, 약속한 친구가 왔기 때문에 장자는 부처님께 나가려고 했습니다. 그때 장자의 부인은,

"저도 같이 데려가주십시오"

하고, 많은 공양물을 가지고 부처님께 나아가 예배 공양했습니다. 먼저 시가라가 그동안의 사정을 부처님께 여쭙자, 장자의 부인도 또한 진심으로 참회했습니다. 그러자 부처님은 두 사람을 불쌍히 여겨 위로하면서 말씀하셨습니다.

"가정은 마음과 마음이 가까이 합쳐져 사는 곳이다. 그러므로 서로 화목하면 화원처럼 아름답지만 만일 마음과 마음이 조화를 잃을 때에는 험한 풍파를 일으켜 파멸을 가져오는 것이다. 선남자여! 그런 경우에는 아내의 과실을 너무 따져 꾸짖지 말고, 먼저 자기 마음을 굳게 지켜 밟아야 할 길을 바르게 밟고 가지 않으면 안 된다. 그러면 반드시 좋은 길이 열릴 것이다."

부처님은 이렇게 깨우쳐주시고 다시,

"남의 아내를 범하는 자의 죄는 크다"

라고 혼잣말처럼 중얼거리셨습니다.

38

부처님 암살 계획의 실패

부처님을 암살하려다 실패한 데바 도당의 이야기를 통해
생사를 초월하신 부처님의 의연한 모습과
야수같이 날뛰는 데바의 추악한 모습을 보여주는 이야기.

부처님의 이대 제자 샤리푸타와 목갈라나 두 장로는 데바의 교단에
빼앗긴 비구들을 구원해내기 위해, 부처님의 허락을 얻어 가야산에 있
는 데바에게로 갔습니다.

이 사실을 안 비구들은,

"먼저는 오백 명 비구를 빼앗기고, 이번에는 이대 장로까지 데바에
게로 가버렸다"

고 탄식했습니다. 이것을 보시고 부처님은,

"비구들이여, 염려하지 말라. 장로들은 반드시 가야산에 가서 큰 법
의 위덕을 나타낼 것이다"

하고 말씀하셨습니다.

샤리푸타와 목갈라나 두 장로가 가야산에 닿았을 때 데바는 제자와
신자들에게 설법하고 있었습니다. 그는 두 장로가 오는 것을 보고 스스

로 마중 나와 그들을 맞이했습니다.

"오오, 잘 오셨습니다. 당신들은 전날에 우리 교단의 새 규칙을 인정하지 않았는데, 이제 여기 나온 것은 참으로 훌륭한 일이오. 과연 장로답습니다. 우리 교단에서도 그대로 장로로서 큰 대우를 받을 것입니다."

이어서 데바는 설법을 계속하다가 곧 그치고 샤리푸타에게,

"나는 조금 피로해졌으니 그대가 나 대신 설법을 계속해주오"

라며, 마치 부처님이 말씀하시는 말투로 태연히 말했습니다. 두 장로는 잠자코 자리에 앉았습니다. 데바는 안심하고 마치 부처님처럼 제자들 앞에서 행동했습니다.

천천히 법의를 네 겹으로 접어 입는 등 두 장로가 보기에는 우스울 정도였습니다. 데바는 삼문다타를 데리고 안으로 들어가 며칠을 계속한 피로 때문인지 이내 깊이 잠들었습니다.

"목갈라나여, 저 데바가 부처님의 태도를 흉내내는 것까지는 좋았지만 저 코 고는 소리 좀 들어보오…… 어쨌든 우리는 대중을 위해 설법이나 합시다."

그래서 먼저 목갈라나가 신통력을 나타내고, 다음에는 샤리푸타가 여러 가지 비유와 실례를 들어 불교의 거룩함을 말하고, 데바의 법이 옳지 않다는 점을 들어서 대중을 잘못된 꿈에서 깨어나게 했습니다.

샤리푸타가 자리에서 일어나,

"진정한 부처님의 제자라면 곧 우리와 함께 가자"

하고 말하자, 대중들은 모두 자리에서 일어났습니다. 그중에도 원래 부처님의 제자였던 비구들은 전날의 잘못을 깊이 뉘우치고 가야산을 등지고 떠났습니다. 지금까지 멍청하게 앉아 있던 데바의 무리들은 갑자기 정신이 돌아와,

"큰일 났다! 큰일 났다!"

하면서 떠들었습니다. 안에 있던 삼문다타도 비로소 그 사실을 알고 황급히 스승 데바를 흔들어 깨웠습니다.

"스승님! 샤리푸타와 목갈라나가 대중을 데리고 갔습니다."

이 소리에 눈을 뜬 데바는,

"이 나쁜 놈들, 내 제자들을 빼앗아갔겠다……"

하고 욕설을 퍼부었습니다. 그러나 이제 어떻게 할 수 없음을 안 데바는 이번에는 부처님을 죽이려고 계획했습니다.

"모두들 알았나? 이것은 상당히 긴 계획이다. 우리 가야산 속에 있는 동굴은 아무도 모르는 곳인데, 다른 나라의 사람들과 세상의 악인들을 유혹해서 거기 살게 하고, 그 다음에는……"

"그때까지의 양식은 어떻게 합니까?"

"아자타사투 태자에게 우리들은 지금 깊은 골에 들어가 수행한다고 하면 된다. 그러면 공양물이 올 것이다."

"과연 그렇겠습니다"

하고 제자들은 감탄했습니다. 그러나 오래지 않아 자기들도 함께 지옥에 떨어지리라고는 꿈에도 생각지 못한 일입니다.

가야산 속에 있는, 삼림에 둘러싸인 큰 동굴을 본거지로 하여 데바는 어떻게 하든지 부처님을 죽여버리리라고 계획했습니다. 그것을 위해 삼문다타는 여러 곳에서 악인들을 모으고 있었습니다.

"여러분, 앞으로 아자타사투 태자가 새로 왕이 되면 우리 데바 부처님은 법주가 될 것이오. 따라서 여러분은 각각 중한 자리를 얻어 일생을 편하게 지낼 수 있을 것이오. 부디 여러분은 데바님의 목적을 힘껏 도와주시오."

데바는 삼문다타를 참모로 삼아 며칠 동안 비밀로 여러 가지 음모를 꾸미고 있었습니다. 그동안에 부처님이 계시는 절의 배치를 비롯하여 그 경내의 지형이며 부근의 여러 가지 상황을 조사시켰습니다. 어느 날 밤에 일동을 모아놓고 삼문다타는 이렇게 명령했습니다.

"이제 여러분의 활동을 보일 때가 왔다. 여러분은 내일 아침, 날이 밝기 전에 일어나서 오른쪽 거리를 지나, 집 부근에서 흩어져 각각 지정한 장소에 엎드려 있다가 고타마가 행걸하러 나오는 것을 보거든 한 대 치면 그만이다. 그리고 산을 향해 도망쳐 돌아오면 된다."

이튿날 아침 악한들은 각각 흉기를 들고 부처님이 계시는 절을 둘러싸고 숨어 있으면서, 부처님이 나타나기를 기다리고 있었습니다. 한편 이 사실을 미리 알게 된 부처님의 제자들은 각각 몽둥이를 들고 절 주위를 경계하고 있었습니다.

이때 부처님은 아난다를 데리고 조용히 절에서 나오셨습니다.

"부처님이시여, 큰일 났습니다. 지금 데바의 부하들이 흉기를 가지고 기다리고 있습니다."

"비구들이여, 먼저 그대들이 가지고 있는 몽둥이를 버리는 것이 좋다."

그러나 악한들은 이미 살기등등하여 부처님 쪽으로 달려오고 있었습니다.

"비구들이여! 악인들에 대하여 폭력으로써 맞서서는 안 된다. 비구들이여! 부처의 몸은 결코 위해를 받지 않는다. 고요히 하루의 도를 닦아라. 그리고 스스로의 마음을 지켜라. 수행을 방해하는 일에 대하여는 어떠한 일이건 일절 마음을 빼앗겨서는 안 된다."

부처님의 이 조용한 타이름 앞에 비구들은 매우 부끄러워하면서 땅에 꿇어앉아 합장 예배했습니다.

시원한 햇빛에 빛나는 부처님의 자비로운 모습! 이제 마음 고요히 하여 합장하는 비구들의 모습! 이 아름다운 광경을 바라본 악인들은 저도 모르게 그 자리에서 흉기를 버리고 부처님 앞에 엎드렸습니다.

"참으로 거룩한 부처님이시여, 저희들은 어리석어 부처님을 해치려고 했습니다. 부디 이 죄를 용서해주십시오. 그리고 우리들에게 법의 광명을 보여주십시오."

부처님은 이 뉘우침에 떨고 있는 악인들에게 정성껏 설법해주셨습니다.

그래서 데바의 계획은 무너지고 그 마음은 바닥에 팽개친 개구리처럼 비참했습니다. 그래도 데바는 반성하려는 마음이 없이 다시 제이의 흉악한 계획을 꾸미기 시작했습니다.

"이번 계획이 무너진 이상, 더욱 살려둘 수는 없다."

이번에는 스스로 심복 제자 네 사람을 데리고, 기자쿠타 산중을 지나는 벼랑 위에 엎드려 부처님이 지나가시기를 기다리고 있었습니다.

어느 날 부처님은 아난다를 데리고 이 벼랑 밑을 지나가셨습니다. 대기하고 있던 데바는 그 모습을 발견하자 미리 준비한 큰 돌을 굴려 떨어뜨렸습니다. 다행히 돌은 부처님의 몸을 비켜 깊은 골짝으로 떨어졌습니다. 그러나 그 부서진 조각에 부처님은 발가락을 조금 다치셨습니다.

그러나 부처님은 아무 일도 없었던 것처럼 조용히 절로 돌아가셨습니다.

이것이 '부처님에게 있었던 구횡(九橫)의 큰 변'이라고 불리는 수난의 제삼법난입니다.

308

39

술에 취한 코끼리를 교화한 이야기

데바가 아자타사투 태자를 선동하여 마가다 국의 왕위를
탈취하게 하고 술 취한 코끼리 나라기리를 이용해
부처님을 밟아 죽이려 했으나 오히려 코끼리가 부처님께 교화돼
데바의 계획은 또다시 실패한다는 이야기.

데바의 교단은 아자타사투 태자의 후원에 의해 한때는 융성한 것처럼 보였습니다. 그러나 그의 야심으로 부처님의 교단을 파괴하려는 계획이 실패하고 모처럼 빼앗은 오백 명 비구들도 돌아가자, 다시 일어날 수 없을 만큼 큰 타격을 받았습니다.

이제 남은 것은 아자타사투 태자의 힘을 이용하는 방법뿐입니다. 그래서 어느 날 데바는 태자를 찾아가 말했습니다.

"태자님, 요즈음 세상의 소문에 의하면 고타마는 사교를 퍼뜨려 대중을 미혹시키고 있다고 합니다. 태자님, 당신의 아버지는 특별히 고타마의 사법에 미혹되어 나라의 재산이 기울 만큼 큰 보시를 행하고 있습니다. 이대로 나가다가는 나라의 정치가 문란해져서 드디어는 나라가 망하게 되는지도 모릅니다. 실로 큰 걱정입니다. 깊이 생각하셔야 하겠습니다."

그러나 태자가 그의 말에 귀를 기울이려고 하지 않자, 데바는 좀더 적극적으로 나섰습니다.

"태자님, 또 한 가지 여쭐 말씀은 부왕이 언제나 왕위에 있어서는 태자님이 왕이 되실 수 없지 않을까 하고, 저는 태자를 위해 매우 걱정하고 있습니다. 하루빨리 왕위를 이어받는 것이 좋다고 생각합니다."

"데바여, 당신은 나에게 부모의 은혜가 얼마나 중한가 하는 것을 말한 적이 있었지요. 확실히 절을 세울 때의 일이라고 기억됩니다.

'아버지 은혜의 높이는 수미루 산보다 높고 어머니 은혜의 깊이는 큰 바다가 오히려 얕을 정도다. 부디 명심하여 부모의 은혜를 갚아야 한다'고 말하지 않았습니까? 나를 오늘까지 길러주신 아버지의 자비는 좀처럼 갚기 어렵다고 생각합니다. 그런데 지금 당신은 왜 그런 흉측한 말을 하십니까?"

태자는 엄연히 말했습니다. 그러나 데바는 교묘한 말로 태자의 마음을 움직여갔습니다.

"어쨌든 고타마는 나를 방해하는 자로 취급하고 있습니다. 왜냐하면 새 교단을 설립한 뒤로, 태자도 아시다시피 신도가 날로 불어, 고타마의 제자들이 우리 교단에 들어왔기 때문에 큰 소동이 일어났습니다."

"데바여, 그들은 다 흩어졌다고 나는 들었는데……"

"아닙니다. 그것은 저들의 역선전입니다. 지금 그들은 가야산 깊은 숲속에서 수행하고 있습니다. 그것은 실로 눈물겨운 수행입니다. 부디 한번 가보아주십시오."

무슨 말을 해도 젊은 태자가 숲으로 가지 않으리라 생각했기 때문에 이렇게 말했던 것입니다.

"태자님, 그것만이 아닙니다. 태자님이 모처럼 세워주신 저 훌륭한 절을 태워버리려고 세상의 악인들을 모으고 있습니다. 이것은 고타마의 절에 가보시면 잘 아시리라 믿습니다. 우리들은 그 때문에 제자들을 깊은 골짜기에서 수행시키고 있는 것입니다."

이 말을 듣자, 태자도 느낀 바가 있었습니다. 그것은 요즈음 세상에서 적지 않은 악인들이 마음을 고쳐 부처님께 귀의하고 있다는 소문을 들었기 때문입니다.

"태자님, 다음에 말씀드릴 것은 부왕은 부처님의 큰 귀의자요, 태자님은 반대자라고 해서 태자님의 생명을 노리고 있다는 것도 확실히 내 귀로 들었습니다. 어름어름하고 있다가는 이 나라도, 태자님의 지위도 모두 빼앗기고 말 것입니다. 태자님이 하루빨리 새 왕이 되시면 천하는 태평하고 백성은 행복하여 이 마가다 국은 이상국이 될 것입니다."

데바는 이렇게 잠꼬대를 늘어놓은 뒤에 태자 앞을 물러나왔습니다.

마가다 국 라자그리하 성의 별궁에서, 데바는 이렇게 간사한 말을 꾸며서 태자의 마음을 꾀었습니다. 부왕과 부처님을 이 세상에서 장사 지내지 않으면, 태자 자신의 생명이 위험하다는 말을 듣자, 태자의 마음속에는 그만 사악한 생각이 자리잡게 되었습니다.

'으음, 빨리 두 사람을 죽여버리고 내가 곧 왕이 되어야 하겠다.'

태자는 칼을 빼어 부왕을 죽이려 라자그리하 성문 앞에 와서, 그만 땅에 쓰러졌습니다. 문지기는 이 태자의 모습을 보고 깜짝 놀랐습니다.

"태자님, 어찌된 일입니까?"

"나는…… 아버지를 죽이는 일은 도저히 할 수 없다. 그러나 내 생명이 위태하다. 빨리 아버지 빔비사라 왕을 체포하라."

신하들은 놀라서 이 사실을 왕에게 알리고 그 지시를 기다렸습니다. 그러자 왕은, 이것은 데바가 꾸민 일이 틀림없다고 생각하고,

"태자여, 나는 그대를 위해 즐겁게 왕위를 물려주겠다. 그러나 저 악한 스승 데바에게 속지 말도록 주의해야 한다"
고 말하고 왕관을 벗어주었습니다. 그러나 의심이 많은 태자의 귀에 대왕의 이 말이 어떻게 들어가겠습니까? 태자는 아자타사투 왕이 되어 왕관을 머리에 쓰고 금색칠보의 칼을 허리에 차고 매우 기뻐했습니다. 그리고 그길로 부하를 데리고 데바의 절을 찾아갔습니다.

"데바 존자여, 당신 덕분에 나는 국왕이 되었소. 지금부터는 이 마가다 국을 자유로이 지배하고, 데바 존자에게도 충분한 공양을 드릴 것이오."

그래서 데바는 왕자의 신용을 얻기 위해, 이 새로 된 아자타사투 왕과 함께 라자그리하 거리를 어깨를 나란히 해 걸어보고 싶었습니다.

"대왕님, 지금부터 저는 우선 왕궁까지라도 전송해드리겠습니다."

그래서 두 사람은 어깨를 나란히 하고 거리로 나오자, 멀리서 부처님이 오시는 것을 보았습니다.

"데바 존자여, 저기 오는 것이 고타마가 아닌가? 오오, 내 아버지 빔비사라 왕도 함께 오고 있구나."

빔비사라 왕이라고 들은 데바는 몸을 벌벌 떨었습니다. 그것은 아자타사투 태자가 부왕을 죽이고 왕이 되었다고 생각했었기 때문입니다. '으음, 밉살스런 고타마놈!' 하고 속으로 부르짖은 데바는 또다시 부처님을 죽일 흉악한 계획을 세웠습니다.

그 뒤에 아자타사투 왕에게 청하여 미친 코끼리를 놓아 부처님을 밟아 죽이려고 했습니다. 그래서 코끼리 부리는 사람을 데리고 와서 부처님이 오시기를 기다리면서 엎드려 있었습니다. 벌써 코끼리는 술에 취해 귀를 흔들고 코를 울리면서 괴로워하고 있었습니다.

그때 부처님은 제자를 데리고 천천히 걸어 이 미친 코끼리 '나라기리' 쪽으로 오셨습니다. 코끼리 부리는 사람은 멀리서 이것을 보고 코끼리에게 명령했습니다.

"나라기리야, 달려가거라!"

'쾅!' 하고 데바가 치는 징소리와 함께 취한 코끼리는 부처님을 향하여 무서운 속도로 달려갔습니다.

"하하하, 이제 나도 부처님이 된다"

하고 데바는 손뼉을 치면서 기뻐했습니다. 그러나 이게 어찌된 일입니까? 사람들이 놀라는 가운데 부처님은 자심삼매(慈心三昧)에 드셔서 눈앞에 달려드는 취한 코끼리를 보고 말씀하셨습니다.

"너, 큰 용을 해치지 말라. 큰 용이 이 세상에 나오기는 참으로 어렵다. 큰 용을 해치면 뒷세상에 가서 악도에 떨어지리라."

미친 코끼리 나라기리는 큰 자비심의 힘에 눌려 이상하게도 부처님 앞에 꿇어앉아, 코로써 부처님의 발을 안으려고 했습니다.

코끼리 부리는 기술을 잘 아신 부처님은 그 코끼리의 마음을 알고, 곧 코끼리 등에 올라타셨습니다. 그리고 데바를 곁눈으로 보시고 유유히 라자그리하로 향하셨습니다.

"오오! 거룩한 이여! 진실로 거룩한 이여!"

대중들은 우레 같은 박수를 계속해 보내고 있었습니다.

40

부왕을 죽인 아자타사투 왕의 구제

데바의 꾐에 빠져 아버지를 죽인 아자타사투 왕이
부처님께 귀의하고 부처님을 해치려는 데바를 쫓아내는 이야기.

마가다 국의 빔비사라 왕은 태자 아자타사투에게 왕위를 물려준 뒤, 지금부터는 부처님께 귀의하여 남은 평생을 즐겁게 지내려고 생각하고 있었습니다. 그러나 불행히도 그 라자그리하 성에 비극을 일으키려고 계획하고 있는 자가 있었습니다.

그것은 성의 문지기인 장로 '우요'였습니다. 이 사내는 아자타사투 왕이 태어날 때의 비밀을 혼자 알고 있었습니다. 그는 부처님에 대해서 적대행위를 하고 있는 데바가 아자타사투 왕과 사이가 좋은 것을 알고 이 비밀을 팔아 큰 이익을 보려고 생각한 것입니다.

"데바님, 당신에게 둘도 없는, 가치 있는 것이 있습니다. 그 비밀을 알고 있는 것은 나뿐입니다. 그러나 내가 그것을 폭로하면, 그날부터 나는 이 성에서 살 수 없습니다. 그래서 내가 일생을 지낼 만한 보상금을 주신다면, 나는 모든 것을 이야기하겠습니다."

"좋다. 돈은 얼마든지 낼 것이니 이야기해보라."

"그러나 그리 쉽게는 되지 않습니다. 내 앞에 보물을 쌓아놓지 않으면 간단히 말할 수 없습니다. 내가 그것을 이야기하면, 그것은 무서운 사건이 됩니다. 그러므로 나는 그전에 미리 여행길을 떠나지 않으면 안 됩니다. 데바님, 만일 그렇게 하기가 싫다면 나는 구태여 말할 필요가 없습니다. 그것은 당신의 손해일 뿐이지 내게는 아무것도 아닙니다."

그래서 우요 노인은 눈앞에 보물이 쌓일 것을 기다리면서, 가만히 이야기를 시작했습니다. 노인의 이야기는 이십 년 전의 옛날로 돌아갑니다.

빔비사라 왕에게는 부자유한 것이라곤 하나도 없었지만, 왕비 바이데히 부인과의 사이에 대를 이을 아들이 없는 것이 무엇보다 쓸쓸하였습니다.

어느 날 어떤 점쟁이가 찾아와 말했습니다.

"대왕님, 제가 점쳐보건대, 여기서 북쪽 가야산 깊은 골짜기에 몇 년 전부터 어떤 선인 한 사람이 살고 있습니다. 그 선인이 죽을 때에는 곧 이 나라 왕비님의 태에 그 생명이 들어가, 왕자님을 얻는 기쁨을 맞이할 것입니다. 제가 본 이 점은 의심할 수 없는 사실입니다."

이 말을 들은 왕은 그 점쟁이를 어디까지나 믿었습니다.

"그 선인의 수명은 언제 끝날 것인가?"

"지금부터 약 삼 년 후가 될 것입니다."

"무엇? 삼 년 뒤…… 음…… 그것은 너무 지루하구나."

대왕은 깊이 생각했습니다. 그 선인이 내 아들로 태어난다고 생각하니 삼 년을 기다릴 수가 없었습니다. 그래서 우요와 '사요' 두 사람을

불러

　"급히 가야산에 가서 그 선인을 죽이고 오너라"

하고 잔인한 명령을 내렸습니다. 그러나 그 두 사람은 잠시 망설이지 않을 수 없었습니다.

　"친구여, 참으로 놀라운 일이다. 설마 선인을 죽이라고 명령할 줄은 꿈에도 생각지 못했다. 무엇보다 선인을 죽이면 칠대까지 벌을 받는다고, 옛날부터 말하지 않았던가?"

　"그렇구말구! 그러나 왕의 명령이라 거역할 수도 없고……"

　그래서 두 사람은 생각한 끝에, 남을 시켜 죽이게 하고 왕에게서 받은 상은 그자에게 주기로 결정했습니다.

　그런데 사요가 욕심을 내어 그날 밤으로 선인을 찾아가 혼자 죽이고 말았습니다.

　"친구야! 선인도 다 같은 사람이지. 오히려 죽이기가 쉬웠을 뿐이었네."

　사요는 이렇게 뽐내고 있었지만 얼마 안 가서 원인 모를 열병으로 비참하게 숨지고 말았습니다.

　이렇게 선인을 죽이라고 명령한 빔비사라 왕의 부인은, 그 선인이 죽은 뒤부터 점쟁이 말과 같이 이상하게도 그 달부터 몸이 무거워지기 시작했습니다.

　대왕은 매우 기뻐해 다시 그 점쟁이를 불러 물었을 때,

　"왕비마마께서는 남자 아기를 잉태하셨습니다"

라고 대답하자, 왕은 더욱더 기뻐했습니다. 그런데 왕비는 이상하게도 날이 가고 달이 갈수록 왕의 어깨를 물어뜯고 싶어 못 견디었습니다.

　왕은 매우 놀랐지만 아들을 얻는 기쁨에 스스로 어깨를 내놓았고, 왕

비는 어깨를 물고는 기뻐했습니다.

그러나 산월이 가까워짐에 따라, 왕비는 왕의 어깨의 피를 빠는 것이 더욱 심해졌습니다. 입술을 빨갛게 물들인 왕비의 꼴을 보자, 왕은 몹시 기분이 나빴습니다. '이것은 필연코 무슨 사연이 있을 것이다'라고 생각한 왕은, 또 점쟁이를 불러 점치게 했습니다.

"황송합니다만, 그 태아는 대왕님의 원수입니다. 자라서 어른이 되면 반드시 대왕님을 죽이고 자기가 왕이 될 것입니다."

이 말을 들은 왕은 놀랐습니다. 왕비의 놀라움은 더욱 컸습니다.

"대왕의 원수? 아아, 얼마나 무서운 일인가? 나는 왜 이런 귀신 같은 아이를 배지 않으면 안 되었던가? 아아, 또 대왕의 피를 빨고 싶구나……"

이렇게 밤낮 번민을 계속하는 동안에 어느새 산월이 되었습니다. 대왕은 생각한 끝에 왕비를 가만히 높은 다락에 올려보내고, 땅에 놓아둔 칼 위에 아기를 낳아 떨어뜨려 죽이려고 계획했습니다.

부인은 왕의 명령대로 높은 다락에서 아기를 낳아 떨어뜨렸습니다. 그러나 아기는 겨우 왼손 새끼손가락을 잃었을 뿐, 다른 이상은 없었습니다. 급히 안아보자 아기는 퍽 귀엽게 생겼습니다. 그래서 왕비는 기르기로 마음먹었습니다.

왕자는 일곱 살 때부터 스승에게 나아가 어학, 산수, 이론, 천문, 지리, 활쏘기, 코끼리 부리는 기술 따위의 모든 학문을 배웠습니다.

그래서 날로 건강하게 자라난 왕자는, 얼마 뒤에 태자가 되는 식을 올렸습니다. 그리고 아름다운 부인을 맞아 사내아이를 낳았습니다.

이것이 이번에 왕이 된 아자타사투 왕, 그 사람의 내력이었습니다.

우요 노인은 여기까지 이야기한 다음 이렇게 덧붙였습니다.

"데바님, 그때부터 벌써 이십 년이나 되었습니다. 아주 비밀로 했기 때문에 지금은 나밖에 아는 사람이 없습니다."

"아하, 그래! 좋은 이야기를 들었구나."

"데바님! 선인을 살해한 갚음에는 '일곱 겹 방에 갇힌다'고 옛날부터 일러왔는데, 대왕님의 신상에도 무슨 일이 있을 듯합니다."

우요 노인은 데바에게 이런 의미 있는 말을 남기고는 서둘러 여행길을 떠났습니다.

그래서 데바는 부처님의 교단을 파괴할 방법으로 부처님의 가장 유력한 외호자인 빔비사라 왕만 없애면 부처님 교단에 큰 타격이 올 것이라 생각하고, 교묘한 말로 새 왕 아자타사투를 꾀려고 했습니다.

어느 날 데바는 아자타사투 왕을 찾아갔습니다.

"만일 부왕을 살려두면 언젠가는 또 왕위를 빼앗길 염려가 있습니다"

하고 왕을 충동질했습니다. 그러나 아자타사투 왕은,

"데바여! 그대는 무슨 그런 말을 하는가? 만일 그런 말을 또다시 한다면, 다시는 이 왕궁에 들어오는 것을 허락하지 않을 것이다"

라고 말했지만, 계획에 교묘한 데바는 일부러 천연덕스럽게 우요 노인에게서 들은 아자타사투 왕의 출생에 대한 비밀을 털어놓았습니다.

"만일 의심스러운 생각이 나시거든 우요 노인에게 물어보십시오. 무엇보다 대왕의 왼손 새끼손가락이 없는 것은 무슨 까닭입니까?"

"확실히 내 손가락이 없구나."

비로소 들은 자기 신상에 대한 비밀, 아자타사투 왕은 잠깐 동안 말이 없다가, "으음, 고약한 부왕 같으니"라며 왈칵 화를 내고는, 부하들

318

에게 명령하여 그 부왕을 왕궁 깊이 일곱 겹으로 둘러싼 돌집에 가두어 버렸습니다.

데바는 능글맞게도 일부러 돌집 앞에 와서 빈정거렸습니다.

"선인을 살해한 죄는 지금 이렇게 일곱 겹 집에 갇히어, 그 갚음을 받는 것이다. 아무리 보시를 많이 하더라도 고타마의 교단에서는 구제받지 못할 것이다."

그때 아자타사투 왕의 어머니 바이데히 부인이 달려왔습니다.

"오오, 아자타사투여! 대왕은 어찌하여 이런 무서운 짓을 하오? 부왕이 대왕을 기르기에 얼마나 고심하셨는지 모르시오? 부왕은 대왕을 진심으로 사랑하시어 어른이 되는 날을 얼마나 기다렸는지 모르오. 그런데……"

"어마마마, 그 이야기는 그만두십시오. 그런 일은 저도 충분히 알고 있습니다. 그러나 부왕은 내가 태어났을 때 왜 죽이려 했습니까? 어마마마께서도 그 일을 알고 계시지요."

"오오. 그대가 그 일을 어떻게……?"

지금까지 아무도 몰랐던 그 비밀…… 이 말을 듣고 왕의 모후는 아무 말도 못 했습니다.

곁에서 비웃으며 듣고 있던 데바는 왕후를 협박하기 시작했습니다.

"왕후님, 태자님은 이제 국왕이십니다. 비록 어머니라도 국왕의 명령을 거역하시지는 못합니다. 태자께서는 이미 옛날의 태자가 아니십니다. 옥에 갇힌 부왕의 생명은 지금 국왕의 손 안에 있습니다."

"아아, 어쩌면 그런 무서운 말을……"

왕비는 그만 그 자리에 울면서 쓰러졌습니다. 그러자 데바는 왕을 더욱 부추겼습니다.

"대왕님, 이제는 머뭇거리고 계실 때가 아닙니다."

데바는 왕에게, 부왕을 굶겨 죽이라고 권했습니다.

그 일이 있은 뒤로 아자타사투 왕은 자기 방에 틀어박혀 사람을 멀리 하고 있었습니다. 데바는 도리어 이것을 좋은 기회라 생각하고, 대왕의 명령이라고 거짓말로 일컬어 부왕을 엄중히 감시시키고,

"먹을 수 있는 것은 일절 넣어서는 안 된다"

고 명령했습니다.

바이데히 부인은 깨끗이 목욕하고 몸에 벌꿀을 바르고 그 위에 밀가 루를 붙여 옷으로 그것을 숨겼습니다. 그리고 몰래 먹을 것을 가지고 사람의 눈을 피해 돌집을 찾아가 울면서 쓰러졌습니다. 얼마 안 되는 음식을 얻은 빔비사라 왕은 오히려 왕비를 위로했습니다.

"슬퍼하지 말라. 나는 이 옥중에 있으면서 비로소 부처님의 가르침의 거룩한 뜻을 온몸으로 느껴 알았다. 결코 남을 원망해서는 안 된다. 이 렇게 된 것도 모두 내가 지은 죄의 갚음이다. 왕비여! 나는 사특한 생각 에 미쳐 날뛰는 데바와, 사교에 헤매는 내 아들 아자타사투와 손을 맞 잡고 싶은 기분이다. 그들이 하루빨리 본심으로 돌아가 부처님의 가르 치심에 귀의하기를 빌고 있을 뿐이다. 나는 그렇게 될 것을 믿고 있다."

이렇게 이십 일이 지난 어느 날 데바는 자기 방에 틀어박혀 있는 아자 타사투 왕을 꾀어냈습니다.

"대왕이시여! 부왕은 완전히 굶어 죽었으리라 생각합니다. 무엇보다 먼저 장례를 치르지 않으면 안 되겠습니다."

이 말에 놀란 왕은 비로소 자기 방에서 나와 부왕의 안부를 알려고 감 옥으로 찾아갔습니다.

일곱 겹으로 둘러싸인 돌집 감옥에 부왕을 가둔 지 이십 일, 이미 부

왕은 죽었으리라고 생각한 왕과 데바는 감옥지기에게 물었습니다.

"별 이상은 없나?"

"예! 아무 이상도 없습니다."

"무엇? 부왕이 아직도 살아 있단 말인가?"

"예, 그렇습니다."

옥지기의 말을 들은 왕은 가슴이 뜨끔했습니다. 데바는 얼굴빛이 변하면서 큰 소리로 외쳤습니다.

"으음, 음식은 일절 넣지 말라고 명령했는데, 이것은 반드시 어떤 놈이 명령을 어긴 것이다."

이렇게 말한 데바는 무엇인가 왕에게 귓속말로 소곤거렸습니다. 그러나 왕은 짐짓 눈을 감고 말없이 서 있기만 하였습니다.

여기에 화가 난 데바는,

"이놈들아! 국왕의 명령을 어기는 자는 사형에 처할 것이니 그리 알고 엄중히 감시하라"

하고 마치 데바 자신이 왕이나 된 것처럼 말을 마치자, 성중으로 씩씩거리며 걸어갔습니다. 아자타사투 왕은 여전히 말없이 서 있었습니다.

그때부터 왕은 데바를 미워하기 시작했습니다. 그리고 부왕을 구해내지 않으면 안 되겠다고 굳게 결심했습니다.

어느 날 아침 왕은 왕비와 어머니와 왕자들과 함께 식사를 하게 되었습니다. 그런데 아자타사투 왕의 '우다야' 왕자가 보이지 않았습니다. 그래서 어머니에게 물어보았습니다.

"저 뜰에서 놀고 있습니다"

하고 어머니는 대답했습니다. 왕자를 불러오자, 그는 강아지를 안고 왔습니다.

"밥 먹지 않나?"

"강아지와 함께 먹어도 좋다면……"

"마음대로 하라."

왕자는 제 밥을 개에게 먹이면서 같이 식사를 했습니다.

식사가 끝나자 왕은,

"아들을 사랑하기 때문에 개와 함께 식사까지 했군! 오늘 아침에는 별일도 다 겪었구나"

라고 말했습니다. 그러자 어머니는 조용히 말했습니다.

"별일은 무슨 별일입니까? 개고기도 먹는 사람이 있습니다. 개와 함께 식사를 했다 해서 그렇게 놀랄 일이 무엇이오. 대왕의 아버지는 훨씬 큰일을 겪은 적이 있었는데, 대왕은 그것을 아십니까?"

"아니, 모릅니다."

"대왕이 어렸을 때 손가락에 생긴 부스럼 때문에 고통이 심해 대왕은 밤낮 자지 못했습니다. 부왕께서는 대왕을 안아 무릎 위에 놓고 손가락을 입에 물어 그 고통을 덜어주었지요. 그러자 대왕은 고통을 잊고 기분 좋게 잠들었습니다. 부스럼이 터져 고름이 나왔으나 부왕은 그 고름을 뱉기 위해 대왕의 손가락을 입에서 빼면, 모처럼 고통이 없이 기분 좋게 자는 것을 깨우기가 가엾다고 생각해, 그 고름을 그냥 삼켰습니다. 그렇게 부왕은 당신의 아들을 위해 아무도 할 수 없는 큰일을 하셨던 것입니다."

비로소 들은 부왕의 애정에 왕은 새삼스럽게 부왕을 감옥에 가둔 것이 후회되어 견딜 수 없었습니다. 벌떡 일어선 왕은 곁에 있는 징을 세게 쳤습니다. 시신들이 모여들자 왕은,

"부왕을 빨리 구해내라"

하고 명령했습니다.

'와―' 하고 사람들은 다투어 감옥으로 향해 달려갔습니다.

그때 부왕은 갑자기 사람들이 달려오는 시끄러운 소리에 자기 생명을 뺏으러 오는 줄로 착각하여, 그만 놀라 기절하고 말았습니다. 그래서 그대로 파란 많은 목숨은 끊어지고 말았습니다.

데바에게 속은 아자타사투 왕은 부왕을 감옥에 가둔 것을 후회했습니다. 이미 때는 늦어 드디어 부왕을 옥사시키고 만 것입니다.

"아아! 나는 얼마나 무서운 죄를…… 부왕이시여, 부디 용서해주소서."

부왕의 시체에 매달려 울며 쓰러진 왕은 진심으로 후회하고 깊이 뉘우쳤습니다.

밤낮 이것을 고민하여 병상의 몸이 된 왕은 가끔 열병으로 앓는 날이 계속되었습니다. 아자타사투…… 아자타사투야…… 이렇게 부르는 소리가 어디서인지 들려왔습니다.

"오오, 나를 부르는 소리가 난다. 어디서 나를 부르는 소리가 난다."

왕은 꿈속을 헤매는 병자처럼 그 소리에 이끌려 비틀비틀 일어났습니다.

……아자타사투야, 나는 너를 원망하지 않는다…… 빨리 부처님께 가라…… 그러면 네 마음은 편안해질 것이다……

"으음, 너는 누구냐?"

"그대의 아버지 빔비사라다."

왕은 "앗" 하고 부르짖으면서 정신을 잃고 쓰러졌습니다. 이 소리에 그 어머니가 달려와,

"아자타사투! 어찌된 일이오?"

하고 안아일으키자, 왕은 완전히 두려움에 질려 간신히 말했습니다.

"소리가 들린다. 아버지 목소리가……"

"엣, 아버지의 목소리가……?"

"아아, 선인이 있다. 앗, 데바다. 음, 너는 용하게도 내 아버지를 돌아가시게 했구나…… 이놈 데바야! 각오해라!"

"아아, 이게 무슨 일입니까? 여기는 선인도 없고 데바도 없습니다. 정신 차리시오."

열에 들떠서 눈이 뒤집힌 왕은 칼을 빼어들고, 데바의 모습으로 보이는 어머니를 찌르려고 몸을 세웠습니다. 어머니는 이왕이면 아들 손에 죽어 부왕의 곁으로 가기를 바라면서, 눈을 감고 합장하고 있었습니다.

그때 왕은 칼을 던지고,

"오오, 부처님이시여! 저는 큰 죄를 범했습니다. 부디 용서해주소서"라고, 어머니를 향해 부처님을 대한 것처럼 참회했습니다.

그때 유명한 의사 기바가 달려왔습니다.

"왕이시여! 어떻습니까?"

"아아, 내 몸은 열에 불타고 마음은 미쳐 있다……"

왕은 비로소 정신이 조금씩 돌아왔고 열도 내려 침착해지기 시작했습니다.

"오오, 기바여! 나는 몸도 마음도 번민에 허덕이고 있다. 이 병을 고칠 수 있는 명의는 없는가?"

그때 어머니가 말했습니다.

"왕이여! 대왕의 몸은 이 기바 의사가 고쳐주겠지만, 당신의 마음의 병은 오직 부처님만이 고칠 수 있소."

그때 기바도 왕후의 의견에 동의했습니다.

"그렇습니다. 어머님 말씀과 같이 저 큰 성인, 부처님만이 대왕의 병을 고치는 큰 의사입니다. 그리고 부처님의 법만이 왕의 병을 고치는 큰 양약입니다."

"음, 그러나 기바여, 나는 아버지를 죽인 큰 죄악을 범한 자다. 도저히 부처님 제자가 될 수 없다."

그때 어머니는 왕의 상처 입은 마음을 위로해주었습니다.

"아자타사투여! 부처님께 가라는 부왕의 소리를 들었다고 하지 않았습니까? 이미 아버지의 영혼은 대왕을 용서하시어 부처님 곁으로 인도하시고 계십니다."

왕은 진심으로 회개하고 부처님의 가르침대로 귀의하려고 기바의 안내를 받아, 어머니와 함께 부처님께 나아가게 되었습니다.

그리고 데바는 모든 계획이 실패로 돌아갔을 뿐만 아니라, 오직 하나의 힘이던 아자타사투 왕에게서도 모든 공양물이 일체 끊어지고 말았습니다. 행걸하러 거리에 나가도 어느 누구 하나 상대해주지 않았습니다. 데바는 세상에서 완전히 버림받은 사람이 되었습니다.

데바는 다시 한번 아자타사투 왕에게 간청해보려고, 어느 날 혼자서 성문으로 들어갔습니다. 그러나 앞문에는 문지기가 있어 통과시켜주지 않았습니다. 할 수 없이 뒷문으로 몰래 들어가려고 할 때, 거기에도 문지기가 한 사람 지키고 있다가,

"데바님, 어디로 가십니까? 만일 대왕님을 만나러 오셨다면 절대 안 됩니다"

하고 아주 거절해버렸습니다.

"아니, 급한 볼일이 있어 부디 왕을 만나야겠다."

"아니, 절대 안 됩니다."

데바는 아무 말 없이 문지기를 때려죽이고 성안으로 들어갔습니다.

성안의 형편을 잘 알고 있는 데바는, 나무그늘에 몸을 숨기고 사람들의 눈을 피하면서 왕이 계시는 방마루에 가만히 들어가,

"대왕이시여, 안녕히 주무셨습니까?"

하고 소리쳤습니다. 대왕을 비롯한 시신들은 모두 놀랐습니다. 조금 뒤에 왕은 이렇게 말했습니다.

"오오, 데바여! 나는 지금 생지옥의 고통을 받고 있다. 나는 부왕을 옥중에서 돌아가시게 한 것을 깊이 뉘우치고 있다."

"……"

"나는 내 죄를 참회하기 위해 부처님의 곁으로 가려고 한다."

"엣, 저 거짓 법사 고타마에게…… 그런 일을 하시려고…… 이 나라를 다 빼앗겨도 좋다고 생각하십니까?"

"데바여! 부처님이야말로 참성자이시다. 나는 죄의 깊음을 생각하면 그 두려움에 휩싸여 한시도 마음이 편할 수 없다. 나는 지금 부처님께 나아가 가르침을 받으려고 한다."

"대왕님, 좀 기다리십시오. 제가 이처럼 나라를 생각하는 것을 대왕님은 모르십니까?"

점점 거칠어져가는 데바의 말소리를 듣고 대신들이 모여들었습니다.

"데바야! 물러가라"

라고 꾸짖는 대신의 말에 데바는 벌컥 화를 내어

"에이, 입 닥쳐! 방해하지 말라"

하면서 대신의 가슴을 콱 찔렀습니다.

그때 왕은 일어나,

"데바야! 어디서 이런 무례한 짓을 하느냐? 모두들 이놈을 잡아라"

하고 명령했습니다.

"에잇, 이 약해빠진 왕의 신하놈들아, 내가 하는 말을 못 알아듣느냐? 바보 같은 놈들!"

데바는 대신들을 흘겨보면서 날뛰기 시작했습니다.

"오오, 야비한 놈, 데바야, 너는 미래가 두렵지 않느냐? 지옥에 떨어져 영원히 받을 고통이 두렵지도 않느냐?"

하고 왕이 말하자, 그는 더욱 이성을 잃고 날뛰었습니다.

"미래가 뭐고, 지옥이 뭐냐? 고타마 중놈아! 이렇게 된 바에야 내가 죽여버릴 것이다. 내 칼을 받아보아라. 내가 칼로 치면 너는 고통을 받으며 죽을 것이다. 우후후……"

데바는 미친 듯이 달려가 부처님이 계시는 기자쿠타 산으로 향했습니다.

그때 부처님은 아자타사투 왕의 참회하는 마음을 아시고 비구들에게 말씀하셨습니다.

"비구들이여! 지금 아자타사투 왕은 자신이 범한 죄를 깊이 뉘우치고, 바른 법에 귀의할 마음을 일으키고 있다. 그런데 데바는 아직도 착한 마음을 일으키지 않고 여전히 나를 죽이려고 계획하면서 바른 법을 배반하고 있다. 비구들이여, 왕은 참회하는 마음으로, 또 데바는 나를 죽일 마음으로 장차 여기에 올 것이다. 나는 저들을 구제하기 위해 저 기바가 가지고 있는 동산으로 가서, 저들을 기다리기로 하겠다."

그래서 부처님은 비구 열 명을 데리고 암바나무 동산으로 가셨습니다.

한편 왕궁에서는,

"기바여! 나는 부처님의 가르침을 받아 큰 신자가 되기를 맹세할 것이다"

하고 왕은 일어섰습니다. 그리고 곁에 달려 있는 징을 세게 쳤습니다. 이 급한 부름을 듣고 대신들과 많은 신하들이 달려왔습니다.

"들거라! 나는 부왕을 죽인 큰 죄인이다. 나는 이상한 병에 걸려 생지옥의 고통을 맛보았다. 그런데 지금 고타마 붓다의 광명에 의해 열병을 고쳐, 겨우 생명을 이어가고 있다. 그러나 내가 범한 죄는 도저히 면할 수가 없다고 생각한다. 나는 내 죄를 속죄하기 위해 지금부터 부처님께 귀의하고, 또 부왕의 성불을 위해서 부왕의 덕을 이어받아 고타마 붓다의 교단에 큰 보시를 행하려고 생각한다. 내게 동의하는 사람은 모두 저 광장에 모여라"

하고 말했습니다. 이 말은 곧 사방에 퍼져 사람들은 계속해서 광장으로 모여들었습니다. 큰 피리를 가진 다섯 명의 전령사는 높은 누각에 올라 출발을 알리는 피리를 크게 불었습니다. 약 오백 마리의 말에는 각각 금은 보물과 공양물을 가진 기사들을 태우고, 왕이 탄 흰 코끼리를 앞에 세우고, 기바의 안내로 행진은 시작되었습니다.

그때 부처님은 암바나무 동산에서 나무 밑에 있는 돌 위에 단정히 앉아 깊은 선정에 들어 계셨습니다. 그 등뒤에서 데바가 독약을 바른 칼을 가지고 가만히 다가왔습니다. 그러나 멀리서 울려오는 피리 소리와, 왕이 인솔한 오백 명의 씩씩한 기사들의 모습을 보고 데바는 놀라고 두려워, 들었던 칼을 놓고 나무그늘에 숨어버렸습니다.

여기에 도착한 일동은 부처님 앞에 엎드려 세 번 절하고, 왕은 부처님 주위를 세 번 돌고 예배했습니다.

"부처님이시여! 저는 큰 죄를 범했습니다. 부처님을 해치려고 계획하고, 또 부왕을 감옥에 가두어 굶겨 돌아가시게 했습니다. 저는 뉘우치는 생각에 몸도 마음도 다 타는 것 같습니다. 부처님이시여! 저는 목숨을 다해 귀의합니다. 부디, 부디 구제해주소서."

왕은 데바에 대해서는 한마디도 비치지 않고 모든 죄는 자신에게 있다고 참회했습니다. 모든 것을 다 알고 계시는 부처님은 잠자코 머리를 끄덕이셨습니다.

장차 설법하시려는 부처님이 앉으신 나무 밑자리는 갑자기 연꽃 자리로 변해, 큰 광명을 놓았습니다. 그리고 미묘한 음악 소리와 함께 하늘에서 만다라꽃을 뿌리고, 대중들은 그 광경을 보고 마음과 몸이 깨끗해졌습니다. 어느새 데바도 부처님 앞에 나와, 땅에 머리를 대고 일동과 함께 세 번 예배했습니다.

"우리들은 맹세코 '부처님' 께 귀의합니다.

우리들은 맹세코 '법' 에 귀의합니다.

우리들은 맹세코 '승' 에 귀의합니다……"

하늘은 기쁨에 넘치고 하늘 아가씨는 더욱더 만다라꽃을 감로의 법비처럼 뿌렸습니다.

41

사람 따라 지도함

부처님 자신은 높은 정신적 단계에 도달해 계시면서도
상대방 사람에 따라 그와 동등한 입장에 서서
교화 지도하시는 부처님의 평등사상을
육방(六方)을 예배하는 청년과의 대화를 통해 드러내 보이신 이야기.

부처님은 인생에 대해서 엄격한 생각을 가지고 계셨습니다. 그 반면
에 사람을 지도하는 데 있어서는, 사람을 따라 방편을 쓰시고 또 자비
로운 마음으로 중생을 대하셨습니다.

어떤 경우에도 상대방의 형편을 생각하셔서, 자신은 높은 정신적 단
계에 도달해 계시면서도 우선 상대와 같은 단계에까지 몸을 낮추어 손
으로 잡는 듯이 중생을 끌어올려주셨습니다.

이것은 부처님께서 라자그리하 성 밖에 있는 '계속산'에 계실 때의
일입니다. '싱가라'라는 장자가 죽고 그 아들이 살고 있었습니다. 그는
아침마다 일찍 일어나 들 밖에 나가 목욕하고 깨끗한 옷을 입은 뒤,
동·서·남·북·상·하, 육방을 향해 예배하는 것을 일과로 삼고 있었습
니다.

어느 날 부처님은 이 청년이 예배하는 광경을 보시고, 그에게 물으셨습니다.

"착한 청년이여! 그대가 육방을 향해 예배하는 것은 무슨 이유가 있는가? 그 까닭을 내게 들려다오."

"부처님이시여! 돌아가신 아버지께서 '아침마다 육방을 향해 예배하라'고 말씀하셨습니다. 그래서 저는 그 말씀을 굳게 지켜 아침마다 예배하는 것입니다."

"그것은 참으로 좋은 일이다. 그러나 그대 아버지는 형식적인 예배를 하라고는 말하지 않았을 것이다."

"부처님이시여! 형식만이 아닌 예배를 하려면 어떻게 해야 되겠습니까? 부디 저를 위해 육방 예배의 참뜻을 말씀해주소서."

싱가라는 공손하게 꿇어앉았습니다. 부처님께서는,

"착한 청년이여! 몸과 마음으로써 행해야만 하는 것이 바로 육방 예배이다"

하시고, 형식과 마음을 조절하는 바른 생활의 태도를 말씀하셨습니다.

악한 벗을 멀리하고 착한 벗을 사귀며 착한 일에 힘쓰는 마음이 없으면 참된 육방 예배가 되지 않는다고…… 다음과 같이 말씀하셨습니다.

"착한 청년이여! 이것은 모두 마음의 문제다. 곧 동방은 부모를 뜻하는 것으로서 아들이 부모를 섬기는 것을 말한다. 부모의 은혜를 생각해 그것에 보답하라. 또 부모는 자식을 사랑하지 않으면 안 된다.

남방은 스승이다. 제자가 스승을 섬기는 뜻으로서 스승의 가르치심을 잘 따르고 스승의 은혜를 느껴 그것에 보답하라.

서방은 처자의 뜻이다. 처자를 잘 기르고 그들을 사랑하고 보호하라. 그리고 아내는 정조를 지키는 것은 물론, 남편이 하는 일을 이해하려고 노력하지 않으면 안 된다.

북방은 친구다. 착한 벗을 가려 사귀지 않으면 안 된다. 착한 벗이란, 자기에 대해 사정없이 충고해주는 벗이다. 그런 벗을 사귀고 존경하라.

하방은 곧 땅이다. 이것은 하인들이다. 물질을 나눠줄 때는 공평하게 해야 하고, 병이 났을 때에는 치료해주어야 한다. 또 하인들은 해야 할 일을 정성껏 하고, 주인의 좋은 점을 칭찬할지언정 결코 나쁜 점을 남에게 말해서는 안 된다.

상방은 성자의 뜻이다. 몸으로써 그를 존경하고 항상 도를 닦아라. 또 도를 닦는 사람은 남을 가르쳐 지도하고, 악을 버리고 선을 행하게 하며 항상 바른 길을 일러주어야 한다. 이렇게 실행해서 마음이 따르는 육방 예배를 해야 한다.”

부처님은 이 싱가라의 외도 신앙에 대해서도 다만 “그것은 틀렸다”고 나무라시지 않고, 그것으로써 바른 법으로 인도하는 수단을 삼으셨습니다.

만일 상대가 어리석으면 그것에 따라 지도했습니다. 상대의 말에 귀를 기울이시고 상대의 생각과 입장을 살펴, 거기에 높은 윤리와 깊은 종교적 의미를 붙여서 점점 중생의 마음을 끌어올리는 방법을 쓰셨습니다.

부처님이 기자쿠타 산에 계실 때, 아자타사투 왕은 ‘바사카라’ 라는 대신에게 이렇게 말했습니다.

“우리 마가다 국은 인도 십육 개국 가운데서 최대의 불교국으로 세상에 알려져 있다. 그러나 국토를 좀더 넓혀 큰 도시를 만들고 싶다. 그렇게 하기 위해서는 저 ‘간지스’ 강 북쪽에 있는 ‘밧지’ 족을 정벌해야 하겠는데, 그보다 먼저 부처님께 나아가 그 의견을 여쭈어보고 오는 것이 좋겠다. 부처님의 판단을 잘 듣고 와서 내게 알려라."

그래서 그 대신은 왕의 명령을 받아 기자쿠타 산으로 갔습니다.

그때 부처님은 마침 설법을 마치고 쉬고 계셨습니다. 아난다는 부처님의 등뒤에 서서 부채질을 하고 있었습니다. 이것은 지금도 인도에서 볼 수 있는 광경으로서, 힌두교의 고승 주위에는 몇 사람의 신도나 제자들이 부채질을 하여 시원하게 하고, 또 벌레들을 쫓아버립니다.

바사카라 대신은 왕의 명령을 부처님께 여쭙고 그 의견을 구했습니다. 부처님은 그것에 대답하는 대신 아난다에게 물으셨습니다.

"아난다여, 밧지 족 사람들은 지금도 칠 개조의 덕목을 실천하고 있는가?"

"예, 부처님이시여! 밧지 족은 지금도 가끔 회의를 열어 다수결로 일을 결정합니다. 다음에는 공동으로 모여 장(長)이 될 만한 사람을 결정하고, 법대로 행동하며, 해야 할 일은 공동으로 실천하고 있습니다. 다음에는 정해진 법규를 지키고 노인을 존경하며, 부녀도 보호하고 있습니다. 다음에는 종교를 중하게 여기고, 법에 귀의하여 스님을 높이고 수행자를 존경하고 있습니다. 또 어떠한 외국인에 대해서도 친절히 대하며, 백성들은 평화롭게 살기를 원하고 있습니다."

아난다는 이렇게 부처님께 삼가 대답을 올렸습니다.

그러자 부처님은 바사카라 대신에게,

"나는 일찍 밧지 족 사람들에게 나라가 쇠하거나 멸망하지 않는 법을 말한 일이 있다. 그때 이제 말한 칠 개조를 지키면 그 종족은 결코 쇠하지 않는다고 가르쳤다. 그것을 지키고 있는 밧지 족은 더더욱 번영할 것이다"

라고 말씀하셨습니다. 바사카라 대신은 이 말씀을 듣고, 곧 왕궁으로 돌아가 왕에게 그대로 보고했습니다. 그리고 이어서

"왕이시여, 이런 까닭으로 이 칠 개조 중에서 하나만이라도 가지고 있다면, 우리는 그 밧지 족에 대해 손을 댈 수 없습니다. 하물며 칠 개조를 다 실행하고 있는데, 우리가 어떻게 그들을 정복할 수 있겠습니까?"라고 말했습니다.

그래서 아자타사투 왕도 깊이 감동하여 밧지 족의 정벌을 단념하고 말았습니다.

이와 같이 부처님은 어떤 경우에도 그 상대방의 사람에 따라, 거기에 적당한 방법으로 지도하셨습니다. 그리고 그것은 모두가 자비와 사랑에 넘치는 지도였습니다.

이와 같이 마가다 국을 비롯하여 저 성질이 사나운 슈로나 국에 이르기까지 그들을 지도해 무한한 영향을 내리시고, 인류 역사상에 영원히 비교할 수 없는 위대한 감화를 남기셨습니다.

『쉽고 뜻깊은 불교이야기』를 펴내며

　　전집 판으로 간행되는 김달진 전집 8『쉽고 뜻깊은 불교이야기』는 김달진 선생
생존시 출간된『일곱 가지의 아내』『불교설화』『큰 연꽃 한 송이 되기까지』등에
수록된 불교이야기들을 엮어 1991년 나남출판사에서 간행한『쉽고 뜻깊은 불교
이야기』를 저본으로 했다.

　　이 책의 내용은 당시 모두 3부로 구성되어 있었다. 제1부는 불교의 기본 교리에
대한 것이며, 제2부는 부처님의 행적과 깨우침에 대한 것이다. 모두가 불교를 이
해하는 데 있어서 핵심적인 내용을 간추린 것이라고 하겠다. 나남 판에서 제3부
로 되어 있던「해동고승전」은 전체적으로 보아 그 성격이 1부나 2부와 다르다고
판단하여 이번 전집 판에서는 제외하였다.

　　이 책의 특징은 누구나 쉽게 불교의 교리와 부처님의 여러 가지 깨우침을 알 수
있도록 평이하게 서술하였다는 점이다. 불교의 깨달음은 깊고 심오하다고 한다.
이에 대한 수많은 책들이 저술되었고 앞으로도 출간될 것이라고 생각한다. 그러
나 이 책의 평이한 서술은 학문적 난삽성을 가진 다른 책들과는 다른 독보적인 장
점이라고 하겠다. 진리의 길은 멀지 않고 깨달음의 길 또한 멀지 않다는 것을 우
리는 이 책을 통해 알 수 있을 것이다.

　　이 책의 표기와 구성은 지은이의 의도를 고려하여 나남 판 그대로 살리는 것을
원칙으로 하였다. 그러나 제1부와 제2부의 어법상의 불일치는 통일하였으며, 오
랜 세월이 지나 오늘의 독자에게 지나치게 구투(舊套)로 읽히는 문장은 오늘의 감
각에 맞게 일부 수정하였다.

　　새롭게 출간되는『쉽고 뜻깊은 불교이야기』가 오늘의 독자들을 만나 부처님의
공덕을 되살리고 독자들의 삶을 풍요롭게 해주는 새 생명을 갖기를 기원한다.

2008년 4월
김달진 전집 간행위원회

김달진 전집 8

쉽고 뜻깊은 불교이야기

1판 1쇄 | 2008년 5월 10일
1판 2쇄 | 2011년 2월 24일

지은이 김달진 | 엮은이 최동호 | 펴낸이 강병선

책임편집 고경화 오경철 | 마케팅 방미연 우영희 정유선 나해진
온라인 마케팅 이상혁 한민아 정진아
제작 안정숙 서동관 정구현 김애진 | 제작처 영신사

펴낸곳 (주)문학동네
출판등록 1993년 10월 22일 제406-2003-000045호
주소 413-756 경기도 파주시 교하읍 문발리 파주출판도시 513-8
전자우편 editor@munhak.com | 대표전화 031)955-8888 | 팩스 031)955-8855
문의전화 031)955-8889(마케팅) 031)955-2645(편집)
문학동네카페 http://cafe.naver.com/mhdn

ISBN   978-89-546-0570-0 04810
         89-8281-060-9 (세트)

www.munhak.com